MANFRED BAUMANN

Drachenjungfrau

MYSTISCH RUSTIKAL Rätselhaftes passiert in Krimml, im Umfeld der berühmten Krimmler Wasserfälle. Eine junge Frau liegt erschlagen auf den wasserumtosten Felsen. Neben der Toten sitzt ein alter Mann mit einem Raben auf der Schulter. An die Eingangstür eines Hauses wird eine bluttriefende, tote Katze genagelt.

Was haben all diese Vorgänge mit der sagenhaften Drachenjungfrau zu tun, die gemäß einer alten Legende alle 100 Jahre am Wasserfall erscheint? Das fragt sich auch der Salzburger Kommissar Martin Merana, der zum ersten Mal auf dem Land, in der Heimat seiner Kindheit ermittelt.

Die Tote, die siebzehnjährige Lena, war der Star in der Vorausscheidung zum Austrian Marketenderinnen Award. Wollte hier eine Konkurrentin die lästige Rivalin loswerden? Welche Rolle spielt der zwielichtige, profitgeile Bürgermeister? Merana geht diesen Fragen nach und stößt bei seinen Ermittlungen auf finanzstarke Russen, die Haus um Haus in der Gegend aufkaufen, auf Zwerge, Riesenfiguren und andere Kuriositäten in der Provinz.

Manfred Baumann, geboren 1956 in Hallein / Salzburg, arbeitet seit 30 Jahren beim ORF (Österreichischer Rundfunk) als Redakteur und Moderator. Derzeit ist er Leiter der Programmgestaltung / Kreativredaktion und Leiter der Volkskultur im ORF-Salzburg. Er hat einen Lehrauftrag an der Uni Salzburg inne, daneben ist er auch als Autor, Regisseur und Kabarettist tätig.

www.m-baumann.at. Manfred Baumann ist auch bei Facebook.

Bisherige Veröffentlichungen im Gmeiner-Verlag:
Maroni, Mord und Hallelujah (2014)
Zauberflötenrache (2012)
Wasserspiele (2011)
Jedermanntod (2010)

MANFRED BAUMANN

Drachenjungfrau

Meranas vierter Fall

Personen und Handlung sind frei erfunden.
Ähnlichkeiten mit lebenden oder toten Personen
sind rein zufällig und nicht beabsichtigt.

Besuchen Sie uns im Internet:
www.gmeiner-verlag.de

Im Ehnried 5, 88605 Meßkirch
Telefon 07575/2095-0
info@gmeiner-verlag.de

1. Auflage 2014

Lektorat: Claudia Senghaas, Kirchardt
Herstellung: Mirjam Hecht
Umschlaggestaltung: U.O.R.G. Lutz Eberle, Stuttgart
unter Verwendung eines Fotos von: © birdys/photocase.de
Druck: GGP Media GmbH, Pößneck
Printed in Germany
ISBN 978-3-8392-1587-6

in erinnerung an georg rohrecker, der meine liebe zum ursprung von sagen noch vertieft hat, und leider viel zu früh von uns gegangen ist

hålt mi
und i hålt di
draußn wåchst es eis
üba de weite welt
gspia mi
und i gspia di
so vajåg ma schwåchze
vögl iban feld
(fritz messner, »eiwändig«)

PROLOG

»… hört ihr das mächtige tosen des wassers, das aufprallt wider die felsen? vernehmt ihr den grollenden donner der herniederstürzenden fluten …?

… sehet den jäger, den kühnen, den jungen, wie er emporschleicht den glitschigen pfad, die kräftige hand am bogen. gespannt ist die sehne. die klammen finger umfassen den federnbewährten schaft des pfeiles …

spürt ihr nun die strahlen der sonne? das kosende licht des jungen morgens? es streichelt zaghaft die hell blitzende gischt des falles, es hüpft hinweg über das antlitz des jägers und erreicht das gesenkte haupt der hirschkuh, die wasser trinkt am schäumenden ufer.

schon hebt der schütze, der kühne, den bogen, den atem still, den lodernden blick auf die hindin.

und als der strahl der goldenen sonne die flanke der hindin erhascht, schnellt von der sehne der pfeil, durchpflügt die starre luft des waldes und bohrt sich tief dem tier in den leib.

und da, mitten im eigenen auftrumpfenden lachen, als die hirschkuh fällt, mit blutendem herzen, vernimmt der jäger den schrei. lauter als das tosen des falles, mächtiger als das donnern der fluten, durchdringt der schrei das dunkel der wälder. und der jäger, vom schreck gefesselt, weiß diesen grässlichen ruf zu deuten:

die drachenjungfrau ist erwacht! sie ist zurück, hat verlassen den schützenden vorhang des wassers, um hinauszubrüllen erneut ihren schmerz und kummer weit in das tal …«

(›Die Drachenjungfrau von Krimml‹, nach einer alten Handschrift.
Prolog der Erzählerin)

SAMSTAG

1

Jemand schreit. Laut. Die Frau am See dreht den Kopf. Mein Gott, sie hat keine Augen. Nur schwarze Leere. Die Löcher starren ihn an. Er kennt die Frau. Auch ohne Augen. Ein Fauchen mischt sich in den Schrei. Etwas Pelziges huscht an seinen Beinen vorbei. Das Gatter zum Verschlag steht weit offen. Aber er hatte die Tür doch verschlossen! Ganz sicher. Ehrlich. Der Schrei wird höher, schriller. Das ist nicht nur ein Schrei, das sind viele Schreie. Ineinander, durcheinander. Die Hühner! Sie schreien in Todesangst. Blut, überall Blut. Weiße Flecken in roten Lachen. Ein Huhn mit durchgebissenem Hals klatscht ihm gegen das Gesicht. Blut spritzt. Dunkles Blut auf weißen Federn. Dann sieht er den Marder. Das pelzige Etwas wütet unter den Hühnern. Er versucht zu schreien, aber er schafft es nicht. Nur ein Krächzen kriecht aus seinem Hals, viel zu schwach, um das Kreischen der Hühner zu übertönen. Er versucht den Marder zu vertreiben, die Raserei und das Töten zu beenden. Etwas Kaltes berührt seine Schulter. Er fährt herum. Es ist die Frau ohne Augen. Sie hat ihm eine Schlange auf die Schulter gelegt. Ekel packt ihn. Er versucht die Schlange abzuschütteln. Die Frau reißt den Mund auf. Aber das ist kein Mund mehr. Ein schwarzes Loch tut sich auf, riesig, darin ein weißer Sarg. Und Alpenveilchen. Auf dem Sarg sitzt eine andere Frau. Die kennt er auch. Das ist die Großmutter. Auch sie hat Alpenveilchen in der Hand. Er versucht einen Fuß zu heben, einen Schritt zu machen. Doch die Füße sind schwer. Er blickt nach unten. Die Füße sind übersät mit zuckenden weißen Federnleibern, Hühner mit abgebissenen Köpfen. Aus den Hälsen spritzt Blut, unaufhaltsam. Die Frau auf dem Sarg streckt die Hand aus. Er will danach greifen, verfehlt sie. Der Sarg kippt nach hinten, die Frau rutscht weg. Die Großmutter fällt! Ein neuer Schrei mischt sich in die anderen. Lauter. Greller. Das ist er. Das ist sein Schrei.

In der nächsten Sekunde ist er munter, sein Oberkörper schnellt hoch. Die linke Hand zuckt in einer wilden Bewegung, schlägt gegen das Board. Ein Klirren. Glas zersplittert am Boden.

Es dauert eine halbe Minute, bis Merana bemerkt, dass er in seinem Bett sitzt und immer noch schreit.

Aus. Die Schreie hören auf. Atmen. Tief atmen. Er hat die Augen offen. Dunkelheit ist im Raum. Alles finster. Keine zuckenden Hühnerleiber mehr, kein Blut, keine Frau ohne Augen. Das T-Shirt klebt an seinem Körper. Er ist schweißnass.

Er tastet nach dem Schalter an der Lampe. Licht flammt auf im Zimmer. Die Digitaluhr auf dem Board zeigt 03.46. Auf dem Boden entdeckt er Scherben. Er muss beim Aufwachen das Weinglas mit der Hand vom Board gefegt haben. Der Rest des Rotweins, den er gestern vor dem Einschlafen nicht mehr getrunken hat, breitet sich in einer kleinen Lache auf dem Parkettboden aus. Ein dunkler Fleck auf hellem Holz. Und schon springen ihn die Bilder aus dem Traum wieder an. Schwarzes Blut auf hellen zuckenden Hühnerleibern. Die Frau ohne Augen. Der kippende Sarg.

Mit einem Ruck schiebt er die Decke zur Seite, springt aus dem Bett, stapft im Zimmer auf und ab, drischt mit den Handflächen gegen seine Schläfen. Doch die Unruhe bleibt. Die Bilder lassen sich nicht vertreiben. Der helle Sarg, die Alpenveilchen, die ins Leere stürzende Großmutter. Sein Hals schmerzt. Die Kehle fühlt sich an wie die Haut eines Igels. Er schaut zur Uhr. 03.50. Egal. Er muss anrufen, es lässt ihm keine Ruhe. Er läuft in die Küche, reißt ein Glas vom Regal, füllt es mit Wasser und trinkt es in einem Zug aus. Er schnappt sich das Handy, wählt die Nummer der Großmutter. Es tutet einmal, dann hört er die vertraute Stimme.

»Hallo, Martin, guten Morgen.« Wärme greift nach seinem Herzen, breitet sich aus in der Brust.

»Entschuldige, Oma, ich wollte dich nicht wecken.«

»Du hast mich nicht geweckt, ich liege schon seit fast zwei Stunden wach.«

Erst jetzt fällt ihm auf, dass die Großmutter gar nicht überrascht wirkt wegen seines Anrufs.

»Ich bin aus einem ganz blöden Traum hochgeschreckt. Der hatte auch mit dir zu tun, Oma. Und da habe ich mir irgendwie Sorgen …« Plötzlich kommt er sich idiotisch vor. Ruft ein erwachsener Mann mitten in der Nacht eine alte Frau an, nur weil er schlecht geträumt hat? Lächerlich. Er hört die Großmutter atmen.

»Mach dir keine Gedanken, Martin. Mir geht es gut.«

Stille. Er weiß nicht recht, was er sagen soll. Er spürt wieder den Igel in seinem Hals.

»Möchtest du mir von dem Traum erzählen, Martin?«

Er schüttelt energisch den Kopf. »Ist nicht so wichtig, Oma, vielleicht ein anderes Mal.« Seine Stimme wird fester. Dann fällt ihm etwas ein. »Warum bist du schon seit fast zwei Stunden wach?«

Kurze Stille.

»Ich weiß es nicht, Martin. Etwas hat mich geweckt.«

Er wartet darauf, dass sie weiter redet, aber es kommt nichts. Ist da etwas, das auch die Großmutter beunruhigt?

»Was hat dich geweckt?«

Wieder dauert es, bis sie antwortet.

»Ich weiß es nicht, Martin.«

Dann hört er ein leichtes Ächzen. »Ich denke, ich stehe jetzt einfach auf und mache mir einen Tee. Senile Bettflucht ist immer eine gute Erklärung für frühes Munterwerden.«

Er muss lächeln. Vielleicht ist er selbst auch schon im besten Alter für senile Bettflucht. »Ja, Oma, mach das. Ein Tee tut dir immer gut.«

Er beendet das Gespräch. Allmählich werden seine Gedanken klarer. Heute ist Samstag. Er hat noch zehn Tage Urlaub. Das Wetter soll schön bleiben. Er würde den Tag mit einem Frühstück in der Stadt beginnen. Er kehrt zurück ins Schlafzimmer. Die Uhr zeigt 04.10. Sein Blick fällt auf den dunklen Fleck, den der Rotwein auf dem hellen Parkett zeichnet. Mit einem Schlag ist die Unruhe wieder zurück. Sie kriecht seinen Körper hoch wie die kalte Schlange aus seinem Traum.

2

Seit Jahrtausenden donnert das Wasser talwärts. An den meist schneebedeckten Flanken des Krimmler Törls entspringt die Krimmler Ache als Gletscherbach, schiebt sich entlang der Böden fruchtbarer Almen in Richtung Norden, ehe sie oberhalb des Ortes Krimml die erste mächtige Felsenkante erreicht. Von da stürzt das Wasser in drei gewaltigen Fallstufen mehrere Hundert Meter in die Tiefe, ein breites, weißgischtiges Band zwischen hoch aufragenden dunklen Fichten. Das unaufhaltsame Donnern der Wassermassen ist weithin im Tal zu hören.

Ein dunkler Punkt tauchte vor der gischtigen Kaskade des obersten, des höchsten der drei Fälle auf. Auch wenn die Nacht erst allmählich der Dämmerung wich, war der sich bewegende dunkle Fleck vor dem breiten weißen Wasserteppich gut auszumachen. Es schien, als bekäme der Fleck mit einem Mal Zacken, Schwingen schoben sich daraus hervor. Die Erscheinung am Nachthimmel entpuppte sich als Vogel, der mit weit ausgebreiteten Flügeln seine Bahn zog. Den Kopf hielt er nach unten gestreckt, als suche er etwas am Boden. Dann ein schneller Flügelschlag, und das Tier tauchte nach unten. Wie ein Skispringer, der über eine schneebedeckte Schanze gleitet, zog der schwarze Körper des Vogels nun im Sturzflug vor den hell aufwirbelnden Wogen des mittleren Falls in die Tiefe, verschwand für eine Sekunde in der Schwärze des immer noch von der Nacht bedeckten Waldes und tauchte dann am untersten der drei mächtigen Wasserfälle wieder auf. Unbeeindruckt von der Wucht, mit der das Wasser nach seinem gigantischen Fall in weißen Fontänen auf die Felsen prasselte, setzte der schwarze Vogel, es war ein Rabe, zur Landung an. Seine Krallen erfassten einen der Steine am Ufer. Er spreizte noch einmal hektisch die Flügel, machte zwei Trippelschritte auf dem feuchten Felsen, dann hatte er Halt gefunden. Feine Wassertropfen schimmerten auf seinem Gefieder, das dunkler war als die Bäume ringsum, dunkler als die sich langsam auflösende Nacht. Das Schwarz des Gefieders stand in bizarrem Kontrast zum bleichen Gesicht der Frau, die auf den Steinen lag. Mit weit aufgerissenen Augen starrte sie in den Himmel. Einer Porzellanpuppe ähnlich schimmerte ihr weißes Antlitz in der Dunkelheit. Doch ihr Kopf glich dem einer geschundenen Puppe mit dunklen Flecken auf hellem Grund. Erstarrtes Blut schimmerte auf Stirn und Wangen. Der Rabe hob eine seiner Schwingen an, streifte dabei das

Haar der Frau, das nass am Kopf klebte. Ein schwaches Wimmern tastete sich durch die Dunkelheit, war wegen des Tosens der herabstürzenden Wassermassen kaum zu vernehmen. Der Rabe reckte den Schnabel, zuckte kurz mit beiden Flügeln, löste sich vom Boden, flatterte hoch und landete auf den Schultern einer Gestalt, die neben der Frau kauerte. Ein alter Mann hockte auf dem Boden. Er hielt die rechte Hand der Toten fest umklammert und tätschelte immer wieder ihre Schulter. Sein Oberkörper wiegte sanft nach vor und zurück. Der Rabe schaukelte auf der Schulter des Mannes mit wie die schwarze Ähre eines Schilfhalmes im Wind. Über die zerfurchten Wangen des Alten rannen die Tränen, während im Hintergrund die Fluten der Krimmler Wasserfälle unaufhaltsam hernieder donnerten, wie seit ewigen Zeiten.

3

»Noch einen zweiten Espresso, Herr Kommissar?« Die Kellnerin nahm sich sogar Zeit für ein Lächeln, während sie die leere Tasse abräumte. Merana legte die Zeitung beiseite.

»Warum nicht. Und bringen Sie mir bitte auch noch ein Croissant dazu.«

Die junge Frau verschwand im Inneren des Gebäudes. Merana saß auf der Terrasse des *Café MozARTs* mit freiem Blick auf den Residenzplatz. Die Morgensonne hatte längst die steinerne Flanke des Doms erreicht. Der erhabene Triton an der Spitze des Residenzbrunnens spie den Silberstrahl des Wassers in den wolkenlosen Himmel. Der barocke Brunnen mit seinen vier Meeresrössern und den von nackten Figuren getragenen Doppelschalen beherrschte den Platz. Zwei Asiatinnen hatten sich auf den Rand des Brunnens gesetzt und winkten in die Kamera, die ein junger Mann mit Rucksack hielt. Sonst tat sich noch wenig auf dem großen Platz. Die ersten Gespanne der Fiaker trafen ein, sammelten sich an der Mauer der Kathedrale neben den Dombögen. Bald würden die Kutschen mit Touristen gefüllt sein, die auch heute wieder von allen Seiten in die Salzburger Altstadt strömten, ausgespien von den Reisebussen an den Parkplätzen am Stadtrand.

»Bitte sehr, Herr Kommissar.«

Die Kellnerin stellte die Espressotasse und den kleinen Teller mit dem Buttercroissant auf den Tisch. Wieder schenkte sie Merana ein Lächeln. Kürzer als zuvor, denn sie musste sich rasch zwei Frauen zuwenden, die eben ihre gefüllten Einkaufstaschen abstellten und sich an einen der Tische setzten. Merana griff nach dem Croissant und biss hinein. Die beiden Asiatinnen hatten den Brunnen verlassen und machten sich zusammen mit dem Rucksackjüngling auf den Weg zum angrenzenden Mozartplatz, vorbei am ehemaligen *Café Glockenspiel.* Amüsiert beobachtete Merana die jungen Leute. Die Inszenierung vor dem Mozartdenkmal fiel etwas anders aus als zuvor am Brunnen. Nun posierten alle drei vor der Statue des bronzenen Genius Loci und hielten die Handykamera so, dass sie sich selbst aufnehmen konnten. Sie kicherten, als sie das Ergebnis betrachteten. Aber eine der jungen Damen war mit dem Resultat offenbar nicht zufrieden. Sie schüttelte heftig den Kopf. Dann sah sie sich um. Ihr Hilfe suchender Blick erreichte Merana. Das Lächeln der jungen Touristin überstrahlte sogar noch jenes der Kellnerin. Merana schluckte den Rest des Croissants hinunter, erhob sich und steuerte auf die Gruppe zu.

»Please, could you …?« Das immer noch lächelnde Mädchen hielt ihm ihr Handy entgegen. Merana nahm es und ermunterte die Gruppe, sich ein wenig anders aufzustellen, weg vom Gegenlicht, mehr in den Strahl der Morgensonne. Dann machte er fünf Aufnahmen, alle aus unterschiedlichen Perspektiven. Die jungen Leute waren begeistert und bedankten sich überschwänglich.

»Give me five!«, flötete der Rucksackträger. Sein Akzent klang nach Australier, das wuschelige rote Haar und die Sommersprossen erinnerten eher an einen trinkfesten Iren. Merana klatschte in die hingestreckte Hand des jungen Mannes, dann kehrte er wieder an seinen Tisch zurück. Er trank seinen Kaffee aus, hinterließ der Kellnerin ein ordentliches Trinkgeld und verließ die kleine Terrasse mit ihren noch nicht aufgespannten Sonnenschirmen. Auf Höhe des Residenzbrunnens blieb er stehen. Er liebte diesen Anblick. Das zu dieser frühen Stunde noch schräg einfallende Licht der Morgensonne verlieh den aus der Tritonschale herabfallenden Wasserfontänen einen fast überirdischen Glanz. Wie eine riesige, in feine Silberschleier gehüllte Spielfigur stand der Brunnen im Zentrum des prunkvollen Platzes, beherrschte das Geviert zwischen Alter Residenz, Dom, Neuer Residenz mit Arkaden und Glockenspiel und der geschlossenen Fassade der Bürgerhäuser mit der kleinen Michaelskirche. Als Merana seinen Blick vom Zauberspiel des Wassers am Brunnen wieder löste, fuhr der erste Fiaker an ihm vorüber. Helles Lachen erreichte das Ohr des Kommissars. Die zwei kleinen Mädchen, die sich neben ihren Eltern von den Bänken der Kutsche erhoben hatten, waren ebenfalls von den Wasser speienden Steinfiguren des Brunnens begeistert. Sie deuteten aufgeregt auf die großen

Pferdeköpfe am unteren Becken, denen das Wasser in kleinen Fontänen aus den Nüstern spritzte. Merana winkte den Mädchen zu. Die beiden grüßten zurück. Im nächsten Moment durchfuhr ihn ein Schreck. Die Frau ohne Augen aus seinem Traum! Sie saß in der Kutsche! Merana schüttelte sich, wandte den Kopf ab, sah wieder hin. Idiot! Die Frau in der Kutsche blickte nur durch ein kleines Fernglas ähnlich einem Operngucker. Zwei kleine dunkle Scheiben vor ihrem hellen Gesicht. Nun nahm sie das Fernglas wieder ab. Merana sah es, sie hatte Augen, keine schwarzen Löcher. Und sie hatte ein hübsches Gesicht. Sie wirkte lebendig, sehr lebendig. Sie streichelte fröhlich lachend die Lockenköpfe der beiden Mädchen. Ein leichtes Schütteln erfasste Merana, ein schwaches Frösteln inmitten der Morgensonne. Den ganzen Morgen über hatte er versucht, nicht an den sonderbaren Traum zu denken. Er hatte sich nach dem Telefonat mit der Großmutter wieder hingelegt, war sogar nach geraumer Zeit eingeschlafen und drei Stunden später aufgewacht. Er hatte nicht mehr geträumt, zumindest konnte er sich nicht daran erinnern. Auf seinem Weg in die Stadt hatte er an anderes zu denken versucht: was er mit dem Rest seines Urlaubs anfangen könnte. Wo er in der Stadt frühstücken wollte. Auf der rechten Salzachseite im *Café Bazar* am Flussufer, vielleicht auch im *Café Classic* zwischen Dreifaltigkeitskirche und Landestheater oder doch lieber in der Altstadt auf der linken Flussseite. Er hatte sich schließlich für das *MozARTs* entschieden. Als er später an dem kleinen Kaffeehaustisch saß, vor sich einen duftenden Espresso und ringsum das von ihm so geliebte magische Ambiente der Altstadt, da waren die Bilder aus seinem Traum mit einem Mal wie weggeblasen gewesen. Jetzt waren sie zurückgekommen. Er schaute der Kutsche nach. Das Gefährt hatte inzwischen die Stelle zwischen Mozartstatue und Neuer Residenz erreicht. Gleich würde sie nach links in Richtung Salzach abbiegen. Merana wandte sich um, trat rasch zum Brunnen, tauchte beide Hände in das Wasser des Auffangbeckens und spritzte sich das erfrischend kühle Nass ins Gesicht. Dann setzte er seinen Weg fort. Auf dem Alten Markt kam ihm ein weiterer Fiaker entgegen. Ein älterer Mann und eine um vieles jüngere Frau saßen in der Kutsche.

»Alla sinistra, il famoso Café *Tomaselli*«, erklärte eben die Wagenlenkerin auf dem Kutschbock und deutete mit der Hand auf das Gebäude. Der Mann mit dem schütteren weißen Haar auf seinem wuchtigen Kopf folgte interessiert den Ausführungen der Kutscherin, die ihren Trachtenjanker aufknöpfte, ehe sie weiterplapperte und von den »Mozartkugeln vero originale« erzählte, die man hier im »vecchio e famoso Café Fürst« gleich gegenüber bekäme. Der jungen Begleiterin des Weißhaarigen war das offenbar schnurzegal, sie betrachtete lieber ihr elegant geschminktes Konterfei in einem kleinen Spiegel. Merana setzte seinen Weg fort. Die Tische vor dem *Tomaselli* waren etwa zur Hälfte besetzt, jene auf der Balustrade im ersten Stock ebenfalls. Merana eilte weiter und lenkte seine Schritte auf den *Ritzerbogen* zu. *Buchhandlung Höllrigl* prangte in dezenten Lettern auf der Mauer oberhalb des Bogenrunds. Das bezog sich auf das Geschäft gleich links neben dem Bogen, die älteste heute noch bestehende Buchhandlung Österreichs. Kurz vor dem Durchgang stoppte Merana. Ihm kam der *Ritzerbogen* immer wie ein großer Schlund vor. Dieser Eindruck verstärkte sich heute ganz besonders, da die Fassade des Mauerdurchlasses noch im Schatten lag und das Innere des Bogens sich nahezu schwarz zeigte. Er liebte es, unter dem Bogen in den Durchgang zu treten, sich von diesem Schlund einsaugen zu lassen, um dann nach wenigen Schritten in eine neue Welt auf der anderen Seite der Passage zu treten: auf den Universitätsplatz mit dem dichten Gewurrel des Grünmarktes.

Als Merana vor 20 Jahren nach Salzburg gekommen war, als Student, ein junger Mann zwar, aber dennoch ein Kind vom Land, da war ihm dieser Markt als Erstes ans Herz gewachsen. Bis heute liebte er das dichte Gedränge, das bunte Bild des geschäftigen Treibens zwischen den dicht gereihten Marktständen auf dem Platz, umrahmt von der würdevollen Eleganz der hoch aufragenden alten Bürgerhäuser auf der einen und der majestätischen Erhabenheit der Kollegienkirche auf der anderen Seite. Für Merana war die wuselige Welt auf diesem Platz immer schon mehr gewesen als bloß ein Markt mit Obst, Gemüse, Fleisch und Blumen. Der Grünmarkt auf dem Universitätsplatz, das war für ihn wie eine große Theaterbühne, ein Raum für vielfältiges Schauspiel, so wie man es auch tagtäglich auf einer *Piazza* in italienischen Städten erleben kann, wo jeder seine Rolle spielt, und alle Darsteller zusammen ein erfrischendes Abbild des Lebens ergeben. Hier in Salzburg konnte man internationale Festspielkünstler neben einheimischen Bauern treffen, konnte beobachten, wie gefeierte Opernsängerinnen sich mit Obstverkäufern auf ein fröhliches Duett über die Großartigkeit der angebotenen Äpfel einließen. Hier griffen Rucksacktouristen nach dargebotenen Käsestücken aus Heumilch, freuten sich einheimische Hausfrauen über die Vielfalt der Blumen, die bald ihren Mittagstisch schmücken würden, brachten Italiener mit ihren augenzwinkernd gespielten Versuchen, über den Preis der Erdbeeren zu feilschen, sogar Asiaten zum Lachen, prosteten einander Salzburger Bürger im Trachtenhemd mit einem frisch eingeschenkten Glas Weißwein zu, ehe sie sich aufmachten, ein Stück Lammschulter für den Sonntagsbraten zu erwerben. Der *Ritzerbogen* war für Merana wie eines jener magischen Portale in Fantasyromanen, durch die man in eine andere Dimension, in eine neue Welt eintauchte.

»Ja schau, der Herr Merana!« Der Ruf kam von der rechten Seite von einem der Würstelstände gleich am Eingang des Platzes. Eine der Standlerinnen hielt mit der Holzzange ein Paar Würste in die Höhe und deutete mit der anderen Hand einen Gruß an. »Was machen die Verbrecher, Herr Kommissar?«

Merana grüßte zurück. »Mir im Augenblick keine Sorgen, denn ich habe Urlaub.« Die Frau lachte übers ganze Gesicht. »Na dann hätten S' ja Zeit für a Debreziner. Oder wollen S' lieber Weißwürste? Sind wie immer ganz frisch.«

Die Frau legte die Debreziner auf einen Pappteller, schob diesen vor einen der wartenden Kunden und angelte mit der Zange nach Weißwürsten. Warum nicht?, dachte Merana. Er liebte es, am Samstagmorgen Würste auf dem Grünmarkt zu verspeisen. Mit Laugenbreze und doppelt Senf. Er ließ sich eine Portion reichen. Er hatte gerade von der Wurst abgebissen, als er das Vibrieren in seiner Sakkotasche spürte. Nicht jetzt!, schoss es ihm durch den Kopf. Aber es konnte ja auch die Großmutter sein. Also zog er das Handy aus der Jacke. *Chef* las er auf dem Display. Er schleckte die von der Wurst leicht fettigen Finger ab, wischte über den Bildschirm und hielt das flache Telefon ans Ohr.

»Guten Morgen, Günther, was gibt es?«

Dann hörte er zu, was ihm Hofrat Günther Kerner, Polizeipräsident von Salzburg, zu sagen hatte. Merana versuchte es mit einem Einwand.

»Ich habe Urlaub, Günther. Das weißt du. Noch zehn ganze Tage. Kannst du nicht Carola schicken?«

Nein, konnte der Herr Polizeipräsident nicht. Chefinspektorin Carola Salmann, Meranas Stellvertreterin, lag mit 39,5 Grad Fieber im Bett. Abteilungsinspektor Otmar Braunberger war auf Anglerurlaub in Finnland, und der Rest der kleinen Ermittlermannschaft war mit anderen Fällen zugeschüttet. Bis über die Lauscher, wie der Herr Hofrat noch extra betonte. Und dass Thomas Brunner mit seiner Tatort-Truppe bereits in Krimml wäre, fügte der Herr Hofrat auch noch hinzu, ehe er das Gespräch mit einem »Also Merana, auch wenn Umwege unseren Horizont erweitern, nimm bitte die Direttissima!«, beendete. Der Herr Polizeipräsident hatte einen Hang zu halbklugen Sprüchen und verbogenen Zitaten. Die Frau am Würstelstand hatte das Gespräch mitbekommen.

»Urlaub schon zu Ende, Herr Kommissar? Bleibt noch Zeit für eine zweite Wurst?«

Merana schüttelte den Kopf. »Nein, Frau Wallinger, leider nicht.«

Aber die angebissene wollte er nicht zurücklassen. Er schlang hastig die Wurst in großen Bissen hinunter, dazu die halbe Breze, spülte mit einem Schluck Bier aus der Dose nach und reichte der Frau einen Geldschein.

»Stimmt schon.« Dann verließ er hastig durch den *Ritzerbogen* die lebhafte Welt des Grünmarktes.

Seit er vor 20 Jahren den Pinzgau hinter sich gelassen hatte, war er nur selten in die frühere Heimat zurückgekehrt. Nur hie und da, um die Großmutter zu besuchen. Nun lag eine tote Frau am Wasserfall in Krimml. Und es hatte sich kein anderer gefunden, der die Ermittlungen an diesem Tatort am äußeren Rand des Oberpinzgaus übernehmen konnte. Also musste er hin, ob es ihm nun passte oder nicht.

4

Ein junger Mann mit Drillichjacke deutete Merana an, wo er sein Auto abstellen konnte. Offenbar halfen die Kollegen von der örtlichen Feuerwehr den wenigen Polizeibeamten beim Einweisen der Fahrzeuge und bei der Kontrolle der Absperrungen. Merana stieg aus dem Wagen. Das Erste, das er wahrnahm, war ein gewaltiges Rauschen. In der Ferne leuchtete ein weißes dampfendes Band zwischen den Bäumen der steil aufragenden Anhöhe. Das musste der oberste der drei riesigen Wasserfälle sein. Die Parkplätze vor dem Eingangsbereich zu den Fällen waren voll mit Bussen. Hunderte von Leuten standen herum, Besucher, die Einlass begehrten, um das Naturschauspiel der Krimmler Fälle zu erleben. Wenn Merana sich recht an den Bericht erinnerte, den er vor Kurzem gelesen hatte, dann kamen jährlich an die 400.000 Menschen hierher. Die Krimmler Wasserfälle gehörten zu den größten Touristenattraktionen Österreichs. Und davon heute, an diesem strahlend schönen Sommertag, ausgeschlossen zu werden, behagte dem Großteil der Anwesenden überhaupt nicht. Eine rothaarige Frau an der Spitze einer Menschengruppe, die alle mit denselben Taschen und Kappen ausgestattet waren, redete erbost auf einen der Feuerwehrleute ein. Zwei Jugendliche, aus deren Ohren weiße Kabel hingen, versuchten, unter einem Absperrband durchzuschlüpfen. Sie wurden aber von einem weiteren Feuerwehrmann energisch zurückbeordert.

»Herr Kommissar Merana?«

Er wandte sich um und blickte in das Gesicht einer Frau in Polizeiuniform. Sie streckte ihm die Hand hin. »Grüß

Gott. Gruppeninspektorin Ulla Heilmayer, Polizeiinspektion Krimml. Ich bringe Sie hinüber zum Tatort.« Sie wartete gar nicht Meranas Antwort ab, sondern marschierte rasch voraus. Einen derart schnellen Schritt und diese Gewandtheit in der Bewegung hätte er der Frau auf den ersten Blick gar nicht zugetraut. Ihre Figur erinnerte ihn an eine Hammerwerferin: muskulöse Arme, breiter Rücken, breite Hüften. Und gegen die Oberschenkel der voranstapfenden Frau waren seine sicher kümmerlich. Sie passierten die niedrigen Holzhäuser mit den Souvenirläden. Eine Legion pelziger Kuscheltiere, irgendeine hässliche Kreuzung aus Murmeltier und Koalabär, grinste Merana an, als er an den vollgefüllten Ständern vor den Verkaufsläden vorbeieilte. Mit jedem Schritt, den er der vorausbastenden Beamtin folgte, schwoll das Rauschen an. Dann erreichten sie den Platz zwischen den Bäumen am Fuß des Falles. Merana war überwältigt von dem Bild, das sich ihm bot. Er kam sich vor, als wäre er mit einem Schlag zurückversetzt in die Entstehungszeit der Erde. Getrieben von einer gewaltigen Urkraft schoss ein riesiger Schwall schneeweiß schäumenden Wassers vorbei an majestätisch aufragenden Fichten über schwarze Felsen herab zu ihnen. Ein ewiges Donnern. Unaufhörlich, mit stetiger Wucht, als gebe es kein Gestern und Morgen, nur ein Jetzt. Doch das beeindruckende Bild wurde gestört. Signalgelbe Absperrbänder, die rund um den kleinen felsigen Platz am Fuß des Wasserfalls gespannt waren, brachten eine hässliche Note ins malerische Gesamtensemble. Dazu das grelle Orange der Overalls, in denen Menschen steckten, die mit professioneller Geschäftigkeit ihrer Arbeit nachgingen und jeden Zentimeter des steinigen Bodens inspizierten. Am meisten störte das harmonische Bild der auf den Steinen hingestreckte Körper einer jungen Frau, die am Rand der schäumenden Ache lag.

Merana zögerte. Er hatte in all den Jahren, in denen er zu Orten eines gewaltsamen Todes gerufen worden war, nie die Gewohnheit abgelegt, solche Plätze ohne eine geraume Zeit des vorherigen Abwartens zu betreten. Er hatte zu viel Ehrfurcht vor der immer noch spürbaren Präsenz des Todes, zu viel Respekt vor den Hüllen aus menschlichem Fleisch, in denen Stunden oder Tage, manchmal sogar Jahre davor noch Leben gewesen war.

»Möchten Sie nicht die Leiche inspizieren, Herr Kommissar?« Die blonde Beamtin an seiner Seite hatte die Stimme erhoben, um das heftige Rauschen des Wassers zu überschreien. Merana erwiderte nichts auf die Frage der Kollegin. Er atmete zweimal tief durch und setzte sich langsam in Bewegung. Es war Zeit, die Arbeit aufzunehmen, die Distanz zu überwinden, die der Tod hinterlassen hatte. Es galt mit allen zur Verfügung stehenden Mitteln herauszufinden, was an diesem Ort passiert war. Wer hatte Schuld daran, dass diese junge Frau hier tot auf den kalten Steinen lag? Er näherte sich langsam der Gestalt. Die Frau hatte keine Schuhe an, das war ihm schon vorhin aufgefallen. Die zierlichen Füße waren nackt. Unterschenkel und Knie zeigten Abschürfungen. Sie trug eine Art Dirndlkleid aus dunklem Stoff. Auf der hellroten Schürze erkannte Merana ein Muster aus angedeuteten Blumen. Das Dekolleté war weit geschnitten, die Wölbung des Busens gut zu sehen. Ein Teil der langen blonden Haare bedeckte die Brust. Dennoch nahm Merana auch hier auf der Haut Striemen mit eingetrocknetem Blut wahr. Die schlimmsten Verletzungen hatte die Tote am Kopf. Mein Gott, wie jung, durchfuhr es Merana, als er ihr Gesicht sah. Keine 20 Jahre alt, vielleicht nicht einmal 16. Eine blühende Schönheit. Und nun geschunden und übel zugerichtet. Trotzdem erweckte die Tote den Eindruck, als schliefe sie nur.

»Wissen wir schon, wer sie ist?«, fragte Merana laut in die Runde.

»Ja, das ist Lena Striegler«, rief die Beamtin, die ihn hergebracht hatte. »Die große Hoffnung des Oberpinzgaus.«

Merana verstand nicht, was die Kollegin meinte.

»Hoffnung des Oberpinzgaus? Wofür?«

Anstelle der Polizistin antwortete eine Männerstimme hinter seinem Rücken:

»Für den Gewinn des Hauptpreises. Als ›Austrias Marketenderin des Jahres‹. Schauen Sie kein Fernsehen, Herr Kollege?«

Die Stimme des Mannes war dunkel und kräftig. Er hatte wenig Mühe, das Grollen des Wasserfalls zu übertönen. Merana wandte sich um. »Das ist mein Kollege, Revierinspektor Peter Ankerl.« Die Gruppeninspektorin deutete auf einen jungen Mann, der ebenfalls Polizeiuniform trug. Mitte 30, schätzte Merana, sportlich, als gesamte Erscheinung nicht unsympathisch. Auffällig war nur, dass der junge Mann eine dunkle Sonnenbrille trug, obwohl es hier am Fuß des Wasserfalls nahe den Bäumen schattig war.

»Sind Sie lichtempfindlich?«, fragte Merana und deutete auf die Brille. Der Angesprochene schüttelte den Kopf und versuchte ein Lächeln.

»Na, Peter, ist der gestrige Abend sehr lang geworden, oder machst du einfach wieder einmal auf Don Johnson?« Die Hammerwerferin in Gestalt einer Polizeibeamtin grinste Merana an. »Sie müssen wissen, Herr Kommissar, Kollege Ankerl ist ein Fan der Uralt-Serie ›Miami Vice‹.«

Ich auch, hätte Merana fast erwidert. Aber sie hatten Wichtigeres zu tun, als hier über alte Serien und das Faible für schwarze Sonnenbrillen herumzualbern.

»Was heißt ›Austrias Marketenderin des Jahres‹?«, wandte sich der Kommissar an die Gruppeninspektorin.

»Das ist eine aktuelle Castingshow. Groß aufgezogen, Co-Produktion von drei Fernsehstationen und einer internationalen Trachtenfirma. Die Firmenleitung hat gestern hier im Ort ein riesiges Fest geschmissen, Sponsorenparty mit allen Schikanen.«

»Und was hat die Tote mit all dem zu tun?«

»Die Lena war eine der heißesten Kandidatinnen für das Finale.«

Eine vertraute Gestalt näherte sich dem Kommissar, Polizeiarzt Richard Zeller, gefolgt von Thomas Brunner, dem Chef der Spurensicherung.

»Hallo, Martin, hast du es nicht geschafft, weit genug abzuhauen? Hat dich der Alte aus dem Urlaub zurückbeordert?« Die beiden Männer gaben dem Kommissar die Hand.

»Was könnt ihr mir über den Tathergang schon sagen?«

»Bis jetzt leider sehr wenig. Wir glauben nicht, dass es ein Unfall war. Die Spuren sprechen dagegen. Sie wurde wohl erschlagen oder so heftig gestoßen, dass sie sich beim Sturz schwer verletzte. Wir wissen auch noch nicht genau, wie lange sie im Wasser gelegen ist.«

Merana horchte auf. »Sie ist im Wasser gelegen?« Er schaute zur Leiche. Wie war sie ans Ufer gekommen? Und wer hatte sie gefunden? Das hatte er noch gar nicht gefragt.

»Ja, jemand hat sie aus dem Wasser gezogen und am Ufer auf die Steine gebettet«, antwortete der Chef der Spurensicherung.

»Wer?«

Ein heller Schrei, gellend, schrill, ließ die Umstehenden herumwirbeln. Ein kleines Mädchen, keine zehn Jahre alt, stolperte auf die Leiche zu. Wie war sie durch die Absperrungen gekommen? Ulla Heilmayer reagierte als Erste, lief los, um die Kleine abzufangen. Doch das Kind war schneller, ging vor der Leiche in die Knie, warf sich schreiend auf die Tote. Auch Peter Ankerl eilte über den Platz. Er versuchte, eine Frau aufzuhalten, die sich an zwei Männern in Overalls vorbeidrängte, gefolgt von einem etwa zwölfjährigen Jungen. Ankerl wollte der Frau die Hand auf die Schulter legen, doch die stieß ihn mit voller Wucht zurück. Der Polizist kam durch die Heftigkeit des Stoßes ins Taumeln. Mit starrem Blick schritt die Frau unbeirrt weiter. Der Junge blieb dicht hinter ihr.

»Gehen Sie bitte nicht weiter!«, rief Merana.

Die Frau beachtete ihn nicht, sie hatte nur Augen für die Tote und das schreiende Mädchen. Mein Gott, dachte Merana, das ist ja die Alma! Die wird doch hoffentlich nichts mit dem Geschehen hier zu tun haben. Das Bild einer Gewitternacht blitzte kurz in ihm auf. Er sah sich und Alma Thaler, eine Szene, die viele Jahre zurück lag. Eine Woge von Zorn und Scham flutete für einen Moment in ihm hoch. Er schluckte schwer und stellte sich vor die Frau.

»Geh mir aus dem Weg, Martin!« Auch wenn sie nur zischte, konnte er trotz des Lärms der Wassermassen jedes Wort verstehen. Sie hatte ihn nicht angesehen. Ihr entsetzter Blick war an ihm vorbei auf das Geschehen hinter Meranas Rücken gerichtet. Sie ging an ihm vorbei, streifte mit der Schulter hart seinen Oberarm. Er hielt sie nicht auf, wandte sich nur um und erlebte eine weitere Überraschung.

Wo war der alte Mann hergekommen? Er stand neben der Toten und dem schreienden Kind. Und als wäre das alles an Ungereimtheiten nicht schon genug, bemerkte Merana überrascht, dass der Mann einen großen schwarzen Vogel auf der Schulter trug. Der Alte ging in die Hocke und berührte die Tote. »Lassen Sie das!« Merana setzte sich in Bewegung und sah aus den Augenwinkeln, dass auch Thomas Brunner auf die Gruppe rings um die Leiche zueilte. Der Mann mit dem Raben hatte der Toten etwas in die Hand gedrückt und ihren Kopf berührt. Als Merana herankam, bemerkte er, dass der Alte dem toten Mädchen schwarze Steine in die offene Hand und auf die Stirn gelegt hatte. Er blieb abrupt stehen. Der Eindruck der dunklen Steine und das schwarze verkrustete Blut auf der bleichen Erscheinung der Toten erinnerten ihn an die vergangene Nacht. In der nächsten Sekunde wurde ihm speiübel. Die Bilder aus dem Traum schossen in seinen Kopf wie ein hochspringender Marder. Er sah zuckende weiße Hühnerleiber und dunkles spritzendes Blut. Das Würgen in seinem Hals war bedrohlich. Jetzt nur nicht kotzen, Merana, befahl er sich selbst. Das ist ein Tatort! Sein Tatort. In seiner Verantwortung! Er ging in die Knie und bemühte sich mit aller Selbstbeherrschung, die heraufdrängenden, heute Morgen viel zu hastig verschlungenen Stücke der Weißwurst wieder hinunterzuwürgen. Die Säure der Verdauungssäfte brannte in seinem Schlund wie Essig. Ihm wurde schwarz vor Augen. Aber er schaffte es, während das kleine Mädchen unaufhörlich weiter schrie, und das Wasser wie eh und je mit mächtigem Donnern herniederprasselte.

5

Der Mann erreichte den großen Bauernhof am Ortsrand im Laufschritt. Das flüchtig hineingestopfte Hemd hing ihm teilweise aus der Hose. Die Jahreszahl *1511* war über dem alten verwitterten Türrahmen des Hauses eingekerbt.

Doch Kapellmeister Christoph Hornklang hatte keinen Blick dafür. Er riss das Haustor auf und hastete ins Innere des Gebäudes. Rechter Hand war die Stube, die Tür stand offen. Fast hätte er die Schüssel mit Obst von der Anrichte gefegt, als er in den Raum stürmte.

Bürgermeister Gottfried Erlinger saß am Tisch und hob überrascht den schweren verkaterten Kopf.

»Bist du jetzt völlig deppert geworden? Was soll der Aufstand?«

Die Augen des Ortsvorstehers waren blutunterlaufen, die Tränensäcke über den Wangen schwer wie vollgefressene Regenwürmer.

»Warum gehst du nicht an dein Handy?«, rief Christoph Hornklang. »Hast du schon gehört, was passiert ist?«

Der Mann am Tisch tat sich schwer, dem Geschehen zu folgen. Die drei Kopfwehtabletten, die er vorhin genommen hatte, zeigten immer noch keine Wirkung. Er griff zitternd nach der Kaffeetasse.

»Mir ist wurscht, was passiert ist! Lass mich in Ruh. Mir ist nicht gut!«

Der Kapellmeister trat mit einem raschen Schritt näher, riss dem Bürgermeister die Tasse aus der Hand und knallte sie zurück auf den Tisch.

»Die Lena ist tot!«

Der Bürgermeister starrte sein Gegenüber an. »Spinnst du jetzt komplett? Hau ab, pflanz einen anderen!«

»Es ist aber so!«, brüllte der Musiker.

»Hör auf zu schreien, mir platzt eh schon der Schädel!« Das Geschrei des Kapellmeisters schnitt dem Bürgermeister durch den Kopf wie eine frisch gedengelte Sense. Wann würden diese blöden Tabletten endlich wirken?

»Sie liegt drüben am Wasserfall! Erschlagen, sagen die Leute im Ort.«

»Erschlagen?« Dieses Wort sickerte allmählich in das schmerzende Bewusstsein des immer noch benommenen Ortsvorstehers.

»Aber das kann ja gar nicht sein! Was wird dann aus dem Wettbewerb?«

»Du und dein saublöder Wettbewerb!« Das Organ des Kapellmeisters überschlug sich. »Diese Castingshow ist alles, was du im Schädel hast! Die Lena ist tot! Geht das endlich rein in dein Hirn?«

Hinter ihnen war das Knarren von Dielen zu hören. Jemand trampelte über die Holztreppe im Vorraum nach unten.

»Was soll dieser Lärm?«

Ein junger Mann stand im Türrahmen, Anfang 20, barfuß. Joachim Erlinger, genannt Jock, der Sohn des Bürgermeisters. Er wirkte verschlafen, seine Shorts waren verknittert.

»Ich habe nur *Lena* verstanden. Was ist los?«

»Sie ist tot«, brüllte der Kapellmeister erneut, »umgebracht! Drüben am Wasserfall. Die Kripo aus Salzburg ist auch schon eingetroffen.«

Dem jungen Mann in der Tür blieb der Mund offen. »Umgebracht?«

Mit einem Ruck schoss der Bürgermeister in die Höhe, stieß dabei gegen den Tisch. Das kostete die Kaffeetasse ihr porzellanenes Leben. Mit dumpfem Knall prallte sie auf die Jahrhunderte alten Bretter des Stubenbodens und brach entzwei.

»Los, Bua, zieh dich an! Und ich brauche jetzt dringend eine Zigarette!«

»Hast für mich auch eine, Papa?«

»Später. Verschwind jetzt nach oben!« Der Sohn machte mürrisch kehrt und latschte über die Treppe nach oben. Erlinger öffnete eine der Schubladen der Anrichte und holte eine noch ungeöffnete Schachtel Zigaretten heraus. Er gab sich Mühe, mit zitternden Fingern die Packung zu öffnen, was ihm erst beim dritten Versuch und unter Hervorstoßen übelster Flüche gelang. Er zündete sich eine der Zigaretten an, machte drei tiefe Züge. Dann wurde er ruhiger. Er drehte sich zum Kapellmeister und tippte diesem mit dem Finger hart gegen die Brust. »Und du wartest auf uns!« Dann schlurfte er aus dem Zimmer. Die Kopfschmerzen waren nicht weniger geworden.

erste nachbarin: hochmütig ist sie. sie will am sonntag als erste voran in die kirche schreiten, als wäre sie eine gräfin!

zweite nachbarin: wollüstig ist sie. ihr blick, den sie den männern zuwirft, jungen wie alten, ist schandträchtig. kein mann weitum in unserem tal, der nicht verrückt wäre nach ihr!

dritte nachbarin: sittenlos ist sie. sie hebt sich empor über das eherne gesetz unserer väter!

jungfrau: was ist, verehrte nachbarinnen? zerreißt ihr euch wieder das maul über mich?

was hab ich euch leids getan? für euch ist schon übel genug, dass ich bin, wie ich bin, so wie gott mich gemacht.

mutter: kind, schweig still. deine hoffart bereitet mir schmerz. deine vermaledeite schönheit bringt nur unglück. aus deiner keckheit wächst sünde.

jungfrau: oh frau mutter, ihr kennt nicht mein herz. warum darf ich mich nicht glücklich wähnen,

wenn ich mein bild im spiegel der quelle betrachte? warum darf nicht freude mein innerstes rühren, wenn die söhne des nachbarn mein lachen erwidern?

vierte nachbarin: schamlos ist sie. doch die strafe wird kommen. denn strafe kommt immer!

(›Die Drachenjungfrau von Krimml‹, nach einer alten Handschrift.

Szene am Kirchplatz)

6

Auch wenn Meranas Gedanken um anderes kreisten, entging ihm auch auf dem Rückweg nicht der groteske Gegensatz, der an diesem Ort immer wieder zum Vorschein kam. Da war auf der einen Seite der Anblick einer vor Wildheit strotzenden Natur, die unvergleichliche Schönheit einer charakterreichen Gebirgslandschaft. Selten fand man anderswo eine derart beeindruckende Komposition aus malerischer Felsenkulisse im Einklang mit dem majestätischen Schauspiel zu Tal stürzender Wasserfälle. Aber zugleich strotzte derselbe Platz an manchen Stellen vor ausgesuchter Hässlichkeit, die Merana wehtat. Die asphalttrübe Eintönigkeit der riesigen Parkplätze und die wenig gelungene Architektur mancher Gebäude im Eingangsbereich nahm er noch hin. Hier zeigte nur die neu errichtete *Wasser Wunder Welt* einen Anflug von kreativer Gestaltung. Aber an anderen Stellen, an denen man nicht vorbei konnte, waren dem Kitsch offenbar keine Schranken gesetzt. Die an jedem vergammelten Souvenirstand dieses Landes ewig gleichen idiotenhaften Sepplhüte waren auch hier zu finden. Und dazu grinsten aus allen Läden diese zum Kotzen widerlichen Plüschtiere, schwankten Hampelmänner in Fantasietracht im Wind, verstaubten Schneekugeln, denen schon langsam das Wasser ausging, stapelten sich Kaffeehäferln mit mehr oder weniger sinnigem Aufdruck und verblasstem Blumendekor, warteten Dosen mit angeblich heilkräftiger Murmeltiersalbe auf fußmarode Wanderer. Bei all dem Firlefanz hier schlug die sonst oft noch abgeschottete Welt des Oberpinzgaus eine Brücke zur übrigen Geschmacklosigkeit dieses allerorts touristengeilen Landes.

Die Busse auf dem Vorplatz zum Eingangsbereich waren weniger geworden. Offenbar war es den Sicherheitskräften gelungen, die Besucher zur Abreise zu bewegen. Dafür fielen Merana mehrere Autos von TV-Sendern auf. Medienleute auf der Jagd nach der Sensation. Ermordete junge Schönheiten an malerischen Schauplätzen sorgten immer für steigende Quote. Die Gruppeninspektorin begleitete den Kommissar. Sie waren auf dem Weg in den Ort. Merana konnte sich nicht mehr erinnern, wann er das letzte Mal hier heroben in Krimml gewesen war. Es musste viele Jahre her sein. Er kam überhaupt selten in den Pinzgau. Wenn dann nur, um die Großmutter zu besuchen, die einige Kilometer von hier entfernt in einem kleinen Dorf wohnte. Dort war Merana aufgewachsen. Es war ihm schon bei der Herfahrt bewusst geworden, dass er während der Ermittlungen zu diesem Fall hin und wieder mit Ereignissen, Begegnungen und Erinnerungen aus seiner früheren Zeit konfrontiert sein würde. Aber dass dies gleich derartig heftig passieren würde, hätte er nicht gedacht. Er war völlig unvorbereitet gewesen, Alma Thaler zu begegnen, die jetzt Alma Striegler hieß. Sie war die Mutter der jungen Frau, die erschlagen am Fuß der Krimmler Wasserfälle lag. Wieder stiegen ihm die Erinnerungen auf.

Es kam ihm vor, als sei das gemeinsame Erlebnis jener Gewitternacht in Almas Haus in einer völlig anderen Zeit, einem gänzlich anderen Leben passiert. Er schob die Gedanken beiseite. Er hatte im Augenblick keine Zeit dafür. Er würde sich ohnehin bald damit auseinandersetzen müssen, wenn er Alma und ihre Familie aufsuchte, um sie zu befragen. Fürs Erste hatte er seine Erkundigungen am Tatort beendet. Er hatte veranlasst, dass ein Kriseninterventionsteam des Roten Kreuzes sich um die Familie Striegler kümmern sollte. Um Alma und ihre Kinder, die achtjährige Clara und den zwölfjährigen Raphael. Und um Almas Vater, Arthur Thaler, den alten Mann mit dem Raben. Den hatte man in der Früh gefunden, völlig verstört neben seiner toten Enkelin. Vielleicht hat er sie aus dem Wasser gezogen, überlegte Merana. Das würden sie wohl bald erfahren. Ulla Heilmayer als Leiterin der Polizeiinspektion Krimml war von einem Mitarbeiter des Wasserfällebetreibers gegen sechs Uhr alarmiert worden. Der Mann hatte auf seiner routinemäßigen Kontrollrunde, bei der er die Wege und Steige abging, den alten Mann und das tote Mädchen entdeckt.

Auf dem kleinen Platz vor der Kirche im Zentrum des Ortes summte es wie in einem Bienenstock, ein Gewirr von Stimmen war zu vernehmen.

Und ist des wirklich wahr mit der Lena? Ist die tatsächlich tot?

Also ich hab's ja immer schon g'sagt, dass mit der einmal was passieren wird, so wie die sich immer herausstaffiert hat. An Ausschnitt bis zum Nabel. Und ein auffälliges Getue, damit ihr ja alle Manderleut nachrennen.

Geh, halt den Mund! Die Lena war a anständiges Dirndl. Eine Lustige halt.

Einfach nur schrecklich, des arme Kind. Wie's wohl der Alma jetzt geht?

Eine Gruppe von zehn Frauen und drei Männern stand beisammen. Einige gaben sich betroffen, andere gestikulierten aufgeregt. Immer wieder hob jemand aus der Gruppe den Kopf und schaute hinüber zum Wasserfall, der in der Ferne als weißer Streifen auszumachen war, der das Dunkel der bewaldeten Felsformationen durchschnitt.

»Ja, der Kommissar, der aus Salzburg gekommen ist, heißt Merana. Des ist der Enkel von der alten Kristina, die kennt im Oberpinzgau ein jeder.«

Die mollige Frau in dem viel zu engen gelben Dirndlkleid warf sich in Positur. Jede Dorfgemeinschaft an jedem Ort dieser Welt hat ihre meist im Hintergrund waltende, bestens funktionierende Informationszentralstelle. Und in Krimml hieß der Inbegriff des dörflichen Geheimdienstes Cilli Krumpner, von manchen auch schlicht und einfach als *die Dorftratsch'n* bezeichnet. Sie war schon eine reifere Dame in den mittleren Sechzigern, trug gerne enge Trachtenmieder, in denen sie kaum schnaufen konnte, aber die ihre Rundungen vor allem in den oberen Regionen betonen sollten, wie sie inständig hoffte. Dazu ließ sie sich mehrmals im Monat von der Dorffriseurin, eine ihrer ergiebigsten Informationsquellen, in einer Art und Weise schminken, als wäre sie gerade einmal der Pubertät entronnen.

»Und woher willst du das mit dem Merana wissen, Cilli? Hast du jetzt auch schon Informanten in der Salzburger Kriminalpolizei?« Die Geheimdienstchefin des Ortes strafte den jungen Mann mit einem Blick abgrundtiefer Verachtung. Kein Wunder, dass dieser gehirnmäßig unterbelichtete Knilch zweimal in der Hauptschule sitzen geblieben war und es gerade einmal zum Hilfsarbeiter im Lagerhaus geschafft hatte. »Ich brauche keine Insider bei der Kripo«, gab sie schmetternd zur Antwort. »Da genügt schon der Gerry. Der weiß, dass er in mir eine zuverlässige Vertrauensperson hat, der er getrost alles Wichtige mitteilen kann.« Mit *Gerry* war Gerfried Plutzenhofer gemeint, der stellvertretende Feuerwehrkommandant der Gemeinde.

Eine Dame im eleganten Businesskostüm näherte sich der Gruppe, im Schlepptau eine weitere Frau. An ihrer Begleiterin stachen mehrere Umstände gleichzeitig ins Auge: Die wirre aufgedonnerte Haarpracht erinnerte an die Farbe von billigen Supermarkt-Klobürsten. Die geschmacklose lila Schürze schmerzte in den Augen des Betrachters mindestens genauso wie das giftgrüne Dirndlkleid, in das sie gezwängt war. Und dazu kam ein grell geschminkter riesiger Mund, der beim Lachen ein Gebiss entblößte, um das jedes Lama die Frau beneidet hätte.

»Hast du das von der Lena Striegler schon gehört, Camilla?« Die Krimmler Geheimdienstchefin wandte sich an die Dame im Kostüm. Die nickte. »Ja furchtbar. Ist das nicht die Kleine, von der unser Bürgermeister letzthin so begeistert war?« Cilli Krumpner bestätigte. »Ja, die Lena hat vor zwei Tagen die Pinzgau-Ausscheidung zum Marketenderinnen-Award gewonnen.«

Die Aufgedonnerte mit den markanten Zähnen mischte sich in die Unterhaltung. »проклятие!* Fast vergessen habe. Muss noch schnell kaufen gehen.« Sie machte auf ihren hochhackigen Schuhen kehrt. »Bis gleich, Camilla«, rief sie der Frau im Kostüm zu. »Wir sehen in Kaffeehaus später.« Dann stöckelte sie davon in Richtung Lebensmittelmarkt.

»Bald trifft man im Pinzgau mehr Russen als Einheimische!« Die ätzende Bemerkung kam von dem fahlgesichtigen Mann, dem inzwischen festangestellten Hilfsarbeiter im örtlichen Lagerhaus. Wieder blitzte es in den Augen der Geheimdienstchefin auf, als wollte sie den Knilch in seiner abgetragenen Leinenjacke auf der Stelle zu einem Häuflein Asche versengen. »Die Galjuscha ist eine äußerst nette Person und zudem, wie alle wissen, eine gute Freundin von mir. Und dir, Reini, gib i an guaten Rat: Schalt dein Hirn ein, bevor es das nächste Mal laut wird aus deinem Mund.« Reinhold Uferer, von allen Reini genannt, zuckte nur mit den Schultern. »Was wahr ist, ist wahr.« Die Frau

* *Verdammt*

im Businesskostüm, die in ihrer Handtasche gekramt hatte, hob den Kopf und blickte auf den Lagerhausangestellten. »Sie sollten lernen, etwas wirtschaftlicher zu denken, junger Mann. Die Russen sind potente Kunden, bringen viel Geld in die Region. Das sichert Arbeitsplätze, vielleicht auch den Ihren.« Dann hatte sie die Schachtel Zigaretten samt Feuerzeug gefunden. Reinhold Uferer wollte zu einer scharfen Entgegnung ansetzen, aber er kam nicht dazu. Denn Cilli Krumpner erhob plötzlich ihre Stimme. »Da! Das muss er sein! Der Mann neben der Ulla! Das ist der Kommissar Merana.« Alle wandten ihre Köpfe herum. Sie sahen die ihnen bestens bekannte Gruppeninspektorin Ulla Heilmayer und daneben einen groß gewachsenen Mann. Beide waren mit schnellen Schritten in Richtung Gemeindeamt unterwegs.

7

»Ah, da ist ja unsere geschätzte Frau Postenkommandantin!«

Ulla Heilmayer und Merana drehten sich gleichzeitig um. Drei Männer kamen auf sie zu. Wie Merana erfuhr, waren das Gottfried Erlinger, der Bürgermeister des Ortes, dessen Sohn Jock und Christoph Hornklang, der Kapellmeister der Krimmler Blasmusikkapelle.

»Ja, Martin, wenn die Umstände nicht so traurig wären, würde ich sagen: Schön, dich wieder einmal in der alten Heimat bei uns hier im Oberpinzgau zu sehen.« Merana sah den

Bürgermeister mit leichter Verwunderung an. »Ja kennst du mich nicht mehr? Wir waren gemeinsam am Gymnasium in Zell am See. Ich allerdings nur für zwei Jahre.« Merana konnte sich nicht erinnern, den Mann als Mitschüler gehabt zu haben.

»Ich bin's, der Stoffel aus der Parallelklasse!« Mit dieser Bemerkung ließ Erlinger seine schwere Pranke mit kumpelhafter Geste auf die Schulter des Kommissars krachen. Allein für diesen Akt plumper Annäherung hätte Merana ihn am liebsten auf der Stelle verhaftet. »Komm mit, Martin. Ich habe in meinem Büro einen selbst gebrannten Vogelbeer, zu dem muss man ›Sie‹ sagen, so gut ist der. Dann können wir auf unser Wiedersehen anstoßen.« Merana wischte energisch die Hand des Mannes weg und straffte die Schultern. »Erstens trinke ich im Dienst prinzipiell keinen Alkohol. Zweitens bin ich am Beginn einer Untersuchung und habe keine Zeit für Wiedersehensfeiern, und drittens, verehrter Bürgermeister Erlinger, würde ich Sie für den weiteren Verlauf unseres Gesprächs um einen sachlichen Ton ersuchen. Auch würde ich es vorziehen, dass Sie nicht nur Ihrem Schnaps gegenüber, sondern auch in Bezug auf meine Person beim ›Sie‹ bleiben.« Als würde eine voll erblühte Pfingstrose mit einem Schlag verwelken, verfiel Erlingers Gesicht. »Wie Sie meinen, Herr Kommissar.« Er fasste sich an die Jacke, versuchte, einen der Knöpfe zu schließen. »Womit kann ich helfen?«

»Mit Auskünften, möglichst schnell und möglichst präzise. Dazu können wir ja gerne Ihr Büro aufsuchen.«

Der Bürgermeister nickte, machte eine linkische Handbewegung in Richtung Gemeindeamt und schritt voran. Merana, die Beamtin und die beiden anderen Männer folgten. Das Büro des Ortschefs war großzügig eingerichtet. Ein breiter dunkler Schreibtisch mit einem großen Flachbildschirm beherrschte den Raum. An den Wänden hingen verschiedene Bilder. Eines zeigte Gottfried Erlinger mit einer Büchse in der Hand und hochgestrecktem Daumen. Zu seinen Füßen lag ein toter Hirsch. Auf den anderen Bildern waren verschiedene Aufnahmen des Ortes und der Krimmler Wasserfälle zu sehen. Jock Erlinger hatte auf Anweisung des Vaters Stühle aus einem Nebenraum geholt, sodass sie nun alle Platz nehmen konnten. Der Kommissar begann seine Befragung. Da keiner der drei Männer eine Erklärung dafür hatte, was mit Lena Striegler in der Nacht am Wasserfall passiert sein könnte, interessierte sich Merana für die letzten Stunden des Mädchens, in denen sie noch lebend gesehen worden war. Lena Striegler war am Vorabend bei der Sponsorenparty im Hotelgasthof *Glockenwirt* gewesen, so wie die drei anwesenden Männer und zudem eine Vielzahl anderer geladener Gäste aus dem Ort und der Region. Merana fiel auf, dass jedes Mal, wenn er Jock eine Frage stellte, der Bürgermeister sich sofort anschickte, die Antwort anstelle des Sohnes zu geben. Traute der Mann seinem eigenen Sohn nicht zu, einfache Fragen zu beantworten? Oder fürchtete er, Jock könnte etwas ausplaudern, das ihm selbst oder auch jemand anderem schadete? Oder war der selbstgefällige Ortschef einfach gewohnt, sich einen Dreck um den jeweils Befragten zu scheren und ohnehin für alle und jeden zu antworten?

»Wann hat Lena das Fest verlassen?«

Die drei Männer zögerten mit der Antwort. Selbst der Bürgermeister gab sich den Anschein, als denke er intensiv nach. Schließlich sagte der Kapellmeister: »Also ich kann mich erinnern, sie das letzte Mal so gegen Mitternacht gesehen zu haben. Da stand sie mit Vanessa an der Bar.«

»Vanessa?« Der Kommissar blickte in die Runde.

»Vanessa Hinterschattinger«, beeilte sich Christoph Hornklang mit der Antwort. »Sie ist eine der Marketenderinnen in unserer Musikkapelle.«

Mein Gott, dachte Merana. Wie kann man das seinem Kind antun? Zu *Hinterschattinger* einen passenden Vornamen zu finden, war sicher nicht leicht. *Maria* konnte er sich eventuell vorstellen oder *Theresia* oder einen anderen Vornamen, wie er zu einem Mädchen auf dem Land passte. Aber *Vanessa*? Offenbar hatte die Beliebtheit dieses Modenamens vor einiger Zeit auch Einzug in die hintersten Regionen des Pinzgaus gefunden. Er war gespannt, wann er der ersten *Chantal* begegnete. *Chantal Vordertupfinger* oder wie auch immer. Gut, sie würden die Marketenderin der örtlichen Blasmusik, Vanessa Hinterschattinger, bald befragen müssen, was sie über die letzten Stunden von Lena Striegler wusste. Und all die anderen Gäste der Party von gestern Abend auch. Sie brauchten mehr Leute, das war klar.

»Hat von den anderen Herren jemand das Mädchen nach Mitternacht noch gesehen?«

Er blickte auf den Bürgermeister, dann auf dessen Sohn. Beide schwiegen.

»Hat jemand eine Erklärung dafür, was Lena mitten in der Nacht am Wasserfall wollte?«

Jock setzte zu einer Antwort an, aber der Ortschef war schneller. »Sie ist oft zum Wasserfall gegangen. Das war ihr erklärter Lieblingsplatz. Deshalb haben wir auch gestern dort noch Aufnahmen mit ihr für den Marketenderinnen-Kalender gemacht.«

Merana schaute den Bürgermeister an. »Sie haben Aufnahmen mit Lena am Wasserfall gemacht? Wo sind die?« Eine Spur von Leben kam in das immer noch von Übernächtigkeit gezeichnete Gesicht Erlingers. Mit einem Anflug von Stolz in der Stimme sagte er: »Die sind in unserem *War Room*. Wir haben das Sitzungszimmer des Gemeindeamtes zu unserer Projekt-Kommandozentrale umgestaltet. Ich ersuche Sie, mir zu folgen.«

Er erhob sich von seinem Schreibtisch und stolzierte wie ein Viersterne-General voran. Merana und die anderen folgten ihm. *Austrias Marketenderinnen Award* stand in großen knalligen Lettern an der Tür zum Sitzungszimmer der Gemeindevertreter. Und darunter etwas kleiner: *Event-Büro*. Der große, lang gezogene Besprechungstisch in der Mitte des Raumes war bedeckt mit Schachteln, Plakaten, aufgestapelten Flyern. Von den Postern an den Wänden grinsten Mädchen. Alle trugen eher knappgehaltene Dirndlkleider, die viel Haut sehen ließen. Die Gesichter der jungen Frauen bemühten sich, dem Betrachter entgegenzulächeln. Jede Form des Ausdrucks war festzustellen: frech, schüchtern, dümmlich, lasziv, verkrampft.

»Wer steckt hinter diesem ganzen Zirkus?« Merana machte eine weit ausholende Geste. Die erste Reaktion des Bürgermeisters war Verblüffung, dann wurde er zornig. »Aber hör mal, Martin ... ich meine, Herr Kommissar. Das ist kein Zirkus!

Der *Marketenderinnen Award* ist eine höchst erfolgreiche Unterhaltungs-Show mit hohen Einschaltziffern.«

»Ich habe gefragt, wer hinter diesem Spektakel steckt.«

Der Bürgermeister warf sich in die Brust. »Wenn du erlaubst, meine Wenigkeit.«

Es fiel ihm gar nicht auf, dass er wieder in das vertraute ›Du‹ zurückgefallen war. Merana ging nicht darauf ein. »Ich bin das Mastermind dieser erfolgreichen Aktion und zugleich der ausführende Chief Producer.«

Merana schob einen Stapel Flyer beiseite und stützte sich auf den Tisch. »Dann ersuche ich den Herrn Chief

Producer um eine kurze Einführung in den Ablauf dieses Show-Bewerbes.«

Castingshows boomten, begann Gottfried Erlinger seine Ausführung. Gleichzeitig sei bei Publikum und Konsumenten eine gesteigerte Nachfrage nach Echtem und Ehrlichem festzustellen, nach Bodenständigkeit und allem, was natürlich ist. Und der Trend zum Regionalen, zu Produkten vom Land, zum Wiederentdecken der Tracht und der volkstümlichen Musik sei auch eindeutig erkennbar. Aber keiner sei vor ihm auf die geniale Idee gekommen, das alles miteinander zu kombinieren. Eines Sonntagmorgens, es war noch dazu im Frühling, als er wieder einmal bemerkte, mit welch großer Begeisterung sowohl die Einheimischen als auch die vielen Gäste das Auftreten der heimischen Blasmusik verfolgten und mit welcher Faszination sie sich von der natürlichen Ausstrahlung der Marketenderinnen anstecken ließen, da sei ihm die zündende Idee gekommen. Und keine zwei Stunden später war das Konzept zum ersten *Austrias Marketenderinnen Award* geboren. Seit drei Monaten laufe die Show höchst publikumswirksam auf drei Fernsehkanälen. In jedem Bundesland gebe es derzeit megageile Castingshows als Vorausscheidung. Und beim Finale in drei Wochen warteten 100.000 Euro auf die Siegerin. Und dazu ein hoch dotierter Vertrag als Trachten-Model für die Sponsorfirma.

»Und das ist mehr als eine Castingshow im üblichen Sinn, Herr Kommissar.« Der Bürgermeister war bei seinen Ausführungen in Schwung gekommen. Er versuchte, seinen Worten durch permanentes Lächeln und energisch ausgeführte Handbewegungen noch mehr Überzeugung zu verleihen. Es gehe bei diesem Fernsehereignis vor allem auch um Ideale und Werte wie Heimatverbundenheit, Tradition, Bodenständigkeit und natürliches Lebensgefühl. Mit den vielen Bildern der Landschaften und der Schätze der Region und mit den Einspielungen von den besten Blasmusikkapellen des Landes erfülle diese Reihe auch einen Kulturauftrag. Das sei auch der wichtigste Grund, warum er, der Bürgermeister seiner geliebten Heimatgemeinde Krimml, sich hier mit derart großem Engagement einbringe.

»Ich will die Fotos von Lena sehen.« Die harsche Aufforderung Meranas kam etwas abrupt und brachte den Bürgermeister in seinen begeisterten Ausführungen fast aus dem Konzept.

»Die sind auf dem Notebook«, murmelte Jock und schaltete das Gerät ein, das neben zwei Schachteln mit Werbematerial auf dem Tisch stand.

»Geh weg, das mache ich selbst«, schnauzte Erlinger seinen Sohn an und hackte mit den Fingern auf die Tasten. An der gegenüberliegenden Wand hing ein großer Flatscreen. 55 Zoll, schätzte Merana. Mit dem nächsten Tastendruck schickte Erlinger das erste Foto auf den Schirm. Es zeigte eine lachende junge Frau in Dirndlbluse und mit offenen Haaren vor der weißen Gischt des Wasserfalls. Sie sah ganz anders aus als das durch Kopfwunden entstellte leichenfahle Mädchen, das Merana vor drei Stunden auf den Felsen vorgefunden hatte. Weitere Bilder folgten. Bekleidung und Posen der jungen Frau wechselten, die natürliche Fröhlichkeit blieb. Lena in Trachtenbluse, Lena in Dirndlkleidern, Lena in Leggins. Lena nur mit knapper kurzer Lederhose bekleidet, die Arme vor den Brüsten des nackten Oberkörpers verschränkt. Im Hintergrund waren bei allen Einstellungen immer die von den Felsen herabdonnernden weißen Wassermassen auszumachen. Auf dem nächsten Bild war Lena nicht allein. Ein junger Mann mit kurzen Haaren und nacktem Oberkörper hockte auf den Steinen und hielt ein Saxofon zwischen den Knien. Lena kniete vor ihm und hatte die Hände um das Instrument gelegt. Das Mundstück des Saxofons hielt sie zwischen den Lippen, als lutschte sie daran. Der betont aufreizende Blick war direkt in die Kamera gerichtet. Merana hatte genug.

»Es reicht, Herr Bürgermeister. Sie können ausschalten!« Er deutete auf die kniende Lena mit dem phallischen Saxofonmundstück zwischen den Lippen. »So schaut also Ihre Wertevorstellung von Heimat und Tradition aus!« Der Angesprochene wirkte beleidigt und konterte, dass auch die Provinz mit der Zeit gehen müsse. Natürlichkeit sei eben vielschichtig und müsse ebenso vielschichtig vermittelt werden. Und gerade Lena habe viel von dieser Natürlichkeit ausgestrahlt, wie man ja auf den wirklich gelungenen Image-Shots sehen konnte.

»Und diese Bilder wurden von einem international mit Preisen ausgezeichneten Fotografen gemacht, Herr Kommissar. Charly Hawradil. Da haben wir keine Kosten und Mühen gescheut. Das sind Kunstwerke! Und der Meisterfotograf hat unsere Lena auch stets ins rechte Licht gesetzt. Sie war unsere aussichtsreichste Kandidatin. Sie hat das Ideal einer jungen Frau von heute in der Region verkörpert: bodenständig und dennoch modern.«

Merana hatte endgültig die Nase voll von den Phrasen. Er schickte sich an, das bizarre Ambiente dieses *War Rooms* zu verlassen, drehte sich aber am Ausgang noch einmal abrupt um.

»Schalten Sie noch einmal ein.«

Der Bürgermeister schaute ihn verwundert an, folgte aber der Aufforderung.

Auf dem Screen an der Wand flammte noch einmal das zuletzt gesehene Foto auf, Lena mit dem jungen Mann und dem Saxofon. Merana kam näher. Auf diesem Bild war es schwer auszumachen, wie er feststellte. »Gehen Sie zurück zu den Großaufnahmen.« Erlinger betätigte die Maus. Lenas Gesicht erschien erneut auf der Leinwand. Fern jeglicher Anzüglichkeit lachte hier einfach eine fröhliche junge Frau in die Kamera. Auf dieser Einstellung war es besser zu sehen.

»Was hat Lena da um den Hals?« Merana richtete die Frage an alle im Raum. »Sehen Sie die Kette mit dem Anhänger? Was ist das? Ein Seepferdchen?«

Der Kapellmeister antwortete als Erster.

»Nein, Herr Kommissar, das ist kein Seepferdchen, das ist ein Drache. Das Schmuckstück war Lenas Lieblingskette, die trug sie immer.«

Merana sah in die Runde. »Auch gestern Abend beim Fest?«

»Ja.«

Merana holte sein Handy hervor. Er öffnete den Ordner mit den eingegangenen Nachrichten. Thomas Brunner hatte ihm eine Auswahl der Bilder vom Tatort geschickt, auch Großaufnahmen von der Leiche. Merana vergrößerte die Bildausschnitte, die Kopf und Hals des toten Mädchens zeigten. Keine Kette, kein Drachenanhänger. Er wählte die Nummer des Tatortgruppenleiters.

»Thomas, habt ihr bei der Toten eine Halskette gefunden mit einem Anhänger?«

Nein, hatten sie nicht, kein Schmuck am ganzen Körper. Aber sie würden danach suchen. Merana bedankte sich für die Auskunft. Dann schaute er wieder auf die lachende, Lebensfreude ausstrahlende junge Frau am Bildschirm. Wo war die Kette mit dem Drachenanhänger geblieben? Hatte das Mädchen sie verloren? Bevor sie umgebracht worden war? Oder war das Schmuckstück danach abhanden gekommen? Ulla Heilmayer blickte ihm ins Gesicht, als lese sie seine Gedanken. »Ich weiß es leider auch nicht, Herr Kommissar.«

Erst jetzt fiel Merana auf, dass die Gruppeninspektorin blaue Augen hatte mit einem leichten Grauton. Wie bei einem Gebirgssee am frühen Morgen kurz vor Sonnenaufgang, wenn das Wasser matt zu leuchten begann.

Vor dem Gebäude des Gemeindeamtes trafen sie auf Hannah Gordon, eine Mitarbeiterin aus Thomas Brunners Team, und auf Revierinspektor Peter Ankerl. Beide luden Plastikboxen aus dem Streifenwagen. Die Behälter waren mit Gegenständen vom Tatort gefüllt. Der Revierinspektor trug immer noch seine dunkle Sonnenbrille, obwohl sich der Himmel inzwischen bewölkt hatte. Man kann es auch übertreiben mit dem Miami-Vice-Gehabe, dachte Merana.

»Wo sollen wir das Zeug hinbringen?«, fragte die Frau.

»Na am besten in unser Büro gleich im Erdgeschoss«, schlug Ulla Heilmayer vor. Die Polizeiinspektion Krimml mit ihren zwei Dienstzimmern war ebenfalls im Gebäude des Gemeindeamtes untergebracht.

»Nein«, entschied Merana, »ich habe eine bessere Idee. Kollege Ankerl, bestellen Sie dem Herrn Bürgermeister einen schönen Gruß von mir mit folgender Anweisung: Sein sogenannter *War Room* ist augenblicklich zu räumen. Er möge seinen Fernsehshow-Krempel woanders unterbringen. Auf Anordnung der Staatsanwaltschaft ist das Sitzungszimmer der Gemeindevertretung ab sofort die Einsatzzentrale für die kriminalpolizeilichen Ermittlungen in diesem Mordfall. Sorgen Sie bitte dafür, dass diese Aufforderung unverzüglich umgesetzt wird. Dann bringen Sie alle für unsere Arbeit notwendigen Utensilien in den Einsatzraum, auch diese Boxen. Alles klar?« Revierinspektor Miami Vice salutierte theatralisch und grinste. »Das wird so gar nicht nach dem Geschmack des guten Gottfried sein.«

»Vom Geschmack des Herrn Bürgermeister habe ich eben ein sehr eindringliches Bild bekommen. Das reicht mir.

Also, Herrschaften, macht dem Ortsvorsitzenden gehörig Feuer unter dem Hintern!«

Ulla Heilmayer konnte sich ein leises Lachen nicht verkneifen. Dann drehte sie sich um und ging voraus. Wieder war Merana verwundert, mit welch auffallender Grazie diese Hundertkilofrau sich über die Straße bewegte. Sie kamen am Gastgarten eines kleinen Kaffeehauses vorbei. Die Kellnerin stellte eben eine Espressotasse vor einen Gast auf den Tisch. Heute früh war auch ihm an einem Kaffeehaustisch bei wunderbarer Aussicht auf die Salzburger Altstadt ein Espresso serviert worden. Das war nicht einmal acht Stunden her. Merana kam es vor, als seien inzwischen Jahre vergangen.

»Hallo, Ulla, ich habe gehört schon von die tragische Unglück.« Die braunhaarige Kellnerin im roten Dirndlkleid winkte der Beamtin zu. »Da wirst du haben jetzt viel Arbeit.«

»Ja, Milena. Das kannst du laut sagen.«

»Klingt auch nicht nach einer waschechten Pinzgauerin«, bemerkte Merana, als sie am Kaffeehaus vorbei waren.

»Nein«, erwiderte Ulla Heilmayer. »Milena kommt aus Krupina in der Slowakei. Und die zweite Kellnerin in diesem Kaffeehaus ist Ungarin. Beim Kirchenwirt servieren ein Bosnier und eine arbeitslose Zahntechnikerin aus Sofia. Und der Anderlbauer hatte heuer auf seiner Alm zwei Sennerinnen aus Chemnitz.«

Der Pinzgau sei in Europa angekommen, fügte sie hinzu, oder Europa im Pinzgau. Je nachdem, wie man das sehen wolle. Die Kellnerinnen kamen aus dem ehemaligen Ostblock, die finanziell potentesten Touristen aus Saudi-Arabien und die neuen Nachbarn am mit viel Geld gekauften und renovierten Bauernhof aus Russland.

»Woher kommen Sie?«, fragte Merana.

Sie hielt kurz inne. »Zumindest aus dem Salzburger Land. Ich bin vor acht Jahren aus dem Lungau hierher übersiedelt. Aber das ist eine lange Geschichte. Die erzähle ich Ihnen ein anderes Mal, wenn es Sie interessiert.«

Merana blieb stehen. In der Ferne donnerte die weiße Gischt zu Tal.

»Man spürt den Wasserfall auf Schritt und Tritt, in jedem Winkel des Ortes. Überall. Und es ist erstaunlich, wie weit das Geräusch des Wassers zu hören ist.«

Das Rauschen sei nicht immer gleich, erklärte seine Begleiterin. Wenn es im Ort noch klarer auszumachen sei als heute, dann bedeute das, Wind würde aufkommen, das Wetter drohe umzuschlagen. Die Krimmler bräuchten keine Meteorologen für irgendwelche Prognosen, sie hätten ihren Wasserfall.

Eine Stunde später standen sie wieder an eben diesem Naturwunder. Zuvor hatte Merana mit der Staatsanwältin telefoniert und sie über den noch eher kümmerlichen Stand der Ermittlungen informiert. Ein kurzes, aber von Meranas Seite energisch geführtes Telefongespräch mit dem Chef hatte zur Folge, dass der Polizeipräsident zustimmte, einige Kollegen aus anderen Abteilungen abzuziehen und zur Verstärkung nach Krimml zu schicken. »Die vom *Brand* und vom *Betrug* haben derzeit ohnehin wenig zu tun«, argumentierte der Kommissar. Zusätzliche uniformierte Beamte aus anderen Polizeiinspektionen des Pinzgaus und Pongaus hatte der Herr Hofrat ohnehin schon nach Krimml beordert. Daraufhin hatte Merana die Gruppeninspektorin ersucht, ihren Kollegen darüber zu informieren. »Rufen Sie den Ankerl an, er möge sich eine Gästeliste der Sponsorenparty besorgen und die eintreffenden Beamten entsprechend briefen. Sie sollen unverzüglich mit der Befragung der Partyteilnehmer beginnen. Wir brauchen dringend einen genauen Zeitplan zum Ablauf des gestrigen Abends: Was ist alles vorgefallen? Wer hat Lena Striegler zuletzt lebend gesehen?« Ulla Heilmayer wollte sich lieber selbst darum kümmern und nicht telefonieren. »Man muss den Kollegen Ankerl immer ein wenig an der kurzen Leine halten. Ich will nicht, dass er wie meistens den jovialen, klassen Burschen raushängen lässt und vor lauter Selbstgefälligkeit die Hälfte vergisst. Und dass er vielleicht auch noch mit seinem Miami-Vice-Schmäh die Kolleginnen anbaggert, muss auch nicht sein. Nichts gegen den Peter, Herr Kommissar. Aber dieser Fall, fürchte ich, ist ihm eine Nummer zu groß. Da muss die Chefin ran!« Merana sah sie an. Gehörte sie auch zu jenen Führungskräften, die immer glaubten, selbst alles am besten zu können? Egal. Hauptsache, die Ermittlungen kamen ins Rollen.

Das Tatort-Team hatte den Radius der Untersuchungen inzwischen erweitert. Man bezog jetzt auch den langen Weg mit ein, der vom Eingangsbereich zu den Wasserfällen führte, und zudem die Steige, auf denen man entlang der Fälle steil nach oben gelangte. Die Leiche des Mädchens war bereits abtransportiert worden und zusammen mit Polizeiarzt Richard Zeller auf dem Weg in die Gerichtsmedizin in Salzburg.

Merana wandte sich an den Chef der Tatortgruppe. »Wie schaut es aus, Thomas? Was kannst du mir vorläufig über eure Untersuchungen sagen?« Brunner wischte mit den Fingern über den Bildschirm seines Tablets. »Leider nicht viel. Wir sind immer noch beim Sammeln. Du weißt, dass es lange dauern wird, bis wir die Spuren auch ausgewertet haben. Aber Richard und ich haben zumindest eine Vermutung, wie es abgelaufen sein könnte. Ich betone noch einmal, Martin: Das ist eine Vermutung.«

Merana musste lächeln. Er war stolz darauf, dass es im großen Team der Salzburger Kriminalpolizei einige absolute Topleute gab. Thomas Brunner und Polizeiarzt Richard Zeller gehörten da zweifellos dazu. Wenn die beiden sich darauf einließen, eine ›Vermutung‹ zu äußern, dann war das in vielen Fällen schon sehr nahe an der Wahrheit.

»Also, Thomas, schieß los.«

Der Chef der Spurensicherung deutete zu jener Stelle, an der die Leiche gelegen hatte. »Der Fundort ist ganz sicher nicht der exakte Tatort. Den Spuren nach, die wir bisher ausmachen konnten, wurde sie vermutlich da vorne getötet oder zumindest angegriffen.« Er wies mit der Hand auf die Mitte des kleinen Platzes.

»Sie hat Wunden am Hinterkopf und seitlich oberhalb der Schläfe. Wir haben Blut auf einigen Steinen gefunden. Ob einer davon die Tatwaffe ist, können wir noch nicht sagen. Jedenfalls wurde das Mädchen dann hinüber zum Wasserfall geschleift. Sie lag definitiv eine Zeit lang im Wasser.«

»Könnte die Todesursache auch Ertrinken sein?«

»Möglich. Richard hat in seiner ersten Untersuchung keine Druckstellen auf der Haut gefunden, die darauf deuten würden, dass ihr Kopf unter Wasser gedrückt wurde. Aber es kann dennoch so gewesen sein.«

Warum hat der Angreifer oder die Angreiferin das Mädchen ins Wasser gezogen? Um die junge Frau endgültig zu töten? Um Spuren zu verwischen? Oder handelte der Täter oder die Täterin nach irgendeinem bizarren Ritual?

»Was hatte die Tote bei sich?«

Brunner wischte wieder über das Tablet und zeigte Merana mehrere Aufnahmen. »Diese schwarze Handtasche. Die ist schon eingepackt und mit den anderen Objekten drüben in der Einsatzzentrale. Wenn wir hier fertig sind, nehmen wir alles mit nach Salzburg zur Laboranalyse.«

»Was war in der Handtasche?«

»Nichts Auffälliges, der übliche Kram, den Frauen so dabei haben: Schminkzeug, Taschentücher, ein paar Rechnungen, Geldbörse, Bankomatkarte, Haarbürste, Zigaretten, Feuerzeug und ein Handy. Einer meiner Leute ist dabei, die Kontakte und die letzten Telefonanrufe zu checken.«

Merana blickte wieder zum Wasserfall. Gestern Nachmittag hatte eine fröhliche junge Frau, die unbekümmerte Lebenslust ausstrahlte, hier noch für den Fotografen posiert. Und wenige Stunden später war sie an derselben Stelle getötet worden.

Zufall? Oder hingen diese beiden Ereignisse zusammen? Sie würden es herausfinden.

»Danke, Thomas. Wann werdet ihr fertig sein?«

»Ich denke, morgen Vormittag. Dann können wir den Tatort wieder freigeben für die Besucher.«

Und die würden dann wohl zuhauf kommen und den Platz hier stürmen. In noch größeren Massen als sonst. Denn immerhin waren die berühmten Krimmler Wasserfälle jetzt um eine traurige Attraktion reicher.

»Pass auf, du Idiot. Der Bildschirm war sauteuer.« Bürgermeister Erlinger brüllte seinen Sohn an, als sei der schuld daran, dass er wegen diesem Arschloch von Kommissar seinen *War Room* räumen musste. Hätte er ihm doch damals beim gemeinsamen Schulwandertag in der ersten Klasse eine reingehauen, dann würde er sich vielleicht jetzt ein wenig wohler fühlen. Er hatte fast jeden verdroschen während seiner Schulzeit, nur das damals schmächtige Merana-Bürscherl leider nicht. »Und du, hilf dem Jock gefälligst!«, schnauzte er den Kapellmeister an, der auch noch im Zimmer war. »Allein kriegt der Depp den Flatscreen nie von der Wand.« Christoph Hornklang zerquetschte einen Fluch zwischen den Zähnen und legte Hand an den Bildschirm, während der Bürgermeistersohn mit einem Schraubenzieher die Wandbefestigung löste. Auch der Kapellmeister war sauer. Auf den Kommissar und auf den Bürgermeister. Denn Erlinger war auf die Schnapsidee gekommen, das Marketenderinnen-Event-Büro ausgerechnet in das benachbarte Probelokal seiner Musikkapelle zu verlegen. Christoph Hornklang hatte noch keine Ahnung, wo er die dort aufbewahrten Instrumente unterbringen sollte, die große Trommel, das Schlagzeug und die beiden Basstuben. Und wo sie in nächster Zeit proben könnten, wusste er auch noch nicht. Die Tür wurde aufgerissen, Cilli Krumpner stand im Raum.

»Was willst denn du da?«, fuhr der Bürgermeister sie an. Mit weit ausholender Geste schlug die Ortstratschen theatralisch ihre Hände vor der ausladenden Brust zusammen. Das alles sei ja so furchtbar, die arme Lena! Aber da das bedauernswerte Mädchen jetzt eben tot sei und der Bürgermeister dadurch seine Finalistin verloren habe, könnte sie sich vorstellen, für die Lena in die Presche zu springen. Zum Wohle des Ortes natürlich. Immerhin sei sie viele Jahre lang selbst Marketenderin gewesen. »Was hältst du davon, Gottfried?«

Erlinger schaute auf die Frau vor ihm mit dem verwischten Make-up, das die Falten nicht übertünchen konnte, und der überwuzelten Figur in dem viel zu engen Dirndlkleid. Dann wanderte sein Blick zu den jungen knackigen Mädchen auf den Werbepostern an den Wänden. »Cilli, nerv mi net du aa no! Verschwind! Und zwar pronto!«

Die so rüde Abgewiesene machte verschnupft auf der Stelle kehrt. »Ma wird do no an Vorschlag machen derfen!«, schnaufte sie beleidigt, als sie über die Treppe wieder nach unten rauschte.

8

Die Sonne war schon fast hinter der Gerlosplatte verschwunden, als Merana zusammen mit Ulla Heilmayer aufbrach, um die Familie des toten Mädchens aufzusuchen. Er war sich nicht sicher, ob er den Weg zum Thalerhof alleine noch gefunden hätte. Er war ihn ein einziges Mal gefahren, vor vielen Jahren. Während er neben der Gruppeninspektorin im Einsatzfahrzeug saß, ließ er die Bilder von damals Revue passieren. Er war in den Pinzgau gekommen, um der Großmutter einen Gefallen zu tun. Sie hatte zum Sterbetag ihrer Tochter, Meranas Mutter, eine Seelenmesse lesen lassen. Die kleine Kirche in Meranas Heimatort war fast bis auf den letzten Platz gefüllt gewesen. Seine Mutter war als Volksschullehrerin sehr geachtet gewesen. Sie hatte sich in einigen Vereinen engagiert, Feste und Schulaufführungen organisiert. Nach der Messe war eine junge Frau auf ihn zugekommen. Er hatte den Eindruck gehabt, sie von irgendwoher zu kennen. Das war nicht verwunderlich. Der Oberpinzgau war nicht allzu groß. Es gab nur wenige Orte. Da kannte nahezu jeder jeden. Ob er sich nicht mehr an sie erinnern könne, hatte ihn die junge Frau gefragt. Sie sei die Alma Thaler aus Krimml. Sie habe im Oberpinzgauer Kinderchor mitgesungen, den seine Mutter geleitet hatte. Merana erinnerte sich nur vage. Er dachte nicht gerne an seine Kindheit. Er hatte damals auch im Kinderchor der Mutter singen müssen. Er wollte das nicht. Das war ihm peinlich vor all den anderen Kindern, dass die ›Frau Lehrerin‹, die den Ton angab, ausgerechnet seine Mutter war. Er hatte oft absichtlich falsch gesungen, damit die Mutter ihn aus dem Chor nähme. Was sie dann auch tat. An Alma

Thaler im Kinderchor konnte er sich nur sehr vage erinnen. Sie wäre drei Jahre in Schweden gewesen, hätte dort als Reiseleiterin gearbeitet, hatte sie ihm beim Aufeinandertreffen nach der Seelenmesse erzählt. Nun sei sie zurück in Krimml und würde vielleicht hier bleiben, wenn sie den Job in der Bank bekäme, den man ihr in Aussicht gestellt hatte. »Willst du mich nicht einmal besuchen, Martin?«, hatte sie gesagt und ihn dabei angestrahlt. »Ich wohne am Hof meiner Eltern. Ich lade dich zum Essen ein.« Das wollte er nicht. Vor zwei Jahren war seine Frau Franziska gestorben, an Lymphdrüsenkrebs. Seit damals scheute er den Umgang mit anderen Menschen. Im Dienst ließ sich das nicht vermeiden, aber außerhalb seiner Polizeiarbeit wollte er lieber mit niemandem zu tun haben. Sich zurückzuziehen, war ihm zur vertrauten Gewohnheit geworden. Aber Alma hatte nicht locker gelassen.

Sie hatte auch in letzter Zeit wenig Kontakt zu ihrer Heimat gehabt. Es wäre doch nett, bei einem gemütlichen Glas Wein ein wenig über die alten Zeiten zu plaudern.

Schließlich hatte er zugestimmt. Er wollte auch nicht ständig als der mürrische, menschenscheue Eigenbrötler dastehen, als den er sich damals selbst sah. Und manche Kollegen an seinem damaligen Arbeitsplatz bei der Polizei hatten ihn auch schon so genannt.

Die Gruppeninspektorin bremste plötzlich scharf und riss ihn damit aus seinen Betrachtungen. »Sorry, Herr Kommissar. Ich unterschätze diese Kurve immer. War wohl etwas zu flott dran.« An diese Stelle des Weges konnte Merana sich gut erinnern. Auch er hatte die kurvige Passage damals zu rasant genommen.

Der Strauß Rosen auf dem Beifahrersitz war zu Boden gefallen, daran konnte er sich jetzt wieder erinnern. Anfangs war die Atmosphäre ein wenig verkrampft gewesen, was mehr an ihm gelegen hatte als an Alma. Aber dann war der Abend ganz anders verlaufen, als er sich das vorgestellt hatte. Er hatte sich plötzlich wohl gefühlt in der Nähe dieser jungen Frau. Er rief sich ihr Bild vor Augen, wie sie damals ausgesehen hatte: Ihr schlanker Körper war in ein ärmelloses karmesinrotes Kleid gehüllt. Sie hatte sich eine Blume ins schwarze offene Haar gesteckt. Der Glanz ihrer Augen erinnerte ihn an die Farbe von dunklem Achat. Ihre feinen Brauen bildeten zwei makellose Bögen. Wenn sie lachte, verstärkten sich die Linien von Wangen und Kinn, bildeten ein zartes Sechseck um ihren Mund. Und sie hatte viel gelacht an diesem Abend. Sie hatten beim Essen gemeinsam gescherzt und sich gegenseitig Anekdoten aus ihrer Schulzeit erzählt. Sie war eine aufmerksame Zuhörerin, die gerne den Kopf ein wenig zur Seite neigte, wenn sie ihn über den Rand des hoch erhobenen Rotweinglases anschaute. Während der Hauptspeise, einem köstlichen Rehragout, war ihm zum ersten Mal aufgefallen, dass er schon ziemlich beschwipst war. Während des Desserts waren dann die ersten Donnerschläge zu hören gewesen, und bald darauf hatte prasselnder Regen eingesetzt. Alma war in der Küche verschwunden und bald darauf mit zwei Tassen Kaffee und einer Flasche Grappa wieder gekommen. Sie hatte ihm den Espresso hingestellt und sich ohne etwas zu sagen auf seinen Schoß gesetzt. Sie hatte sich die Träger ihres Kleides abgestreift, sein Gesicht in die Hände genommen und ihn geküsst. Ihre Zunge war wie ein kleines Tier über seinen Gaumen gefegt. Plötzlich erinnerte er sich wieder an den Geschmack ihrer Lippen. Die Bilder rasten durch Meranas Kopf, während der Dienstwagen mit der Gruppeninspektorin am Steuer bergauf fuhr. Alma hatte ihn in dieser Nacht nach draußen gezogen, mitten hinein in den Regen. Sie hatten einander die Kleider vom Leib gerissen und sich in der nassen Wiese geliebt. Sie hatte ihre Lust hinaus gebrüllt in die Schwärze der Nacht, während über ihnen der Donner grollte und das Zucken der Blitze sich entlud. Wie im Taumel waren sie dann zurück ins Haus geeilt und hatten auf den harten Dielen des Stubenbodens wild ineinander verschlungen weiter gemacht. Die Mauer, die er rings um die bohrende Verzweiflung seit dem Tod seiner Frau gelegt hatte, hatte plötzlich einen Riss bekommen. Und er erinnerte sich wieder an den Hunger und die Gier nach Leben, mit der er sich in den zuckenden, heißen, wollüstigen Körper dieser Frau versenkt hatte. Irgendwann waren sie dann erschöpft gewesen und auf dem Boden eingeschlafen, Alma mit dem Kopf auf seiner Schulter.

Der Polizeidienstwagen der Gruppeninspektorin nahm die letzte Kurve , dann hatten sie den Hof erreicht, der auf dem sanften Rücken eines Hügels lag. Merana fühlte sich wie gerädert. Er stieg aus dem Wagen. Die Sonne war inzwischen völlig hinter den Bergen versunken. Doch es würde noch mindestens eine Stunde hell sein. Für einen Augenblick gönnte sich Merana den wunderbaren Ausblick, den man von hier genoss und der ihn auch damals schon überwältigt hatte. Vielleicht auch, um sich kurz innerlich zu sammeln ließ er seine Augen in die Ferne gleiten, sah auf der linken Seite den Gernkogel und den Wildkogel, rechts von ihm den Gabler und den Broadlahner und in der Ferne die Loferer Steinberge.

Dann drehte er sich um und folgte Ulla Heilmayer.

Alma Striegler saß mit den beiden Kindern auf der Bank vor dem Haus. Das Kriseninterventionsteam war vor einer Stunde weggefahren. Merana hatte sich beim Einsatzleiter des Roten Kreuzes erkundigt. Das kleine Mädchen war acht Jahre alt und hieß Clara. Der Name ihres zwölfjährigen Bruders war Raphael. Lena war mit 17 Jahren die älteste der drei Geschwister gewesen, in drei Wochen wäre sie 18 geworden. Auch das hatte Merana inzwischen erfahren. Clara hatte den Kopf auf den Schoß der Mutter gelegt. Alma streichelte ihrer Tochter das Haar. Der Junge hielt das Gesicht an der Schulter der Mutter vergraben und schluchzte lautlos. Als die beiden Beamten ankamen, wurde die Haustür geöffnet. Der alte Mann, den er heute Morgen schon am Wasserfall gesehen hatte, trat heraus. Unwillkürlich blickte Merana sich um. Den Raben konnte er nirgends entdecken. Der Grauhaarige mit dem Bart war Arthur Thaler, Almas Vater, der mit ihr und den Kindern hier am Hof lebte. Ohne ein Wort zu sagen, stand Alma auf. Sie wartete, bis der Großvater sich zu den Kindern auf die Bank setzte, dann ging sie ins Haus. Merana bat die Gruppeninspektorin, kurz heraußen zu bleiben, er wolle zunächst alleine mit Alma Striegler reden. Ulla Heilmayer warf ihm einen erstaunten Blick zu, sagte aber nichts.

Der Kommissar betrat das Haus. Soviel er sich erinnern konnte, hatte sich seit seinem letzten Besuch wenig verändert. Im Vorraum waren Kinderschuhe aufgereiht. Die hatte es damals nicht gegeben. Alma saß auf der Bank am großen Kachelofen. Meranas Augen wurden beim Eintreten unwillkürlich von den Brettern des alten Holzbodens angezogen, auf dem sie sich damals mit aller Leidenschaft geliebt hatten. Alma war Meranas Blick gefolgt. Für einen Moment blitzte in ihren Augen Wut auf. Sie ruckte ihren Kopf in seine Richtung. Wie ein zorniger schwarzer Schwan sah sie ihn an.

»Alma, es tut mir leid«, begann er. Aber sie schnitt ihm mit einer Handbewegung das Wort ab. »Spar dir das, Martin.« Er sah, wie die Wut in ihrem Blick verblasste und wieder der Trauer Platz machte. »Ich möchte wissen, wer meiner Tochter das angetan hat. Ich wünschte mir, ein anderer würde die Ermittlung führen, nicht du. Aber jetzt ist es halt einmal so, wie es ist.« Mit einem Ruck stand sie auf. Ein wenig von der Haltung des zornigen Schwans flammte wieder auf.

»Also, was willst du?«

»Wie geht es der Kleinen?« Er hatte den völlig entrückten, verzweifelten Blick des Mädchens draußen mitbekommen.

»Für Clara ist es besonders schwer. Sie ist sehr an ihrer großen Schwester gehangen. Lena war ihr ein und alles.« Sie kämpfte mit den Tränen, ihre Mundwinkel begannen zu zucken, das makellose Sechseck ihrer immer noch feinen Gesichtslinien geriet aus den Fugen. Merana war versucht, sie in die Arme zu nehmen, ihr übers Haar zu streichen. Aber er hielt sich zurück. Das wäre in jedem Fall das Falsche gewesen. Er bemühte sich, die nötige professionelle Distanz aufzubringen, wie bei jedem anderen Fall auch. Es klopfte. Ulla Heilmayer öffnete langsam die Tür. »Entschuldigung, Herr Kommissar. Sie haben Ihr Handy im Wagen liegen lassen. Deshalb hat Dr. Zeller mich angerufen.«

Sie hielt ihm ihr flaches Telefon hin. Merana nahm es.

»Hallo, Martin, zwei Dinge kann ich dir jetzt schon sagen. Sie wurde nicht vergewaltigt und sie ist nicht ertrunken. Sie war schon tot, bevor sie ins Wasser kam.«

»Wie lange lag sie dort?«

»Schwer zu sagen. Vielleicht zwei bis drei Stunden.«

»Danke, Richard, bitte ruf mich später noch einmal an.« Er gab der Gruppeninspektorin das Handy zurück und bat sie, gleich dazubleiben. Wieder prüfte ihn Ulla Heilmayer mit seltsamem Blick, sie sah ein paar Mal zwischen Merana und der Frau, die am Kachelofen stand, hin und her. Alma hatte die Arme eng um ihren immer noch mädchenhaft schlanken Körper gelegt.

»Ich will es wissen, Martin: Was hat der Arzt gesagt?«

»Lena ist nicht vergewaltigt worden. Das hat die Untersuchung eindeutig ergeben.«

Sie nickte kurz und drehte sich ab. Ihr Blick war auf das Fenster gerichtet.

»Vielleicht ist es besser, wenn wir uns setzen«, schlug Merana vor. Alma reagierte zunächst nicht, blieb einfach stehen, schaute unverwandt nach draußen. Dann gab sie sich einen Ruck und nahm wieder auf der Ofenbank Platz. Sie versuchte sogar einen Anflug von Lächeln. »Möchten Sie einen Kaffee?« Die Frage galt Ulla Heilmayer.

Die lehnte dankend ab. Merana begann behutsam, die ersten Fragen zu stellen.

Ab und zu mischte sich auch die Gruppeninspektorin mit einer Bemerkung ein. Für das, was ihrer Tochter in der vergangenen Nacht Schreckliches widerfahren sei, hatte Alma auch nicht den Ansatz einer Erklärung. Sie seien gestern Abend alle zusammen beim Fest gewesen. Sie hätten sich mit Lena gefreut, dass sie die Vorausscheidung gewonnen hatte. Das sei ihr sehnlichster Wunsch gewesen. Alma hatte zwar keine große Freude mit dieser Art von Wettbewerb gehabt, aber sie wollte ihrer Tochter auch nicht die Teilnahme verbieten. Dass Lena in der Nacht nicht heimgekommen sei, habe sie nicht bemerkt. Sie habe am Morgen gedacht, ihre große Tochter schlafe noch. Erst gegen neun Uhr habe sie nachgeschaut und entdeckt, dass Lenas Bett leer war.

»Ihrem Vater war auch nichts aufgefallen?« Die Frage kam von Ulla Heilmayer.

»Der war in der Früh auch nicht da. Aber der ist öfter mit dem Odo in der Nacht unterwegs und kommt erst gegen Mittag zurück.«

»Odo?«

»Das ist der Rabe.«

Merana fragte, ob sie Lenas Zimmer sehen könnten. Sie nickte und stand auf. An der Wand neben der Treppe, die vom Vorraum aus nach oben führte, fiel Merana ein Plakat auf. Es war die Ankündigung zu einer Schulaufführung. *Die Drachenjungfrau* stand als Titel über dem Bild, das eine Art Lindwurm mit weiblichem Oberkörper zeigte.

»Was ist das?«

Alma machte an der Treppe Halt. »In der Schule wird jedes Jahr das Spiel von der Drachenjungfrau-Sage aufgeführt. Raphael ist heuer auch dabei. Er hat das Plakat hier aufgehängt.«

Dann stieg sie nach oben und öffnete die erste Tür auf der linken Seite. Der Raum vermittelte genau den Eindruck, wie man sich das Zimmer einer 17-Jährigen erwartete: Ein heller Schreibtisch mit einem Laptop direkt vor dem Fenster, an den Wänden mehrere Poster mit Stars aus der Popwelt. Merana erkannte nur die Bilder von James Blunt und Lady Gaga. Alle anderen sagten ihm nichts. Das Bett an der Wand gegenüber der Tür war gemacht. Auf dem Kopfpolster hockten zwei Stofftiere, ein schwarzer Hase und ein grüner Teddybär. Neben der Tür stand ein Regal mit Büchern und DVDs. Eine Wand des Raumes wurde zur Hälfte von einem Kleiderkasten eingenommen. Zwei der vier Schubladen waren halb geöffnet. Über einen Stuhl waren achtlos mehrere T-Shirts und zwei Hosen geworfen. Alma griff mechanisch nach den Kleidungsstücken, öffnete die Schranktür und begann kopfschüttelnd, die Hosen auf Bügel zu hängen. Plötzlich wurde ihr die Sinnlosigkeit ihres Handelns bewusst. Sie ließ die übrigen Kleidungsstücke fallen. Ihre Schultern begannen wieder zu beben, ein Weinkrampf schüttelte sie. Ulla Heilmayer trat zu ihr und drückte sie sanft an sich. Merana spürte einen Kloß im

Hals. Er wandte sich ab und betrachtete weiter das Zimmer der toten Lena. Fotos gab es keine, bis auf ein gerahmtes über dem Bett. Es zeigte die drei Geschwister auf drei Liegestühlen beim Eisessen. Eine unbeschwert fröhliche Erinnerung an einen heißen Sommertag am Strand. Neben dem Foto war ein hellgrünes Blatt mit Gedichtzeilen an die Wand geheftet.

Roas

Ti auf
aussi
ban Toi

Bretl weck
üwa Grenzn
ohne Angst

gscheita wern

hoam kema
Rucksack
auslaarn

Stoa oschau
ohne Angst

Das war Pinzgauer Dialekt. Merana versuchte für sich, es ins Hochdeutsche zu übersetzen.

Reise.
Tür auf, raus aus dem Tal.
Bretter weg.

Über Grenzen, ohne Angst.
Klüger werden.
Heimkommen. Rucksack ausleeren.
Steine betrachten. Ohne Angst

»Lena mochte dieses Gedicht besonders.« Alma stand neben ihm. »Es stammt von einer Autorin hier aus der Gegend.«

Gerlinde Allmayer stand in Klammer unter dem Gedicht.

»Wollte Lena weg?« Merana drehte sich zu Alma.

»Ja. Unbedingt. Sie wollte nicht hier versauern, wie sie immer wieder sagte. Ich hätte ihr vielleicht eine Stelle in unserer Bank verschaffen können, aber das hat sie abgelehnt. Es gibt nicht viele Möglichkeiten für junge Menschen hier im Oberpinzgau.«

»Hatte Lena einen festen Freund?«, fragte die Gruppeninspektorin.

Alma schüttelte den Kopf. »Nicht mehr.« Soviel sie wisse, habe Lena mit Max vor drei Wochen Schluss gemacht. Den Grund dafür wüsste sie nicht genau. »Eine 17-Jährige erzählt ihrer Mutter nicht immer alles.« Aber sie glaube, Max sei eifersüchtig gewesen, weil Lena sich mit den Burschen von der Film-Crew so gut verstanden hatte. Ihre Tochter habe halt gern geflirtet. »Sie war eine lebenslustige junge Frau, und alle mochten sie.« Sie bemühte sich, den aufkommenden Weinkrampf niederzuringen. »Wo ist dieser Max jetzt?« Auch das konnte Alma nicht mit Gewissheit sagen. Er wohnte nicht in Krimml. Lenas Ex-Freund stamme aus Saalfelden. Sie habe gehört, er sei seit ein paar Tagen auf Urlaub in Italien. Merana nickte der Gruppeninspektorin zu. Sie würden das überprüfen. Vielleicht war der junge Mann schon zurückgekehrt, vielleicht auch gar nie gefahren. Vielleicht war dessen Eifersucht der Schlüssel zur Lösung. Aber Merana hatte seine Zweifel. So einfach war es selten. Er ließ noch einmal die Unbekümmertheit, die dieses Zimmer ausstrahlte, auf sich wirken. Hier hatte bis vor Kurzem ein 17-jähriges Mädchen gewohnt, beliebt, aufgeschlossen, herzlich, neugierig aufs Leben. Und nun lag sie erschlagen und totenstarr auf dem Seziertisch in der Gerichtsmedizin. Er hatte sich zur Angewohnheit gemacht, der eigenen Trauer bei seinen Mordermittlungen aus professionellen Gründen keinen Platz einzuräumen. Aber er schaffte das nicht immer. Er zog den Abzug eines der Bilder vom Foto-Shooting am Wasserfall aus der Tasche. Die Fotos hatte Ulla Heilmayer besorgt. Er zeigte Alma das Bild und fragte sie nach der Kette.

»Das war Lenas Talisman. Ich selbst habe ihr die Kette zum 15. Geburtstag geschenkt.« Die Kette mit dem Drachen habe ihre Tochter immer getragen. Warum die Kette nun fehlte, konnte sie auch nicht erklären.

Dann gingen sie nach unten. Der Kommissar und die Polizistin verabschiedeten sich.

Clara saß jetzt alleine auf der Bank vor dem Haus. Ihr starrer Blick war in die Ferne gerichtet. Sie presste einen kleinen blauen Stoffdrachen an ihre Brust, den sie unaufhörlich streichelte. Ein eigenartiges dumpfes Klatschen war zu vernehmen. Merana blickte in die Richtung, aus der das Geräusch kam. Er sah Raphael. Der stand etwa zehn Meter von einem Schuppen entfernt und schoss wie verbissen mit einem Bogen Pfeil um Pfeil auf eine Scheibe, die an der Wand des Verschlages angebracht war. Tränen kullerten über sein Gesicht. Auf der anderen Seite des Hofes, gegen den Hügel zu, über den der Weg ins Tal führte, hantierte der alte Mann an einem großen Stück Holz. Er bearbeitete es mit dem Messer. Zaunpfähle lagen locker übereinander gestapelt neben ihm. Auf einem der Pfähle hockte der Rabe und beäugte neugierig das Werk des Alten. Merana ging zu ihm hinüber. Sein Großvater habe auch solche Jägerzäune gebaut, begann Merana das Gespräch. Das beherrschten heute nicht mehr viele, wie er wüsste. Der Alte kerbte weiter an seinem Werkstück, als hätte er nichts gehört. Mit einem Mal hob er den Kopf und sah Merana direkt an. »Ich kenne Ihre Großmutter. Sie hat mir einmal geholfen, einen Traum zu deuten. Sie ist eine bemerkenswerte Frau.« Ja, das war sie. Und deshalb kannten sie auch viele hier in der Gegend, in der Region zwischen der Gerlosplatte und Zell am See. Der Alte widmete sich wieder seiner Arbeit.

»Wann haben Sie heute Nacht Ihre Enkeltochter am Wasserfall gefunden, Herr Thaler?« Wieder schwieg der alte Mann lange. Als er aufsah, waren seine blassen Augen mit Tränen gefüllt. »Viel zu spät, Herr Kommissar, viel zu spät.«

»Haben Sie Lena aus dem Wasser gezogen?«

»Ja.« Mehr sagte er nicht mehr. Er legte das Rundholz zur Seite, nahm den Raben mit dem Arm auf und ging auf das Haus zu. Somit hätten wir wenigstens das geklärt, dachte Merana und sah dem Alten nach. Hatte Arthur Thaler mehr getan, als seine Enkeltochter nur aus dem Wasser gezogen? Hatte er sie vorher auch hineingestoßen? Und war davor ein schwerer Stein in seiner Hand gewesen? Als hätte sie diese ungeheuerliche Anschuldigung gehört, hob die Kleine auf der Hausbank ganz plötzlich ihren Kopf und starrte zu Merana herüber. Wie eine Statue hockte sie da, unbeweglich, den Blick auf Merana gerichtet. Mehr noch. Sie sah durch ihn hindurch. So kam es dem Kommissar zumindest vor. Ihn fröstelte plötzlich. Dann senkte die Kleine wieder den Kopf und begann erneut, ihren Drachen zu streicheln. Die Lampe an der Hauswand flackerte auf. Erst jetzt bemerkte Merana, dass es schon ziemlich dunkel geworden war. Der Junge am Schuppen ließ sich von der hereinbrechenden Nacht nicht beirren. Unermüdlich schoss er

Pfeil um Pfeil gegen die Holzscheibe. Einige blieben darin stecken, andere fielen zu Boden. Wenn er fertig war, sammelte Raphael die Pfeile ein und begann von vorne. Das dumpfe Klatschen klang wie das Schlagen von dicken Stäben gegen hohle Bäumstämme. Wie das vereinzelte Trommeln von Signalen. Eine unheilvolle Botschaft aus alter Zeit, deren Sinn man nicht mehr verstand. Merana lauschte. Ein weiterer Pfeil landete mit dumpfem Knall in der Scheibe. Und dem Kommissar entging auch nicht, dass selbst hier oben, weit entfernt vom Ort, das unaufhörliche Rauschen des Wasserfalls zu vernehmen war.

»Kennen Sie dieses Theaterstück von der Drachenjungfrau?«, fragte Merana, als sie wieder talwärts fuhren.

»Ja, das kennen hier alle. Es wird auch jedes Jahr von der Schule im Ort aufgeführt.«

Merana hatte das Gefühl, noch immer den Widerhall der einschlagenden Pfeile zu hören.

»Welche Figur könnte Raphael bei diesem Spiel darstellen?«

»Ich weiß es nicht genau. Aber vermutlich den Jäger. Das ist die zweite Hauptrolle neben der Drachenjungfrau.«

»Liegt dem Stück nicht eine alte Sage aus der Gegend zugrunde?«

»Ja, eine verwunschene Drachenjungfrau wartet darauf, endlich erlöst zu werden. Alle 100 Jahre erwacht sie hinter dem Wasserfall und darf sich zeigen. Die Sage erzählt, dass ein kühner Jäger eines Tages den Entschluss fasst, der Drachenjungfrau den erlösenden Kuss zu geben. Aber im letzten Augenblick übermannt ihn die Angst und er stürzt über die Felsen.«

Die Gruppeninspektorin trat auf die Bremse. Dieses Mal nahm sie die berüchtigte Kurve mit weniger Schwung.

»Hat Lena Striegler früher in der Schule auch bei diesem Spiel mitgemacht?«

»Ja, und sie war eine tolle Drachenjungfrau.« Merana sah die Frau am Steuer von der Seite her an. »Kennen Sie die Familie Striegler gut? Alma, die Kinder, den Großvater?«

»Gut ist vielleicht übertrieben. Was man halt so mitbekommt als Dienststellenleiterin in einer kleinen Gemeinde, wo jeder über jeden alles zu wissen glaubt.«

»Was ist mit Almas Mann?«

»Der ist vor fünf Jahren gestorben. Autounfall. Die Versicherung hat nichts bezahlt, denn er war sturzbesoffen. Gott sei Dank war Alma nie von ihrem Ehemann abhängig. Erstens verdient sie als Filialleiterin der örtlichen Bank nicht schlecht, und zweitens gehört ihr auch der Hof, den ihr der alte Arthur beim Tod seiner Frau vor zehn Jahren überschrieben hat.«

»Was ist mit der Kleinen?«

Sie antwortete nicht sofort, dachte nach.

»Clara ist ein merkwürdiges Kind. Sehr introvertiert. Sie ist auch geistig ein wenig zurückgeblieben. Es ist nicht schlimm, aber sie braucht für manche Sachen sehr lange, auch in der Schule. Und dann schaut sie einen wieder an, als hätte sie eben einen blitzhellen Moment und ein Wissen aus vielen Tausend Jahren.«

Sie schaute unsicher zum Kommissar. »Ich weiß nicht, ob Sie verstehen, was ich meine?«

Er verstand, immerhin hatte er vorhin den eindringlichen Blick der Kleinen gesehen, der ihm durch und durch gegangen war.

»Darf ich Sie auch etwas fragen, Herr Kommissar?«

Er nickte.

»Kennen Sie die Familie? Also zumindest Alma?«

Er zögerte ein wenig mit der Antwort.

»So gut wie gar nicht. Als Kind sang Alma im Chor, den meine Mutter leitete. Und dann bin ich ihr vor vielen Jahren einmal begegnet. Da war sie gerade aus Schweden zurückgekommen.«

Wieder sah sie ihn von der Seite an, wartete, ob er noch etwas hinzufügen wollte. Aber er sagte nichts mehr. Er sah sich selbst auf dem Boden der Stube liegen, am Morgen nach dieser Nacht mit Alma. Er spürte wieder diesen galligen Geschmack von tiefer Reue, mit der er damals erwacht war. Eine Woge von Scham und Verzweiflung hatte ihn überschwemmt. Er hatte keine Ahnung, woher diese Welle kam, aber das Bild seiner toten Frau Franziska war wie eine Wand vor ihm gestanden. Alma war nicht da gewesen. Sie hatte ihm eine Nachricht hinterlassen, dass sie zum Nachbarhof geradelt sei, um frische Milch und Brot zu holen. Er hatte sich aufgerappelt, war wie betäubt in seine Kleider geschlüpft, hatte eine Notiz hingekritzelt, irgendetwas von plötzlichem Anruf aus Salzburg und dringendem Polizeieinsatz, und war abgehauen.

Erst am nächsten Tag hatte er sie angerufen und versucht, sich zu entschuldigen. Sie hatte ihm schweigend zugehört. Dann hatte sie aufgelegt.

In den ersten Wochen danach hatte er noch manchmal an diese gemeinsame Liebesnacht im Gewitterregen gedacht. Vor der eigenen schwarzen Feigheit hatte ihn geekelt. Doch bald war es ihm gelungen, die Erinnerungen zu verdrängen. Und nun war Alma Thaler wieder in sein Leben getreten, als Mutter eines auf grausame Weise getöteten Mädchens, dessen Tod er aufzuklären hatte.

Plötzlich schwappten Scham und Zorn in ihm hoch, die er all die Jahre auf Distanz gehalten hatte. Er versuchte, das Gefühl hinunterzuwürgen wie am Morgen den Brocken der halb verdauten Weißwurst. Es knirschte, so fest presste er die Zähne aufeinander.

Sie hatten das Tal erreicht, Ulla Heilmayer hielt mit dem Wagen vor dem Gemeindeamt.

»Ich möchte Ihnen noch sagen, dass ich mich sehr geehrt fühle, mit dem Leiter der Salzburger Kriminalpolizei zusammenzuarbeiten. Verstehen Sie das bitte nicht falsch, aber ich wollte immer schon einmal den berühmten Kommissar Merana kennenlernen.«

Merana war dieses plötzliche Kompliment unangenehm. Sollte er der Frau Gruppeninspektorin erzählen, wie erbärmlich sich der *Herr Kommissar* manchmal benahm? »Jetzt übertreiben Sie bitte nicht!« Seine Stimme klang rau. Er klang schroffer, als er wollte. »Von Berühmtheit kann keine Rede sein. Ich mache meine Arbeit so gut wie jeder andere.«

Sie wurde ganz ernst, sah ihn an. »Ich glaube, Sie wissen gar nicht, welch guten Ruf Sie innerhalb und auch außerhalb der Polizei genießen.«

Nein, das wusste er tatsächlich nicht. Diese Offenbarung war ihm zusätzlich peinlich. Er sah ihr ins Gesicht. Ihr Blick war fest auf ihn gerichtet. Der bittere Geschmack von Scham auf seiner Zunge löste sich langsam aus. Er schluckte den Kloß hinunter, der ihm im Hals steckte. »Dann darf ich jetzt erwidern, dass auch ich es sehr schätze, die kompetente und einfühlsame Dienststellenleiterin der Krimmler Polizei im Team mit dabei zu haben.« Nun war es an der Gruppeninspektorin, ein wenig zu erröten. Aber der zartrosa Hauch, der ihr über Wangen und Stirn kroch, stand ihr nicht schlecht. Sie spitzte die Lippen und blies die Luft nach oben, um eine der blonden Haarsträhnen zu vertreiben, die ihr ins Gesicht gefallen war. Plötzlich fiel ihr etwas ein.

»Ich habe ganz vergessen zu fragen, ob ich Ihnen ein Zimmer organisieren soll, so wie den anderen Kollegen aus Salzburg.«

Merana winkte ab, versuchte ein Lächeln. »Nein danke. Ich bleibe bei meiner Großmutter. Die wohnt ein paar Kilometer weiter talauswärts.«

sie ist zurück! das tal erzittert von ihrem brüllen.

sie ist zurück! wie der väter überlieferte worte verheißen.

sie ist zurück! eilt und holt den pfarrer herbei. wir bedürfen der hilfe des himmels.

sie ist zurück! wer wird es wagen, sie zu erlösen, das tal zu retten?

seht dort den schützen! kühn steigt herab er vom felsen. die breite schulter trägt wacker die blutende hindin. die kraftvolle faust umklammert den mächtigen bogen als wäre er leicht wie die feder des sperlings.

seht dort den jäger, der kommt …!

(›Die Drachenjungfrau von Krimml‹, nach einer alten Handschrift.

Stimmen im Dorf)

9

Die Laune des Bürgermeisters war den ganzen Tag über nicht besser geworden. Genauso wenig wie sein Kopfweh. Und dass er hier in der Gaststube nicht rauchen durfte, war seiner Stimmung auch wenig förderlich. Dass seine Partei damals dem Rauchverbot in österreichischen Gaststätten zugestimmt hatte, verzieh er ihr nie. Alles Weicheier, die Abgeordneten in Wien!

»Ich hätte gerne noch einen Hugo!« Die Zwitscherstimme der Hostess mit den zwei Piercings im rechten Ohr riss ihn aus seinen Betrachtungen. Erlinger hatte den harten Kern seiner Event-Organisationstruppe zusammengetrommelt, um das weitere Vorgehen für den Marketenderinnen-Award zu besprechen. So saßen mit ihm am großen Tisch in der alten Gaststube sein Sohn Jock, der Fotograf Charly Hawradil, der Geschäftsführer des Tourismusverbandes, Helmut Kallicher, daneben Siegfried Brennberger, in Konkurs gegangener, ehemaliger Elektrofachhändler und nun sein Stage-Manager, und drei aus der insgesamt siebenköpfigen Hostessen-Gruppe. Die hatten sich vor allem um die Betreuung der Ehrengäste und um die Verteilung der Flyer und Give-Aways zu kümmern. Die Besprechung hatte fast zwei Stunden gedauert. Man bestellte noch eine letzte Runde. Die Gaststube war für einen Samstagabend halbwegs gut gefüllt. An drei Tischen im hinteren Bereich des großen Raums saßen ein paar Gäste und Einheimische beim Abendessen. Am schweren Eichentisch unter dem mächtigen Hirschgeweih hatte sich die samstägliche Kartenrunde eingefunden. Die vier alten Männer vom Eisschützen-Verein würden niemals eine Kartenpartie absagen, und wenn der ganze Weg vom Wasserfall bis zur Ortsmitte mit weiblichen Leichen gepflastert wäre. Warum auch? Es änderte ja ohnehin nichts. Der Bürgermeister gab ihnen insgeheim recht. Ein weiterer Tisch war mit acht Männern der örtlichen Feuerwehr besetzt. Die bestellten eben die dritte Runde Bier. Immerhin hatten sie einen anstrengenden Tag gehabt, hatten unermüdlich und mit viel Geduld die Einsatzkräfte der Polizei auf den Anfahrtswegen und Parkplätzen unterstützt. Der Bürgermeister betrachtete seinen Sohn Jock. Wenn der nicht gerade in den üppig gefüllten Blusenausschnitt der Hostess mit den Piercings stierte, warf er immer wieder einen Blick zum Tisch neben dem Eingang. Dort saßen drei Leute: eine Frau im Kostüm mit hochgesteckten Haaren. Das war Camilla Raffler, die Immobilienmaklerin. Sie redete mit gestikulierenden Händen auf einen Mann ein, den Erlinger auch gut kannte, Albert Dengler, den Obmann des neu gegründeten Fußballvereins FC Krimml. Neben Dengler saß ein kleines Mädchen mit einer Masche im Haar. Wenn Erlinger sich nicht täuschte, war das Denglers Tochter. Wie hieß die doch gleich? Doch er kam nicht mehr dazu, sich selbst die Antwort zu geben, denn in diesem Moment wurde die Eingangstür aufgerissen, und Christoph Hornklang preschte mit hochrotem Kopf in den Saal. Der Kapellmeister sah sich kurz um, entdeckte den Bürgermeister mit seiner Gruppe, kam energisch näher und stierte Erlinger an.

»Sag mir, dass das nicht wahr ist, was mir der Toferer Hartl eben erzählt hat!«

Hartmut Toferer war der Erste Klarinettist der Trachtenmusikkapelle. Erlinger hatte keine Ahnung, was der seinem Kapellmeister erzählt hatte. Hornklang fegte mit der Hand über den Tisch, auf dem Wettbewerbsfolder und Bühnenpläne lagen. Er griff sich eine der Skizzen und hielt sie dem Gemeindeoberhaupt unter die Nase.

»Bist du von allen guten Geistern verlassen, Gottfried? Heute Morgen ist die Lena am Wasserfall gelegen. Erschlagen! Und der Bürgermeister der Gemeinde will seine scheiß Show weiter machen, als sei nichts gewesen?«

Er war laut geworden, hatte den letzten Satz regelrecht gebrüllt. Selbst die Spieler unter dem Hirschgeweih hatten für einen Augenblick den Blick von ihren Kartenblättern erhoben, ehe sie sich wieder ihren Herz-Königen und Eichel-Assen widmeten. Der Bürgermeister wischte die Hand mit der hochgehaltenen Skizze vor seiner Nase weg, erhob sich und bugsierte seinen massigen Körper um den Tisch herum. Dann drückte er den aufgebrachten Musikkapellenanführer auf einen der freien Stühle und gab der Kellnerin ein Zeichen. »Resi, bring dem Herrn Kapellmeister ein Bier zum Abkühlen. Auf meine Rechnung.« Die Kellnerin hieß zwar Daciana und kam aus Moldawien, doch das interessierte den Bürgermeister nicht. Für ihn hatte eine Kellnerin im Oberpinzgau Resi zu heißen. Basta. Und nachdem er nun schon einmal aufgestanden war, blieb Erlinger auch gleich in der Mitte der Gaststube stehen. Er hob leicht die Arme, blickte in die Runde. »Das ist natürlich alles zutiefst traurig, was heute mit der armen Lena passiert ist. Und ein jeder, der mich kennt, weiß, wie schmerzlich gerade mich dieser unerwartete Schicksalsschlag getroffen hat.« Auch wenn sein Blick immer wieder den Kapellmeister streifte, so waren seine Worte doch an alle hier im Raum gerichtet. Mehr noch, an die gesamte Gemeinde, der er seit 17 Jahren unermüdlich vorstand.

»Dass dieses bildhübsche Mädchen, das wir seit seiner Kindheit kennen, durch ein derart abscheuliches Verbrechen so brutal aus seinem jungen Leben gerissen wurde, ist ein unsagbarer Verlust für uns alle. Aber jeder hier im Ort weiß auch, was sich für eine einmalige Chance durch den

›Austrias Marketenderinnen Award‹ für unsere Gemeinde bietet. Die konzentrierte mediale Aufmerksamkeit ist durch dieses epochale Fernsehereignis auf die gesamte Region gerichtet. Und da gibt es eben leider Verträge, Terminpläne, Aufnahmezeiten, Sponsorenvereinbarungen. Die sind einzuhalten. Und wer unsere Lena wirklich gekannt hat, der weiß auch, dass gerade sie, die immer in die Zukunft geblickt hat, ganz sicher gewollt hätte, dass wir dieses erfolgreiche Unternehmen weiterführen. Das wäre ganz in ihrem Sinn. Also setzen wir schweren Herzens, aber unerschütterlich den eingeschlagenen Weg fort. Auch im Gedenken an unsere geliebte Lena.«

»The show must go on!« Diese trockene Bemerkung kam von Jock.

Der Bürgermeister schleuderte ihm einen bösen Blick zu. »Halt die Pappen! Red nur, wannst g'fragt wirst!«

Dann überprüfte Erlinger die Wirkung seiner Rede im weiten Rund der Gaststube.

Zwei der Feuerwehrleute nickten, die anderen hatten die Köpfe gesenkt und starrten wortlos auf das Blumenmuster am Tischtuch. Bei den Kartenspielern zog eben einer der Männer den Schellkönig aus dem Blatt und knallte ihn mit einem lauten »Da schaut's jetzt aber, gell!«, auf den Tisch. Die übrigen Gäste und Einheimischen hatten dem Bürgermeister kurz zugehört und widmeten sich nun wieder ihrem Abendessen. Christoph Hornklang wehrte die Kellnerin mit einer Handbewegung ab, als sie ihm das Bier hinstellen wollte. Er stand langsam auf. Sein Gesicht näherte sich gefährlich dem des Bürgermeisters. »Aber die Musikkapelle macht da nicht mit. Wir haben Respekt vor der Toten!«

Dann stapfte er in Richtung Ausgang. Erlinger brüllte ihm hinterher: »Du vergisst wohl, wer du bist! Was die Musikkapelle der Gemeinde macht, bestimmt immer noch der Bürgermeister, und net der, der mit dem Staberl vorn umanondawachelt.«

Hornklang drehte sich nicht um. Er riss kurz den linken Arm in die Höhe. Aus der geballten Faust schnellte der Stinkefinger hoch. Dann war der Kapellmeister draußen. Er hatte es so eilig, dass er fast in die junge Frau hineingerannt wäre, die auf das Gasthaus zukam.

»He, Vanessa, wo kommst du denn her?«

Die Marketenderin der Musikkapelle warf die zur Hälfte gerauchte Zigarette auf den Boden und trat sie aus.

»Von daheim, von wo sonst. Ich bin auf der Suche nach dem Bürgermeister.«

Christoph Hornklang deutete zum Gasthaus. »Der sitzt da drin. Hast du schon gehört, was mit der Lena passiert ist?«

»Ja.«

»Stell dir vor, Vanessa, der Erlinger will mit der idiotischen Castingshow weitermachen, als wär nichts gewesen.«

Die junge Frau zuckte mit der Schulter. »Ja mei, the show must go on!«

Jetzt hörte er diese abgedroschene Phrase schon zum zweiten Mal. Der Kapellmeister wollte zu einer scharfen Entgegnung ansetzen, aber Vanessa Hinterschattinger ließ ihn einfach stehen und stieg die Stufen zum Eingang des Gasthofs hoch.

Die Gruppe an Erlingers Tisch schickte sich gerade an, aufzubrechen. Der Bürgermeister steuerte auf den Tisch mit den Feuerwehrleuten zu. Zwei der Hostessen nahmen ebenfalls dort Platz. Die dritte Hostess folgte den Männern nach draußen. Am Tisch neben dem Eingang bemühte sich die Frau im Businesskostüm immer noch, Albert Dengler für ihre Ausführungen zu interessieren. Sie wischte geschäftig über den Screen ihres Tablets und drehte ihrem Gegenüber den Bildschirm zu. Als die Hinausgehenden diesen Tisch passierten, blieb Jock kurz stehen, grüßte Camilla Raffler mit einem Nicken und strich dem kleinen Mädchen wie unabsichtlich über den Kopf. Das Kind erstarrte, als hätte ihm jemand eine Eidechse aufs Haar gesetzt. Dann folgte Jock den anderen. Vanessa hatte die Szene aus den Augenwinkeln beobachtet, aber ihre volle Konzentration galt dem Tisch der Feuerwehrleute, an dem der Bürgermeister eben eine Runde Schnaps bestellte. Die Marketenderin zögerte, ging zwei Schritte in den Raum und blieb dann unentschlossen stehen. Ihre scharfen kleinen Vorderzähne nagten an der Unterlippe. Schließlich machte sie kehrt und verließ das Gasthaus. Bevor sie ins Auto stieg, wählte sie die Nummer ihrer Mutter.

»Hallo, Mama. Wie geht es ihm?«

»Schlecht. Kannst du bald kommen? Er fragt dauernd nach dir.«

»Morgen wird es nicht gehen. Vielleicht am Montag. Grüß ihn von mir.«

Sie beendete das Gespräch. Sie rief sich das Gesicht von Lena in Erinnerung. Auch wenn die meisten Männer sich von diesem Anblick verrückt machen ließen, sie hatte diese zuckersüße Fratze von Anfang an nicht leiden können.

10

Die Turmuhr schickte zwei helle Schläge in die Nacht. Merana stand auf dem kleinen Friedhof seiner Heimatgemeinde vor einem Grab. Das Licht des Scheinwerfers, das den barocken Kirchtum aus der Dunkelheit schälte, spiegelte sich auf der glatten Oberfläche des rostfarbenen Grabsteines.

Rosalinde Merana

Aus unserem Leben bist du gegangen
In unseren Herzen wirst du bleiben

Sonst stand nichts auf dem Stein. Kein Geburtsdatum. Kein Sterbetag. In der Grablaterne mit dem abgerundeten Dach flackerte eine Kerze. Frische Blumen leuchteten im schwachen Licht, das der angestrahlte Turm zurückwarf. Weiße Rosen. Die kleinen lilafarbenen Köpfe der dazugesteckten Blüten waren kaum zu sehen. Aber Merana wusste auch so, welche Blumen zwischen den Rosen steckten: Alpenveilchen. Er beugte sich vor und tauchte die Finger in die kleine Weihwasserschale an der unteren Einfassung des Grabes. Er hielt nicht viel von Ritualen dieser Art. Und dennoch hatte er vor zwei Jahren in der Kirche von St. Martin bei Lofer eine Kerze angezündet, als die Großmutter nach einem Herzinfarkt auf der Intensivstation des Krankenhauses lag. Er richtete sich wieder auf und sprengte mit der Hand einige Tropfen des Wassers auf das Grab. Plötzlich spürte er, dass er nicht mehr alleine auf dem Friedhof war. Und er wusste auch, wer hinter ihm stand.

»Hallo, Oma, ich freue mich, dich zu sehen.«

Er drehte sich um und drückte die kleine weißhaarige Frau an sich, behutsam, aber dennoch innig. Einige Minuten verharrten sie in der Umarmung. Keiner von beiden sprach ein Wort. Dann drückte Merana einen Kuss auf das weiße Haupt der Großmutter und ließ sie sachte los.

»Du weißt wohl immer, wo ich bin.«

Die alte Frau schaute ihn an.

»Das war nicht schwer, Martin.«

Er hakte sich bei ihr unter. Sie verließen den Platz der von einer Mauer umrahmten Grabstätten.

»Ich habe ein Abendessen vorbereitet, falls du Hunger hast.«

Ja, er hatte Hunger. Die am frühen Vormittag auf dem Grünmarkt hinuntergeschlungene Weißwurst war das Einzige, was er seinem Magen heute gegönnt hatte. Und auch die hätte er am Wasserfall fast wieder von sich gegeben.

»Ich esse gerne eine Kleinigkeit mit dir, Oma. Und auch gegen ein Glas Rotwein hätte ich nichts einzuwenden. Später muss ich noch einmal weg.«

Sie hatte ihm Kaspressknödel zubereitet. Schwere Kost für den späten Abend, aber er griff wacker zu. Sie selbst hatte sich einen Teller mit Gemüsesuppe hingestellt. Minestrone, verfeinert durch eine Handvoll geriebenen Parmesan. Als er der Großmutter nach dem Essen half, das Geschirr abzuwaschen, und danach die Weinflasche öffnete, läutete sein Handy. Es war Richard Zeller. Die Stimme des Polizeiarztes klang müde.

»Ich habe meine Untersuchungsergebnisse mit den Temperaturdaten der Wetterstationen abgeglichen und auch versucht, die Tatsache mit einzubeziehen, dass die Tote für geraume Zeit im Wasser gelegen hat.«

100-prozentig wollte sich Dr. Zeller in seinen Ausführungen immer noch nicht festlegen. »Sie hat eine schwere Verletzung am Hinterkopf und eine an der linken Schläfe. Der exakte Tathergang lässt sich nicht eindeutig festmachen. Sie kann zuerst den schweren Schlag mit einem Stein oder einem ähnlichen Gegenstand von vorne bekommen haben, worauf sie nach hinten fiel. Es kann aber auch anders gewesen sein: Sie wurde einfach nur heftig von ihrem Angreifer mit der Hand gestoßen, fiel auf den Hinterkopf und verletzte sich dabei schwer. Daraufhin hat der Täter noch mit einem weiteren Schlag gegen die Schläfe nachgeholfen.«

Mord im Affekt? Mord mit brutal geplanter Absicht? Schrecklicher Unfall verbunden mit anschließender Panikhandlung? Was gab es sonst noch für Möglichkeiten? Merana hoffte, dass die weiteren Untersuchungsergebnisse, vor allem die Laborauswertung der Tatortspuren, die Anzahl der Varianten einschränken würde.

»Kannst du den Zeitpunkt des Todes eingrenzen, Richard?«

»Mit sehr hoher Wahrscheinlichkeit zwischen zwei und drei Uhr morgens.«

Merana bedankte sich und nahm wieder am Küchentisch Platz. Er schenkte sich und der Großmutter ein Glas Wein ein. Er prostete ihr zu und schaute ihr lange ins Gesicht.

»Warum bist du heute so lang wach gelegen, Oma? Weißt du inzwischen, was dich geweckt hat?«

Sie nahm einen Schluck vom Wein, stellte dann das Glas wieder auf den Tisch. Sie ließ sich Zeit mit der Antwort.

»Ich bin hochgeschreckt, weil mich so etwas Ähnliches wie eine Lawine aus tiefem Schmerz erfasst hat, eine unendliche Verzweiflung. Aber es war nicht mein Schmerz und nicht meine Verzweiflung. Ich wollte dich nicht damit beunruhigen, weil ich mir nicht sicher war, woher das kam.« Sie griff wieder nach dem Weinglas. Er sah sie an. Sie würde nichts mehr hinzufügen. Sie redete nicht gern über Vorgänge wie diese. Aber sie nahm oft Dinge wahr, die andere nicht erfassten. Das wusste er. Er erinnerte sich immer wieder an Vorkommnisse aus seiner Kindheit. Da hatte die Großmutter auf Ereignisse reagiert, von denen sie keine Kenntnis haben konnte. Sie hatte sich jedes Mal nur von einer Art Ahnung leiten lassen. Sie hatte auch Franziskas Krankheit, den *Morbus Hodgkin*, den Lymphdrüsenkrebs, schon mitbekommen, noch ehe seine Frau das medizinische Ergebnis der ersten Untersuchung vorliegen hatte. Merana war sich da ganz sicher. Aber die Großmutter hatte damals kein Wort dazu geäußert. Und sie würde auch jetzt nichts mehr sagen. Es war kurz nach vier Uhr gewesen, als er sie heute früh angerufen hatte. Sie war schon fast zwei Stunden wach gelegen. Also musste das, was sie hochschrecken hatte lassen, irgendwann nach zwei Uhr passiert sein. War das ein Zufall? Oder hatte sie tatsächlich gespürt, dass einige Kilometer entfernt am Wasserfall die 17-jährige Lena in großer Gefahr schwebte und schließlich auf brutale Art ermordet wurde? Er würde keine Antwort auf diese Frage bekommen. Und vielleicht war es auch nicht so wichtig. Er wollte nicht weiter in die Großmutter dringen. Er griff wieder nach dem Handy und wählte die Nummer von Ulla Heilmayer.

»Haben wir schon brauchbare Ergebnisse aus den Befragungen der Partygäste und des Servicepersonals?« Die Gruppeninspektorin bedauerte. Sie hoffte, bis morgen Mittag mehr sagen zu können. Merana hatte für zwölf Uhr eine Besprechung des gesamten Ermittlungsteams angesetzt.

11

Der Geländewagen rollte langsam auf die Garage zu. Licht flammte auf. Der Bewegungsmelder am Haus hatte die Laternen aktiviert. Mit einem eindringlich jämmerlichen

Quietschen glitt das Garagentor in die Höhe. Der Fahrer wartete, dann lenkte er das Auto durch die freigegebene Einfahrt. Erneut war das Quietschen zu vernehmen, als das Tor sich wieder nach unten bewegte. Eine Gestalt zog den Kopf ein und schlüpfte aus der Garage. Dahinter waren die Umrisse einer kleineren Person auszumachen. Ein Mädchen mit einer Masche im Haar trat ins Licht. An der Haustür blieb der Mann kurz stehen und beugte sich zu dem Kind hinunter.

»Komm, mein Schatz. Ich werde dir gleich ein feines warmes Bad einlassen.«

Der Körper des Mädchens straffte sich. Sie presste die Arme fest an ihren Bauch. »Wann kommt die Mami wieder?« Ihre Frage war kaum zu hören. Aber die klare Nacht trug die leise Stimme der Kleinen über den Garten hinaus bis zum nahen Waldrand.

»In drei Tagen, mein Schatz.« Albert Dengler schloss die Haustür auf. Ein seltsamer Schrei ließ das Mädchen nach oben blicken. Schwer waren die Konturen des Wesens auszumachen, das plötzlich aus dem Nachthimmel auftauchte und sich auf dem Dach der Garage niederließ. Der Mann an der Haustür griff nach der Hand seiner Tochter und zog sie ins Innere. Der große schwarze Vogel auf dem Garagendach äugte auf die kleine verkrampfte Gestalt im hellen Kleid, die von der sich schließenden Haustür verschluckt wurde. Dann drehte der Rabe den Kopf in Richtung Wald. Er öffnete die Schwingen und setzte zum Flug an. Er brauchte keine zwei Schläge mit seinen großen Flügeln, um in eleganter Bahn über das Gebüsch am Waldrand zu schweben. Im dichten Gewirr der Haselstauden war ein schwaches Glitzern auszumachen. Das Licht der immer noch aktivierten Hauslaternen spiegelte sich in zwei kleinen kreisrunden Glasscheiben. Das Objektiv eines Fernglases ragte ein paar

Zentimeter aus dem Gebüsch. Es war auf das Haus und die Garageneinfahrt gerichtet.

Der allmählich auffrischende Nachtwind trieb die kleinen Wolkenbänke über den Himmel. Eine große Wolke in Form eines zerfransten Trapezes gab die Scheibe des Mondes frei. Der Erdtrabant hatte an der linken Seite noch eine deutlich sichtbare Delle. In wenigen Tagen würde der Mond als voller, heller Kreis vom Himmel leuchten. Sein Licht reichte aber auch jetzt aus, um dem Weiß der zu Tal stürzenden Wassermassen einen nahezu märchenhaften Glanz zu verleihen. Merana hatte sich auf einem der großen Steine am Fuß des untersten Falls niedergelassen. War der Wasserfall in der Nacht zuvor auch in dieses magische Licht getaucht gewesen? Welche grauenhafte Szene hatte der Mond mitansehen müssen? Oder hatte er sich hinter den Wolken verborgen gehalten? Merana erschrak, als er plötzlich eine hochaufragende Gestalt neben sich wahrnahm. Das Tosen des Wassers hatte die Schritte des Herankommenden übertönt. Wie ein mächtiger Waldschrat aus einer der alten Sagen stand der Mann plötzlich neben ihm. Erst beim zweiten Hinschauen erkannte Merana den Raben auf der Schulter.

»Guten Abend, Herr Thaler.«

Der Alte neben ihm sagte nichts. Er führte die Hand zur Schulter, ließ den Raben auf den Unterarm springen und setzte ihn auf dem Boden ab. Odo machte ein paar Trippelschritte und stocherte mit dem Schnabel zwischen den Steinen. Arthur Thaler hatte sich inzwischen ebenfalls auf einen der größeren Felsbrocken gesetzt und reichte Merana die Hand. »Guten Abend, Herr Kommissar.«

Merana folgte mit den Augen den Bewegungen des Vogels. Worauf er heute Morgen gar nicht geachtet hatte, fiel dem Kommissar jetzt auf: An den Rändern des kleinen

Platzes, an den Übergängen zum Wald und zu den Gehwegen standen Figuren aus übereinander gestapelten kleinen Felsbrocken. Steinmännchen. Sie machten auf Merana den Eindruck von kleinen Wächtern.

»Spüren Sie die Lena?«

Die Frage des Alten kam unvermittelt, so abrupt, wie er aus der Nacht aufgetaucht war. Merana hielt kurz inne, lauschte in die Nacht, hörte nur das Tosen des Wassers. »Nein. Ich glaube nicht.«

Der Alte griff in die Jackentasche und warf dem Raben ein helles Stück Futter hin. Der schnappte danach und verschlang es. Was war das? Käse? Mögen Raben Milchprodukte? Merana wusste nichts über die Fressgewohnheiten von Krähenvögeln.

»Was führt Sie dann an diesen Platz, Herr Kommissar? Spuren finden Sie hier wohl eher bei Tageslicht.«

Das Gesicht des Alten lag im Schatten. Der Mond hatte sich wieder hinter eine der Wolkenbänke verzogen. War diesem Mann zu trauen? Was führte ihn selbst hierher? Hatte er doch etwas mit dem Tod seiner Enkeltochter zu tun? War er hier, um irgendeine Spur zu verwischen, die sie vielleicht übersehen hatten? Verlass dich auf dein Gefühl, Martin. Das würde die Großmutter in einem Moment wie diesem sagen. Er rieb sich kurz die Hände. Der Stein, auf dem er saß, war feucht vom feinen Sprühregen des Wasserfalls. Ihn fröstelte, aber er blieb dennoch sitzen.

»Ich habe es mir zur Angewohnheit gemacht, in der Nacht die Plätze aufzusuchen, an denen die Toten lagen, um die ich mich im Zuge meiner Ermittlungen zu kümmern habe.«

Arthur Thaler nickte ganz langsam in der Dunkelheit. Er fragte nicht, warum der Kommissar das machte. Plötzlich fing Merana von sich aus zu reden an. Er erzählte dem

Alten von seinem ersten Fall, als man den kleinen zerschundenen Körper eines Mädchens in einem Hinterhof gefunden hatte, vergewaltigt und erwürgt, weggeworfen wie ein Stück Abfall, abgelagert in einer Rollsplitttonne. Er war in der ersten Nacht nach dem Auffinden der Leiche an den Ort zurückgekehrt. Er hatte einfach da gestanden und die Stille auf sich wirken lassen. Er hatte nicht nach Spuren gesucht. Er hatte auch nicht erwartet, durch seine Anwesenheit irgendeinen Aufschluss zum Hergang des Verbrechens zu bekommen. Er war einfach in diesem Hinterhof gestanden, wo zuvor das getötete Mädchen gelegen hatte. Und es war ihm richtig vorgekommen. Einfach richtig. Mehr nicht.

»Und seit damals machen Sie das immer wieder?«

»Ja.«

»Totenwache?«

Der Alte schaute ihn an. Merana zuckte mit den Schultern. »Einige meiner Kollegen nennen das auch so. Ich habe keine Bezeichnung dafür.«

Wieder nickte der Alte in der Dunkelheit. Er bückte sich, hob einen Stein vom Boden auf und reichte ihn Merana.

»Bevor Sie gehen, werfen Sie diesen Stein ins Wasser, Herr Kommissar.«

Merana schaut ihn verblüfft an. »Wozu?«

»Es ist wie ein Geschenk an diesen Ort hier.«

Aber der Stein ist doch von diesem Ort, wie soll der ein Geschenk sein? Er wollte dem alten Mann diese Frage stellen, unterließ es dann. Vielleicht ging es um den bewussten Akt. Sich zu bücken, einen Stein aufzuheben, ihn ganz bewusst abzulegen. Dem Ort dadurch Reverenz zu erweisen. Ihm fiel ein, dass es in alten Sagen für Wanderer, die an gefährlichen Wasserfällen oder an tiefen Schluchten vorbei kamen, günstig war, einen Stein in die Tiefe zu werfen.

Andernfalls würden sie abstürzen. Er hatte nie über den Sinn solcher Rituale nachgedacht. Diese alten Geschichten waren für ihn immer Kinderkram gewesen. Er schaute lange auf den kleinen dunklen Stein, den ihm der Alte in die Hand gedrückt hatte.

»Ich nehme an, Sie kennen auch die alte Sage von der Drachenjungfrau, die hinter diesem Wasserfall haust und nur alle 100 Jahre erscheint, um erlöst zu werden?«

Der Alte sagte nichts. Er rief nach dem Raben, hob ihn auf die Schulter und schaute auf das herabdonnernde Wasser. Dann drehte er sich langsam um.

»Auch wenn Sie mich für verrückt halten, Herr Kommissar. Ich glaube fest daran, dass es Wesen gibt, die diesen Ort beschützen. Mehr noch, das ganze Tal. So wie das an jedem Platz dieser Welt der Fall ist. Wir können diese Wesen nicht sehen, nicht mit den Augen wahrnehmen, aber sie sind da. Und wenn wir zulassen, dass sie verschwinden, wird es dem Ort schlecht ergehen.« Mit diesen Worten ging er an Merana vorbei. Der Kommissar blickte ihm nach, bis ihn die Dunkelheit verschluckt hatte. Er hielt den alten Mann nicht für verrückt. Doch er suchte nach einem Wesen, das ganz gewiss sichtbar war. Dieses Wesen war aus Fleisch und Blut und hatte mit großer Brutalität das Leben einer 17-Jährigen einfach ausgelöscht. Nur konnte der Kommissar noch nicht erkennen, wer dieses Wesen war. Aber er stand ja auch erst am Anfang seiner Ermittlungen. Er erhob sich mit einem Ruck und verließ den kleinen Platz, um dem Alten nachzugehen. Der Weg zurück zum Eingangsbereich kam ihm länger vor als der Herweg. An der Absperrung wandte er sich an den uniformierten Kollegen, der hier Wache hielt und an dem er auch vor einer Stunde vorbeigekommen war.

»Warum haben Sie Arthur Thaler mit seinem Raben zum Tatort durchgelassen, Herr Kollege?«

Der Beamte schaute ihn mit verblüffter Miene an.

»Hier ist überhaupt niemand durchgekommen, Herr Kommissar. Nur Sie!«

Wollte ihn der Mann auf den Arm nehmen? Schützte er den Alten? Steckten die hier alle unter einer Decke? Oder wurde der Leiter der Kriminalpolizei allmählich verrückt? Hatte er die Begegnung mit dem Alten nur geträumt? Nein. Er hielt immer noch den Stein in der Hand. Ein Mann, der wie Arthur Thaler mit einem Raben auf der Schulter durch die ihm vertraute Gegend streifte, würde sich wohl eigene Zugänge zu Plätzen verschaffen, die für ihn wichtig waren. Merana zögerte, überlegte kurz, dann drehte er sich entschlossen um. Er ging zurück zum Wasserfall und blieb für einen Augenblick davor stehen. Schließlich ging er in die Hocke und legte behutsam den Stein ins Wasser.

SONNTAG

1

Gemessen an dem, was der Pfarrer bei der Predigt über die Lena gesagt hatte, könnte man vermuten, da sei eine Märtyrerin auf den Steinen vor dem Wasserfall zu Tode gekommen. Und die Liedauswahl beim Gottesdienst war Cilli Krumpner auch etwas eigenwillig erschienen. Das *Gloria* aus der *Deutschen Messe* von Franz Schubert hätte der Pfarrer getrost singen lassen können. Cilli Krumpner liebte es, bei *Ehre, Ehre sei Gott in der Höhe* den Jubel ihrer wohlklingenden Altstimme ertönen zu lassen. Immerhin war die Neunuhrmesse heute trotz Todesfall ein ganz normaler Sonntagsgottesdienst gewesen und kein Requiem für die tote Strieglertochter. Die Lena war ganz sicher keine Heilige gewesen, da hätte der Pfarrer sich bei seinen Bemerkungen wohl ein wenig zurückhalten können. Eine ›Flitschen‹ war sie allerdings auch nicht, wie die Bogner Kathi aus der Wurstabteilung des Supermarktes so gerne behauptete. Diese Bezeichnung würde auf die Vanessa schon eher zutreffen. Wie man hörte, hatte die schon die Spielgeräte der halben Musikkapelle zwischen den Beinen gehabt. Die Nachrichtendienstchefin des Ortes wusste Bescheid, sie kannte ihre Pappenheimer. Die Lena hatte es nicht leicht gehabt, das war Cilli Krumpner bewusst. Dass ein Großteil der Männerwelt von Krimml hinter ihr her war, egal ob im Lehrlingsalter oder bereits in der Pension, dafür konnte die Lena wirklich nichts. Sie brauchte sich nur an ein Gespräch vor wenigen Monaten zu erinnern, das ihr gar nicht entgehen hatte können. Was konnte die Cilli denn dafür, dass ihr Schuhband genau in dem Augenblick zu binden war, als sie bei einem Spaziergang am Trainingsplatz des neuen Fußballclubs angelangt war. Da hatte Cilli Krumpner vom Weg aus das Gespräch hinter einem Gebüsch einfach belauschen *müssen*. Gleich fünf Spieler des neuen Vereins hatten eine Wette abgeschlossen, wer von ihnen als Erster die Lena aufs Kreuz legen würde. Und wenn sie sich nicht ganz getäuscht hatte, dann war da auch noch das dreckige Lachen des Obmanns auf der anderen Seite des Gebüschs zu hören gewesen. Soviel sie aber wusste, hatte die Lena jeden der Möchtegerncasanovas abblitzen lassen. Trotzdem, ein bildhübsches Mädel wie die Lena hatte es schon schwer. Die Frau Bankfilialdirektor bemühte sich zwar, eine gute Mutter zu sein. Aber für Cilli Krumpners Geschmack war Alma Striegler viel zu nachsichtig. Junge Dirndln brauchten hin und wieder eine harte Hand. Davon war sie felsenfest überzeugt. Von ihrem Vater hatte sie selbst als erwachsene Frau noch hie und da eine Ohrfeige eingefangen. Und es hatte ihr nicht geschadet. Ganz sicher nicht. Aber es war halt nicht einfach, wenn man so wie die Alma einen Mann hatte, der die meiste Zeit besoffen war und dann auch noch den nagelneuen Mercedes gegen einen Baum knallte. Über Almas Ehemann, den Halodri, war heute natürlich auch immer wieder die eine oder andere abfällige Bemerkung gefallen. Denn der schreckliche Tod der jungen Lena und das Leid der gesamten Familie Striegler war an diesem Sonntagmorgen das beherrschende Thema gewesen. Vor dem Kirchgang, und nach der Predigt des Pfarrers umso mehr. Cilli war nach Ende der Messe noch ein wenig auf dem Vorplatz gestanden und hatte ihre Antennen ausgerichtet. Aber das meiste, das ihr so zugetragen wurde, hatte sie schon gewusst. Nur der Plutzenhofer Gerry, ihr spezieller Freund bei der Feuerwehr, hatte mit einer Neuigkeit aufwarten können. Der hatte ihr von der Auseinandersetzung des aufgebrachten Kapellmeisters mit dem Bürgermeister in der Gaststube berichtet. Als der Gerry auf den Erlinger zu reden kam, war ihr der Zorn wieder hochgekocht. Dass der sie gestern im Gemeindeamt derart abgekanzelt hatte, war ihr bis ins innerste Mark eingefahren. So ging man mit einer Cilli Krumpner nicht um! Dem Erlinger würde sie schon noch einmal etwas am Zeug flicken. Es brauchte nur die passende Gelegenheit dazu, und die würde sich finden. Cilli Krumpners Mühlen mahlten vielleicht langsam, aber sie mahlten.

Als die Menge am Kirchplatz sich allmählich auflöste und einige die angrenzenden Wirtshäuser ansteuerten, machte sich auch die Informationschefin des Ortes auf den Heimweg. Sie öffnete gerade das Tor zum Garten ihres kleinen Hauses, das etwas oberhalb des Ortes lag, als sie das Geräusch eines Motors hörte. Sie drehte sich um und hob die Hand zum Gruß. Ihre Nachbarin Vroni Lohnstätter kam mit dem Auto an. Vroni war für zwei Tage in Salzburg gewesen, um mit ihrer verwitweten Schwester Heidemarie deren 70. Geburtstag zu feiern.

»Servus, Vroni«, grüßte sie die Nachbarin, als diese neben ihr anhielt und das Fenster ihres senffarbenen Opel Corsa herunterkurbelte. »Wie geht es der Heidi? Habts a tolle Feier ghabt?«

Vroni Lohnstätter, eine kleine, pummelige Frau über 60 mit gefärbten Haaren und abgewetztem Trachtenkostüm nickte begeistert. »Und wie!«

»Magst gleich rüberkommen und mir davon erzählen?«

»Ja, wenn du einen Kaffee aufstellst, bin ich gleich bei dir.«

Vroni Lohnstätter fuhr im Schritttempo weiter zu ihrem Haus, das von Obstbäumen und dichten Sträuchern umgeben war. Cilli Krumpner betrat ihr eigenes kleines Heim, stellte die Handtasche im Vorzimmer ab, tauschte die viel zu engen Schuhe gegen gemütliche Filzpatschen und begab sich in die Küche. Sie hatte noch nicht einmal die neue Packung mit dem Filterpapier aufgerissen, als sie von draußen einen Schrei hörte. Hoch und durchdringend, als würde jemand erstochen. Sie ließ vor Schreck die Schachtel fallen, wirbelte herum und lief zur Haustür. Dem grässlichen Schrei folgte ein zweiter und gleich darauf ein dritter, noch hysterischer als die ersten beiden. Das Gebrüll kam vom Haus der Nachbarin. Cilli rannte los, so gut es ihr nicht eben geringes Körpergewicht zuließ. Sie bog in die kleine Einfahrt, die zu Vronis Anwesen führte, umkurvte schnaufend die Obstbäume und blieb dann vor Schreck wie angewurzelt stehen. Ihre Nachbarin deutete kreischend mit beiden Händen zur Eingangstür des Hauses. Dort hing ein pelziges Etwas mit auseinandergespreizten Beinen und nach unten hängendem Kopf. Ein zäher schwarzer Fleck hatte sich auf dem Fußabstreifer gebildet. Fliegen stoben von der dunklen Masse hoch. Das war eingetrocknetes Blut. Auch am Türholz waren dunkle Flecken auszumachen. Cilli würgte ihren Brechreiz hinunter. Jemand hatte an das schwere Holz der Eingangstür zum Haus ihrer Nachbarin eine tote Katze genagelt. Cilli Krumpner versuchte, wieder Fassung zu gewinnen. Erst jetzt fiel ihr auf, dass sie immer noch die Hausschuhe anhatte. Sie schlurfte auf die weiterhin schreiende Freundin zu und legte ihr den Arm um die Schulter.

»Komm, Vroni. Jetzt trinken wir zuerst bei mir drüben einen ordentlichen Schnaps und dann rufen wir die Polizei an.« Man konnte von Cilli Krumpner halten, was man wollte. In Krisensituationen wie dieser schlug einfach ihre Veranlagung zum Praktischen durch.

Die Brombeermarmelade schmeckte wie immer köstlich. Auch wenn die Großmutter aufgrund ihres zunehmend hohen Alters sich in den letzten Jahren bei ihrem Hang zum permanenten Geschäftigsein zurückgehalten hatte, so ließ sie es sich doch nicht nehmen, jedes Jahr im Spätsommer Brombeermarmelade einzukochen. Die Früchte kamen natürlich aus dem eigenen Garten. Kristina Meranas weitum geschätzte Brombeermarmelade hatte der Kommissar schon als Kind geliebt. Zumindest in diesem Punkt war er mit seiner Mutter einer Meinung gewesen. Der Vater hatte seines Wissens eher Honig bevorzugt. Aber vielleicht irrte er sich auch. Er hatte keine allzu genaue Erinnerung an diese Zeit. Der Vater war aus Meranas Leben verschwunden, als er fünf war. Zunächst hatte es geheißen, der Vater wäre nur verreist. Wochenlang hatte der Fünfjährige auf dessen Rückkehr gewartet.

»Er ist einfach abgehauen, der Lump! Das hat sich die Rosalinde auch nicht verdient«, hatten später die Leute getuschelt. Merana hatte es mitbekommen und war lange Zeit mit tief gesenktem Kopf an der Hand der Mutter durchs Dorf gegangen.

Der Kommissar schluckte den letzten Bissen des Marmeladebrotes hinunter, spülte mit einem Schluck Kaffee nach und versuchte, seine Erinnerungen zu verscheuchen.

Ihm blieb noch eine gute Stunde bis zur Teambesprechung. Vielleicht sollte er auch vorher noch einmal an den Tatort. Es konnte ja sein, dass Brunners Truppe inzwischen etwas Auffälliges entdeckt hatte, das ihm weiterhalf. Der Marimba-Klingelton seines Handys schlug an. Merana wischte über das Sichtfeld. Ulla Heilmayer war dran.

»Ich weiß nicht, ob es etwas mit unserem Fall zu tun hat, aber Sie sollten sich das sicherheitshalber mal anschauen. Ich beschreibe Ihnen den Weg.«

20 Minuten später stand Merana im gut gepflegten Garten eines hübschen Anwesens und schaute auf den Kör-

per einer gräßlich zugerichteten Katze, die an die dunkle Haustür genagelt war. Durch alle vier Pfoten waren große schmiedeeiserne Nägel getrieben worden. Das Tier hing mit dem Kopf nach unten, die Kehle war aufgeschlitzt. Thomas Brunner würde mit einer Kollegin von der Spurensicherung gleich hier sein. Merana hatte ihn auf der Herfahrt verständigt. Das Haus war ein architektonisches Prachtstück, ganz aus Holz gebaut mit einer kleinen Veranda. In den Blumenkistchen vor den Fenstern prangten vielfarbige Blüten. Die Vormittagssonne hatte den Eingang erreicht. Die roten Blätter der zwei Minibäume in den Töpfen neben der Haustür funkelten im Licht. Ein Bild der Idylle, wie aus einem Prospekt von *Schöner Wohnen* in der Rubrik *Romantisches Traumhaus auf dem Land.* Doch der Anblick wurde gestört durch den malträtierten Körper einer auf grausame Weise getöteten Katze.

»Du lieber Gott, welcher Teufel war denn hier am Werk?« Der erstaunte Ruf kam von einer weiblichen Stimme. Merana drehte sich um und erkannte Hannah Gordon von der Tatortgruppe, die zusammen mit Thomas Brunner auf ihn zukam. Der Kommissar begrüßte die beiden. »Fangt bitte sofort an. Ich bin im Haus der Nachbarin, gleich da drüben.«

Vroni Lohnstätter wirkte immer noch ganz aufgelöst. »Keinen Schritt setze ich mehr in dieses Haus. Mein armer Peterl!« Tränen kullerten ihr übers Gesicht. »Ich hätte nicht wegfahren sollen!« Merana fiel an der Frau ein leichtes Lallen auf. Kein Wunder.

Die Witwe eines ehemaligen Schottergrubenbesitzers war Alkohol nicht gewohnt und hatte schon das dritte Stamperl Marillenbrand hinuntergestürzt. Kein Vergleich zu den fünf Schnäpsen, die sich die gute Cilli genehmigt hatte. Ulla Heilmayer saß mit den beiden Frauen am Tisch und hatte sich schon einigermaßen ein Bild machen können. Frau Lohnstätter war am Freitagnachmittag nach Salzburg gefahren, da habe der Kater noch gelebt. »Aber seitdem habe auch ich den Peterl nicht mehr gesehen«, erklärte Cilli Krumpner. »Und ich habe mich schon ein wenig gewundert, dass er gestern nicht bei mir vor der Haustür saß, um ein Leckerli zu erbetteln, wie er das oft machte. Gedacht habe ich mir nicht viel dabei, denn der Strawanzer war ja öfter Tage lang weg. Gell, Vroni?«

Die Angesprochene konnte nur nicken, ein nächster Weinkrampf schüttelte sie.

Sie griff zur Flasche und goss sich Marillenbrand Nummer vier ein. Ulla hatte auch bei den Nachbarn, die weiter weg wohnten, nachgefragt. Aber niemandem war etwas aufgefallen. Der Eingangsbereich des Hauses war vom Weg aus nicht einsehbar, es standen zu viele Sträucher und Bäume dazwischen.

»Frau Lohnstätter, auch wenn der Anblick Ihrer toten Katze für Sie ein großer Schock ist, ersuche ich Sie dennoch, mit uns zu Ihrem Anwesen hinüber zu gehen. Wir müssen feststellen, ob vielleicht jemand im Haus war, ob eingebrochen wurde, ob etwas fehlt.«

Die Frau schlotterte am ganzen Körper, sie schüttelte energisch den Kopf.

»Komm, Vroni, des pack ma schon. I geh mit.« Cilli Krumpner stand auf. Ihre Nachbarin griff nach einem der Papiertaschentücher, die auf dem Tisch lagen. Dann schneuzte sie sich kräftig.

»Gut!« Sie erhob sich mit einem Ruck, hielt sich aber kurz an der Tischkante fest.

»Cilli, leih mir deinen Weihwasserwedel!«

Zwei Minuten später sahen die beiden Spurensicherer eine merkwürdige Prozession auf sie zu kommen. Voran die leicht schwankende Hausbesitzerin, die aus einem kleinen Bronzekübel Weihwasser mit einem Wedel nach links und rechts spritzte. Auf die Sträucher, auf die Blumen, auf die Steinplatten des Weges, sogar auf die Stufen der Veranda. Dahinter stapfte die Nachbarin in Filzpatschen gefolgt vom Chef der Salzburger Kripo und der örtlichen Postenkommandantin. Hannah Gordon wollte die wild um sich spritzende Frau daran hindern, weiter den Tatort zu verunreinigen, aber Thomas Brunner winkte ab. »Frau Lohnstätter, kann ich bitte den Haustürschlüssel haben?« Sie holte ihn aus ihrer Handtasche, die Ulla Heilmayer vorsorglich mitgenommen hatte. Der Chef der Spurensicherung sperrte vorsichtig auf.

Dann betrat Merana mit den drei Frauen das Haus. Brunner und Gordon machten draußen weiter. Die Besitzerin zitterte immer noch leicht, aber das ärgste Schlottern hatte aufgehört. Auch im Vorzimmer verteilte Vroni Lohnstätter Weihwasser aus dem Kübel und spritzte es in alle Himmelsrichtungen. Dann stellte sie den Kübel zu Boden, zündete zwei Räucherkerzen an, die auf der Anrichte standen und griff zum Rosenkranz, der daneben lag. Sie murmelte unaufhörlich Gebete, während sie mit dem Kommissar durchs Haus ging. In allen Zimmern waren Heiligenbilder aufgestellt, zusammen mit kleinen Statuen heidnischer Götter und anderen okkulten Gegenständen. Neben einem Hinterglasbild der Heiligen Barbara hing ein indianisches Amulett mit Federn und Krallen. Auf den Fensterbänken lagen afrikanische Masken in Form von Affengesichtern und goldfarbene Scheiben mit geheimnisvollen Zeichen, wie man sie auch zur Abwehr von Voodoo-Zauber benützte. Und über der Sitzecke im Wohnzimmer entdeckte Merana ein großes Silbermedaillon mit einer Buddha-Ganesha Darstellung. Der Gott mit dem

Elefantenrüssel prangte in unmittelbarer Nähe zu einem geschnitzten Kruzifix aus dunklem Holz.

»Na, Sie haben sich ja gut abgesichtert, Frau Lohnstätter. Von heimischem Weihwasser bis zu Talismanen aus allen spirituellen Richtungen.« Trotz der ernsten Situation mit der getöteten Katze an der Eingangstür konnte sich Merana ein Lächeln nicht verkneifen.

»Man weiß ja nie, was auf einen zukommt«, erwiderte die Frau und zündete rasch einige helle Blätter in einer Schale an, die ein indianisches Muster trug. Der Geruch von Salbei machte sich im Raum breit. Soweit sie bei ihrem Rundgang feststellen konnten, fehlte nichts. Es gab auch keinerlei Einbruchspuren. Das Salbeiaroma im Zimmer wirkte beruhigend.

»Martin!« Der Ruf kam von draußen. »Komm bitte, das solltest du dir unbedingt anschauen!« Sie gingen alle hinaus. Thomas Brunner stand neben den rotblättrigen kleinen Bäumen auf der Veranda. Die tote Katze hing immer noch an der Tür. Allerdings waren die Nägel an den beiden Vorderpfoten entfernt worden. Vorsichtig fasste Brunner das Tier am Nackenfell und hob es hoch, um zu zeigen, was sich unter dem Katzenkörper auf der Tür befand.

»Was, um alles in der Welt, ist das?,« flüsterte Cilli Krumpner. Das Gebilde auf der Tür sah aus wie eine Art Wurm mit zwei Zacken links und rechts.

»Ist das eine Schlange mit Flügeln?«

Bevor Merana es aussprechen konnte, hörte er die Stimme der Gruppeninspektorin:

»Nein, das ist ein Lindwurm!«

Und Lindwurm war nur eine andere Bezeichnung für Drache, so viel wusste Merana auch. Ein Wasserschwall ergoss sich plötzlich über die gelbliche Zeichnung an der Haustür. Vroni Lohnstätter stand da, hielt den Weihwasserwedel fest umklammert und flüsterte: »Keine Minute bleibe ich mehr länger in dem Haus! Schon vor zwei Wochen ist etwas Schreckliches passiert. Mitten im Drudenfuß an der Hintertür lag ein toter Vogel. Mir reicht es!« Sie entließen die verstörte Frau wieder in die Obhut ihrer Nachbarin und vereinbarten, sich in einer halben Stunde in der Einsatzzentrale im Gemeindeamt zu treffen. Die Anwesenheit von Thomas Brunner war für die Besprechung nötig. Kollegin Gordon konnte hier alleine weiter machen.

Als sie auf dem Zufahrtsweg ins Auto stiegen, bemerkte die Gruppeninspektorin:

»Wissen Sie, wie die kleinen Zierbäume auf der Veranda heißen?« Merana hatte keine Ahnung.

»Gespensterbuchen.«

Davon hatte der Kommissar noch nie gehört.

»Sie haben ihren Namen von den bizarr geformten roten Blättern.«

Gespensterbuchen. Was für ein passendes Gewächs am Eingang zu diesem seltsamen Haus. Mehr Kopfzerbrechen bereitete ihm allerdings die rätselhafte Darstellung an der Tür. Schon wieder war ein Drache aufgetaucht. Da war die Sage von der Drachenjungfrau, da gab es den fehlenden Drachenanhänger der Toten, und jetzt auch noch ein mit gelber Sprühfarbe aufgemalter Drache unter dem Körper einer getöteten Katze. Bestand zwischen diesen Phänomenen ein Zusammenhang?

Er sollte vielleicht mehr über diese Erscheinung in der Mythologie wissen. Wofür stand die Figur des Drachen in Märchen und Legenden? Merana kannte jemanden, der ihm dazu gewiss Auskunft geben konnte. Dr. Ulrich Peterfels, Dozent für Kunstgeschichte und Semiotik. Der hatte ihm schon bei einigen Fällen geholfen.

Vielleicht sollte er den Salzburger Gelehrten bald aufsuchen.

Auf der Rückfahrt machten sie noch einen kleinen Umweg. Die Gruppeninspektorin wollte noch ihren Kollegen von zu Hause abholen. Es erstaunte Merana, wie viele schöne Häuser es hier in der Gegend gab. Peter Ankerls Haus war zwar nicht so stattlich wie das Anwesen von Veronika Lohnstätter. Es war um einiges kleiner. Aber mit dem hellen Holz, den grünen Balken und dem großen Blumengarten davor machte es einen hübschen Eindruck. Außerdem gehörte ein großes Grundstück zum Haus, wie Merana feststellte, während er im Auto wartete. An der Ostseite des Hauses entdeckte er eine große Sandkiste und einen Spielzeug-LKW. Etwas weiter hinten stand ein Schuppen. Über der Tür hing eine Art Maske. Sieht aus wie eine Habergeiß, überlegte Merana. Er kannte diese Dämonenfigur aus seiner Kindheit. Er hatte sich immer davor gefürchtet. Aber vielleicht symbolisierte das Gebilde auch eine völlig andere Gestalt. Höchste Zeit, dass er sich wieder mehr mit der Mythenwelt seiner Heimat beschäftigte. Er wusste auch nicht, ob die drei großen Hufeisen, die unterhalb der Maske zu sehen waren, ebenfalls eine Bedeutung hatten. Wofür standen Hufeisen? Und welche Symbolik steckte in der Zahl 3?

»Guten Morgen, Herr Kommissar.« Ankerl hatte seine obligate dunkle Brille auf. Er hatte Nachtdienst gehabt und war gegen drei Uhr früh zu einem fürchterlichen Unfall an der Gerlosstraße gerufen worden, wie Merana von Ulla Heilmayer erfahren hatte. Im Rückspiegel bemerkte Merana eine junge Frau. Sie stand vor dem Haus mit einem etwa zweijährigen Kind auf dem Arm und winkte zum Abschied.

»Ist das Ihre Frau?«

»Ja. Seit zwei Jahren glücklich verheiratet mit der besten Gattin der Welt. Und dazu stolzer Vater eines 18 Monate alten Buben!«

»20«, korrigierte die Gruppeninspektorin. »Aber stolze Väter müssen ja nicht unbedingt richtig zählen können.«

Als sie am Gemeindeamt ankamen, war Brunner schon da. Er stand mit drei Kollegen auf dem Platz und rauchte. Das war die Unterstützung aus den Ermittlungsbereichen EB5 und EB8, wie es offiziell hieß, also von *Betrug* und *Brand*. Ausgerechnet die beiden vom Brand waren die stärksten Raucher in der Abteilung. Das wusste Merana aus der leidvollen Erfahrung vieler gemeinsamer Besprechungen. Sie gingen auf die Gruppe zu. Thomas Brunner hielt ihnen einladend seine Zigarettenpackung entgegen.

»Danke, ich habe vor vier Tagen aufgehört!«, lehnte Revierinspektor Ankerl ab. Auch Ulla Heilmayer verzichtete. Merana hatte ohnehin nie geraucht. Nur einmal, als Elfjähriger, in seiner Rolle als Apatschenhäuptling. Sechs Züge aus einer Virginiazigarre, welche die nicht vorhandene Friedenspfeife ersetzen musste. Je ein Zug für die vier Windrichtungen, und zwei für Himmel und Erde. Es war ihm stundenlang schlecht gewesen. Er hatte damals beschlossen, als Apatsche lieber auf dem Kriegspfad zu bleiben, und nie wieder nach einer Friedenspfeife zu greifen.

Nachdem keiner der Hinzugekommenen auf das Zigarettenangebot eingegangen war, steckte Brunner die Schachtel wieder ein. »Na dann, meine Herren, ist unsere kurze Rauchpause wohl schon zu Ende.« Er machte eine Geste des Bedauerns und löschte seine Zigarette aus. Mit den angereisten Kriminalisten aus Salzburg, den zugeteilten uniformierten Kollegen aus den Polizeiinspektionen und den Tatortleuten von der Spurensicherung nahmen insgesamt

14 Personen an der Besprechung teil. Merana gab eine kurze Zusammenfassung des Geschehens und berichtete auch vom Fund der getöteten Katze.

»Vermuten Sie einen Zusammenhang zwischen diesem Vorfall und dem Mord am Wasserfall?«, fragte einer der Streifenpolizisten.

»Ich weiß es nicht. Aber wir wollen es nicht von vornherein ausschließen. Für einen Lausbubenstreich ist mir die Brutalität, mit der hier offensichtlich vorgegangen wurde, doch zu heftig.«

»Sie können sich vielleicht nicht vorstellen, Herr Kommissar, zu welchen Grausamkeiten inzwischen auch die sogenannten Lausbuben am Land fähig sind. Das kommt alles von den verrückten Videospielen, die sich die Kids dauernd reinziehen.«

Merana wollte jetzt nicht die schädliche Auswirkung von Fernsehfilmen und den Produkten der elektronischen Unterhaltungsindustrie auf das Verhalten junger Leute erörtern, aber er gab dem Kollegen recht. Die tote Katze an der Tür konnte auch ein übler Racheakt oder einfach ein Ausdruck von besonders grausamem Vandalismus sein.

»Was hat die bisherige Befragung der Partygäste und des Servicepersonals ergeben?« Die Kollegen zückten ihre Notizen und berichteten. Alles in allem war es nicht viel. Auf der Sponsorenparty war es hoch hergegangen. Es wurde auch reichlich getrunken. Mehrere Personen hatten Lena bis kurz vor ein Uhr gesehen.

Für die Zeit danach hatte sich kein Zeuge gefunden. Es gab auch niemanden unter den bisher Befragten, dem Lena mitgeteilt hätte, wohin sie nach Verlassen der Party gehen wollte.

»Gab es ein offizielles Ende der Feier?«

»Ja, gegen halb drei, nachdem der Sponsor kurz nach

zwei Uhr aufgebrochen war und der Ausschank der Freigetränke eingestellt wurde.«

»Hat jemand überprüft, wie lang Lenas Familie am Fest war?«

»Alma Striegler ist mit ihren Kindern gegen zehn Uhr aufgebrochen. Der Großvater war überhaupt nur ganz kurz bei der Feier und ist bald wieder weg.«

Der Kommissar wandte sich an die Tatortgruppe.

»Hat sich am Wasserfall irgendetwas finden lassen, das uns einen neuen Hinweis auf den Tatvorgang und vielleicht sogar auf eine mögliche Täterperson bringt?«

Der Chef der Spurensicherung verneinte.

»Im Großen und Ganzen hat sich nichts Neues ergeben. Wir haben die Untersuchungen am Tatort beendet und alles eingepackt. Wir machen uns gleich nach der Besprechung auf den Weg nach Salzburg. Wir hoffen, dass uns die Laboranalysen der Tatortspuren vielleicht neue Aufschlüsse bringen.«

Das hoffte Merana auch. Aber das würde sich wohl hinziehen. Allein der Abgleich der am Tatort gesicherten DNA-Spuren konnte Monate dauern. Merana ließ den Raum verdunkeln, um mit den Anwesenden noch einmal die wichtigsten Bilder vom Tatort anzuschauen. Als das erste Foto der toten Lena auf dem großen Screen erschien, bemerkte Merana, dass Ankerl immer noch seine dunklen Augengläser trug. Schön langsam ging ihm dieses Miami-Vice-Gehabe auf die Nerven. »Vielleicht könnte der Herr Revierinspektor endlich die Sonnenbrille abnehmen, damit er sich in der Dunkelheit des Raums besser auf die wichtigen Details der Bilder einstellen kann.«

»Oh Entschuldigung.« Ankerl war es offenbar peinlich. Die uniformierten Kollegen grinsten. Sie checkten alle Fotos durch. Merana zeigte auch Vergrößerungen der verschwundenen Kette mit dem Drachenanhänger. Danach teilten sie die weitere Ermittlungsarbeit auf. Es hatte weiterhin höchste Priorität, mögliche Zeugen zu finden, die Lena nach dem Verlassen der Feier gesehen hatten. Sie wussten noch gar nichts über den Freundeskreis der Toten. Was war mit diesem Max, dem Lena vor drei Wochen den Laufpass gegeben hatte? War bei diesem Marketenderinnen-Wettbewerb irgendjemandem etwas aufgefallen, das sie weiterbringen würde? Gab es noch andere Personen aus dem Ort, die so wie Lena nächtens gerne die Wasserfälle aufsuchten? Hatte jemand etwas bemerkt, was im Zusammenhang mit dem Töten der Katze stehen könnte?

»Thomas, was kannst du zur gelben Farbe der Zeichnung auf der Tür sagen?«

»Soviel ich ohne Laboranalyse feststellen konnte, wurde wohl eine stinknormale Sprühdose benutzt, wie man sie in jedem Baumarkt kaufen kann.«

Das würde sie offenbar nicht weiterbringen. Hatte die Farbe Gelb eine besondere Aussagekraft? Wenn eine tote Katze mit aufgeschlitztem Hals und gespreizten Beinen mit dem Kopf nach unten an eine Tür genagelt wurde, steckte da noch anderes dahinter als pure Grausamkeit? Irgendein Ritual? Merana hatte nicht den blassesten Schimmer. Es wurde Zeit, einen Experten zu befragen. In jedem Fall beauftragte er Brunner, den Leichnam der Katze mit nach Salzburg zu nehmen und ihn der Gerichtsmedizin für eine Obduktion zu übergeben.

2

jungfer mit dem braunen haar:
flöten und geigen, klarinetten und schellen. musikanten spielt schnell, muss den tänzer mir frein!

jungfer mit dem schwarzen haar:
tänzer sind viele, burschen zuhauf. doch mich muss der jäger im walzerschritt drehn!

jungfer mit dem blonden haar:
mein wird der jäger sein, wird mich im tanze drehn, wird meine lilie abpflücken zur nacht.

jungfer mit dem roten haar:
jägersmann, sieh mich doch! jägersmann, dreh dich um! warum nimmst den bogen du und nicht mein herz?

(›Die Drachenjungfrau von Krimml‹, nach einer alten Handschrift.
Szene auf dem Tanzboden)

Wieder einmal konnte Gottfried Erlinger die Kopfwehtabletten nicht finden. Er schlug heftig mit der flachen Hand gegen den Medikamentenschrank im Badezimmer. Seit seine Frau vor zwei Jahren gestorben war, ging es in diesem Haushalt drunter und drüber. Vielleicht sollte er wieder heiraten. Aber ein Mann in seiner Position und mit Bergen an Arbeit, die er sich ständig aufhalste, hatte einfach keine Zeit, sich daneben auch noch eine Frau zu suchen. Einmal in der Woche mit einer ins Bett zu hüpfen, einer möglichst jungen, oder seine Geilheit in einem speziellen Puff in Salzburg mit besonderem Angebot auszutoben, das ließ sich schon einrichten. Aber zu mehr war einfach kein Platz in seinem stressigen Leben. Er stapfte hinüber ins Zimmer seines Sohnes. Vielleicht hatte der eine Tablette für ihn. Ohne anzuklopfen, rauschte er ins Zimmer. Jock saß vor dem geöffneten Fenster an seinem Laptop. Als er den Vater bemerkte, klappte er schnell den Deckel des Geräts nach unten.

»Was machst du da?« Mit zwei schnellen Schritten war Erlinger am Schreibtisch des Sohnes und zog den Deckel wieder hoch. Er hatte erwartet, dass ihm die hochgereckten Brüste einer nackten Frau entgegenspringen würden, dass sein Sohn sich irgendeinen schweinischen Porno reinzog. Doch was sah er da auf dem Bildschirm? Ein Auto! Statt dem Fahrgestell einer schnittigen Puppe strahlte ihm die Karosserie eines Porsche 911 Turbo entgegen. Noch dazu in einer hässlichen Farbe.

»Was willst du mit einem Porsche? So einen kannst du dir eh nie leisten! Und glaub ja nicht, dass du von mir auch nur einen Cent dafür bekommst.« Er schlug dem Sohn mit der Hand auf den Hinterkopf. Jock zuckte zusammen, seine Zähne knirschten. »Und außerdem sollst du die Zeit nicht mit solchem Blödsinn vertrödeln. Kümmere dich lieber um die Vorbereitung der nächsten Marketenderinnen-Veranstaltung.«

»Aber für Goldegg ist doch heute eh schon alles erledigt.«

»Ich rede vom Event im Lungau am kommenden Freitag. Die hirnrissigen Samsonveranstalter glauben auf einmal, sie könnten Mucken machen. Klemm dich dahinter und mach den Lungauern gefälligst Feuer unter dem Arsch. Vertrag ist Vertrag! Ich kann mich nicht um alles selber kümmern!«

Er war schon wieder halb aus dem Zimmer, als ihm einfiel, weswegen er gekommen war. »Hast du eine Kopfwehtablette für mich?«

»Nein.«

»Hätte ich mir denken können. Du bist wirklich für nichts zu gebrauchen.«

Er knallte die Tür zu. Jock öffnete wieder seinen Laptop und scrollte weiter über die Seite mit den Sportwagenmodellen.

Vanessa Hinterschattinger schaltete vom zweiten in den dritten Gang. Aus dem Lautsprecher dröhnte der aktuelle Song von Katy Perry. Dann kam ein Oldie aus den 90ern. Die Stimme von Falco breitete sich im Inneren des Autos aus.

Die ganze Welt dreht sich um mich
Denn ich bin nur ein Egoist
Der Mensch, der mir am nächsten ist
Bin ich, ich bin ein Egoist

Sie bremste und hielt den Wagen am kleinen Parkplatz vor einer Kapelle an. Sie ging in Gedanken noch einmal alle Punkte durch. Dann holte sie einen goldfarbenen Stift aus ihrer Handtasche und drehte den Innenspiegel in ihre Richtung. Mit ruhiger Hand zog sie das dunkle Rot ihrer vollen Lippen nach. *Endless Bordeaux*. Sauteuer, der Stick, aber wirkungsvoll. Sie formte einen Kussmund, besserte mit dem Lippenstift noch etwas nach. Dann war sie zufrieden. Sie startete ihren Wagen wieder und setzte den eingeschlagenen Weg fort. Als sie beim Hof der Erlingers aus dem Auto stieg, öffnete sie noch einen zusätzlichen Knopf an ihrer Bluse. Das konnte nicht schaden. Sie trat an die Haustür und läutete. Sie hörte das Schellen der Klingel im Inneren des Hauses, aber nichts rührte sich. Sie drückte noch einmal auf den Knopf. Sie hielt ein Ohr an die Tür und lauschte. Nichts. Erneut legte sie den Finger auf die Klingel.

»Waaaoo!«, brüllte es plötzlich hinter ihr. Sie fuhr herum und starrte in das Objektiv einer Kamera. Es klickte mehrmals. Mit einer wilden Handbewegung fegte sie die Kamera beiseite. »Jock, du Depp! Musst du mich so erschrecken?« Sie stieß den Bürgermeistersohn mit beiden Händen von sich, sodass er zurücktaumelte.

»Was hast du denn, Vanessa? Sonst machst du auch nicht so ein Theater, wenn irgendwer eine Kamera auf dich richtet.«

Sie spürte immer noch ihr Herz wie wild schlagen. Mit einem fetten Grinsen im Gesicht drückte sich Jock an das Mädchen. Die presste ihn mit beiden Händen erneut weg. »Lass mich in Ruhe, Idiot!«

»Warum? Bei den anderen zierst du dich auch nicht so!«

Sie schloss zwei Knöpfe an ihrer Bluse und strich sich kurz durch ihr volles kastanienbraunes Haar. »Du bist eben nicht die anderen. Außerdem will ich gar nichts von dir, sondern von deinem Vater.«

Jock verzog das Gesicht. »Der ist nicht da. Der ist schon auf dem Weg nach Goldegg.« Vanessa überlegte.

»Ich muss auch gleich dorthin. Du kannst gerne mit mir fahren, Vanessa.« Ein gieriges Leuchten trat in seine Augen. Doch die Marketenderin der Musikkapelle ließ ihn einfach stehen, setzte sich wieder in ihr Auto und brauste davon.

Die Nachmittagssonne näherte sich langsam den Gipfeln der Berge. Auf dem Thalerhof trottete ein einsames Schaf über den Platz, schnupperte an dem Kinderfahrrad, das gegen einen Schuppen gelehnt war. Dann wich es dem Hahn aus, der quer über den Hof stolzierte, und trabte weiter. Im Haus hockte Clara mit angezogenen Beinen auf dem Wohnzimmersofa. Sie hatte die Zähne fest aufeinander gepresst. Ein leichtes Beben rieselte durch ihren zarten Körper, begann an den Schultern, erfasste den schmalen Oberkörper und die Arme, breitete sich zu den Beinen aus, erfasste schließlich auch die Zehen. Tränen kullerten über die eingefallenen Wangen. Die Trauer in ihrem Gesicht wurde schier übermächtig. Und dann begann die Achtjährige plötzlich zu schreien. Hoch, schrill, verzweifelt. Alma stürzte ins Zimmer, versuchte, ihre Tochter zu beruhigen. Sie ging vor ihr in die Knie, streichelte die Wangen, schlang behutsam die Arme um das schreiende Mädchen. Aber Clara schien ihre Mutter gar nicht wahrzunehmen, sie schrie nur in einem fort. Raphael kam angerannt, warf sich neben seiner Schwester aufs Sofa, tätschelte ihren Rücken. Doch es half alles nichts. Alma fing an, ihre Tochter sanft zu schütteln. Das Geschrei der Kleinen wurde nicht weniger. Alma verstärkte ihre Bemühungen, Clara aus ihrem Schreikrampf zu lösen. Sie schüttelte ihre Tochter heftiger. In ihrer Verzweiflung und Sorge um das völlig weggetretene Kind hob sie schließlich die Hand und schlug Clara leicht auf die Wange. Für einen Herzschlag lang stellte das Mädchen das Schreien ein. Doch es war nur für einen Moment, dann brüllte sie wieder los.

»Fester, Mama. Vielleicht nützt es dann was!« Raphael holte selbst aus und ließ seine Hand mit festem Schwung auf die Wange seiner Schwester klatschen. Von einer Sekunde auf die nächste verstummte Clara. Sie schaute ihre Mutter groß an. Dann drehte sie das Gesicht ihrem Bruder zu. Sie nahm Raphaels Hand und schlug sich damit noch einmal ins eigene Gesicht. »Lena«, wimmerte sie leise, »Lena«. Alma drückte sie fest an sich, küsste ihre Wangen, streichelte sie. Raphael lehnte seinen Kopf an Claras Rücken. Auch er begann, sie zärtlich zu liebkosen. Clara wurde ruhiger. Ihre Augen starrten in die Ferne, als würde sie sich an etwas erinnern.

Kein Lüftchen regte sich. Die Oberfläche des Sees war glatt. Die schlanke vierkantige Nadel des Kirchturms spiegelte sich im Wasser, daneben glitzerten das Grün der Bäume, die Konturen der alten Bauernhäuser und die hellen Mauern des Schlosses. In diesem hatten seit dem 12. Jahrhundert die Herren von Goldegg und später die Pfleger und Gefolgsleute der Salzburger Erzbischöfe residiert. Heute beherbergte das stattliche Gebäude ein bestens eingerichtetes Heimatmuseum, ein Café samt Terrasse mit traumhaft schöner Aussicht, das Büro des äußerst rührigen Kulturvereins und einige Veranstaltungsräume. Zu diesen gehörten auch der prächtige Rittersaal mit mittelalterlichen Wandverkleidungen, Wappendecke und Fresken sowie der sogenannte Kemenatensaal und eine wunderschöne Dachhalle aus Holz. Seit der Renovierung und dem Ankauf durch die Gemeinde hatte sich Schloss Goldegg zu einem gern frequentierten Zentrum für Tagungen und Kulturveranstaltungen unterschiedlichster Art entwickelt. Wer den Zauber dieses Ortes einmal in sich aufgesogen hatte, der kam nur mehr schwer davon wieder los. Goldegg liegt auf einem kleinen Hochplateau oberhalb des Salzachtales. Als würde jemand einen Vorhang aufziehen, um den Blick auf eine malerische Szenerie frei zu machen, so offenbart sich einem die kleine Gemeinde, wenn man aus dem Tal heraufkommt. Kaum hat man über die letzte Straßenkuppe das Hochplateau erreicht, ist mit einem Schlag das komplette Ensemble des zauberhaften Ortes zu sehen. Im Vordergrund liegt der kleine Moorsee mit Bäumen, Schilfgürtel und einem Strandbad aus der Jahrhundertwende. Dahinter erheben sich die Dächer der alten Häuser, die Kirche und darüber das Schloss, das als Wahrzeichen über allem thront.

Doch heute wurde der reizvolle Ort von einer beständigen Unruhe heimgesucht. Das hatte schon am frühen Morgen begonnen. Breite Plastikbahnen wurden über die Zufahrtswege gespannt, grell leuchtende Transparente, die den *Austrias Marketenderinnen Award* ankündigten. Mädchen in Dirndlminikleidern und hohen Stöckelschuhen verteilten auf der Straße bunte Flyer an die Ankommenden. Laute Musik war zu hören. Zwei Blasmusikkapellen zogen vom Fußballplatz in Richtung Kirche. Vor einem großen Gasthof in der Mitte des Dorfes schwenkten sieben perückentragende junge Frauen in Cheerleadermanier große Edelweißsträuße aus Plastik.

Als Vanessa Hinterschattinger die Tür zum Gasthaus aufstieß, prallte sie mit einer Person zusammen, die sie hier nicht erwartet hatte.

»Christoph, was machst du da?« Der Kapellmeister aus Krimml war ebenso überascht wie sie. »Hast du nicht gestern großspurig dem Erlinger erklärt, du würdest aus Respekt vor der Lena das ganze Theater nicht mehr mitmachen?« Christoph Hornklang war das Zusammentreffen mit seiner Marketenderin sichtlich peinlich. Er setzte zur

Gegenfrage an: »Und du, Vanessa, was willst du hier in Goldegg?«

»Ich will mir die Konkurrenz anschauen!«

»Wozu? Du hast doch mit dem Wettbewerb nichts zu tun. Der Erlinger hat dir doch die Lena vorgezogen. Daran lässt sich nichts mehr ändern. Und hier im Pongau kannst du sowieso nicht antreten.«

»Das werden wir erst sehen.« Wie schon eine Stunde zuvor den Bürgermeistersohn ließ Vanessa jetzt auch den Kapellmeister einfach am Eingang stehen und betrat hoch erhobenen Hauptes das Gasthaus. Sie genoss die Blicke der Männer, die sich auf sie richteten.

3

Merana stand wieder vor dem großen Wasserfall. Er spürte dieselbe Faszination, die ihn auch bei den ersten Begegnungen mit dem tosenden Wasser erfasst hatte. Wenn er nicht mit einer Mordermittlung beschäftigt wäre, würde er sich Zeit nehmen und den steilen Pfad nach oben steigen, um sich auch die zwei anderen Stellen anzuschauen, an denen das Wasser der Krimmler Ache sich als gigantischer Sturzbach in hellen Fontänen über die Felsen stürzte. Der gesamte Wasserfall war ein magischer Platz. Seit Mittag war das Naturschauspiel auch wieder für die Besucher zugänglich. Merana hatte am Eingang eine Gruppe von Kindern gesehen, die sich über die Souvenirgeschäfte hermachten und die Ständer mit den hässlichen Stofftieren plünderten. Im

Eingangsbereich fand man auch Informationsstellen und die neue *Wasser Wunder Welt*. Betreiber der gesamten Anlage war die Sektion Warnsdorf/Krimml des Österreichischen Alpenvereins. Die kümmerte sich auch um die Infrastruktur und Erhaltung der Wege. 1967 erhielten die Krimmler Wasserfälle vom Europarat das europäische Naturschutzdiplom. Die Urkunde hing deutlich sichtbar im Büro des Sektionsobmanns, der Merana vorhin empfangen hatte. Wie Merana erfahren hatte, kam es gar nicht so selten vor, dass Leute in der Nacht die Wasserfälle aufsuchten. Diese Personen machten das auf eigene Gefahr. Die Sektion als Betreiber könne nicht für eine Rund-um-die-Uhr-Bewachung sorgen, hatte der Sektionschef betont. Die tägliche Kontrolle in den frühen Morgenstunden gehöre allerdings zu den festgeschriebenen Routineaufgaben.

»Besonders gefährlich ist es, wenn Leute in der Nacht versuchen, hier hochzusteigen.« Walter Hammerhuber, der geschäftsführende Sektionschef, stand neben dem Kommissar und deutete auf die steilen Stufen, die entlang des unteren Falls nach oben führten. »Es ist auch schon zu Unfällen gekommen, aber Gott sei Dank ist nie etwas Ärgeres passiert.« Bis gestern, ergänzte Merana in Gedanken. Er blickte die Felsen hoch. »Wenn Sie Ihren Mordfall abgeschlossen haben, Herr Kommissar, dann gehe ich mit Ihnen den Weg hoch bis weit hinein ins Achental.«

Merana wusste, dass das Krimmler Achental nicht besiedelt war, sondern nur als Almgebiet genutzt wurde. Das Tal bildete die Grenze zwischen den Zillertaler Alpen und der Venedigergruppe. Das Achental war schon in der Zeit der Römer, und wahrscheinlich auch davor, ein wichtiger Alpenübergang, eine Handelsroute, die den Pinzgau mit dem heutigen Oberitalien verband. Auf der anderen Seite der Krimmler Tauern lag das Südtiroler Ahrntal.

»Ich lade Sie auch gerne ein, einmal am Alpine Peace Crossing teilzunehmen.« Auch davon hatte Merana schon gehört. Seit 2007 gab es jährlich diese große Überquerung, eine Gedächtniswanderung zur Erinnerung an die Flucht vieler Juden über die Krimmler Tauern nach dem Zweiten Weltkrieg. Als *Displaced Persons* galten damals die jüdischen Überlebenden des Holocaust und der Nachkriegspogrome in Polen und Russland. Sie waren in großen Flüchtlingslagern quer durch Europa aufgesammelt worden. Auch in Österreich befanden sich solche Lager. Da sie auf legalem Weg nicht ausreisen konnten, wurden einige Tausend der Flüchtlinge von einer jüdischen Transportorganisation auf illegalem Weg über die Krimmler Tauern geführt.

Merana blickte erneut den steilen Weg an den Felsen des Wasserfalls hoch. Ja, vielleicht sollte er diesen Weg auch einmal gehen, den damals Tausende jüdische Menschen genommen hatten, unter schweren Mühen, einem ungewissen Schicksal entgegenstrebend. Das Erste, das sie nach der strapaziösen Überquerung der Krimmler Tauern gesehen hatten, war Südtirol gewesen, die Heimat seiner Großmutter. Die Stadt Meran war den *Displaced Persons*, den vertriebenen Menschen ohne Wohnsitz, damals das erste Tor zur Freiheit. Von dort aus ging es nach Genua zu den Schiffen, die schließlich die Flüchtlinge nach Palästina brachten.

Merana reichte dem Sektionschef die Hand. »Ich danke Ihnen für Ihre Erklärungen und ich nehme die Einladung zur Gedächtnisüberquerung gerne an. Wie haben sich eigentlich die offiziellen Behörden damals verhalten?«

»Die Gendarmerie in Krimml hatte keine große Freude mit den Juden. Man wollte keinen Menschenauflauf. Und dass der menschenverachtende Antisemitismus in diesem Land von heute auf morgen nicht einfach verschwunden ist, das können Sie sich wohl auch vorstellen, Herr Kommissar. Aber das österreichische Innenministerium hatte den Gendarmen die inoffizielle Weisung erteilt, quasi ›nicht aus dem Fenster zu schauen‹. Die Vertreter der amerikanischen Besatzungsmacht kannten diese Weisung und waren damit einverstanden, dass die Sicherheitskräfte die Flucht der Juden weder unterstützen noch behindern.«

Beide Männer schwiegen daraufhin. Ihre Augen folgten dem jahrtausendealten Weg. Sie sahen auf das Wasser, das in ewig gleicher beharrlicher Wucht hernieder stürzte, genauso wie damals, als hier verzweifelte Menschen ihr Heil in der Flucht über unwirtliche Berge suchten, ohne Ausrüstung, aber mit viel Hoffnung. Hatten diese Menschen auch Zeit gefunden, wenigstens für einen Moment das Naturschauspiel der Krimmler Wasserfälle am Ausgangspunkt ihrer Reise zu genießen? Merana hoffte es. Der Sektionschef reichte dem Kommissar die Hand und verabschiedete sich.

Die Stelle, an der die tote Lena am Wasserfall gelegen hatte, glich einem Blumenmeer. Kerzen waren aufgestellt. Fotos, Briefe, kleine Stofftiere, Zeichnungen säumten den Platz. Eine Gruppe von fünf Mädchen, in ähnlichem Alter wie die Verstorbene, hockte auf den Steinen, hielt selbstgebastelte Herzen in den Händen und sang ein Lied.

Was war nur passiert, das jemanden dazu brachte, nach einem Stein zu greifen und damit dieses liebenswerte Mädchen zu töten? Merana wusste es nicht, aber er würde alles unternehmen, es herauszufinden.

Auf dem Parkplatz am Eingangsbereich erwartete ihn Ulla Heilmayer. Sie hatte Interessantes erfahren. Lena war erst seit drei Wochen Marketenderin der örtlichen Musikkapelle. Dafür hatte Gottfried Erlinger gesorgt. Sonst hätte das Mädchen nicht an dem Wettbewerb teilnehmen können. Kapellmeister Christoph Hornklang war strikt dagegen gewesen. Die Musikkapelle Krimml hatte schon zwei tüchtige Marketenderinnen in ihren Reihen, Vanessa Hinterschattinger und Amelie Steiner. Aber der Widerstand des Kapellmeisters war vergeblich gewesen. Der Bürgermeister hatte wie immer seinen Willen durchgesetzt. Von jeder Musikkapelle durfte laut Reglement nur eine Marketenderin an den Vorausscheidungen teilnehmen. Und das war dann im Fall der Musikkapelle Krimml eben Lena Striegler.

»Und wie haben die beiden ausgebooteten Marketenderinnen darauf reagiert?«

»Das ist eine gute Frage, Herr Kommissar. Aber ich weiß es leider nicht.«

Er bat Ulla Heilmayer, weiter an der Sache dranzubleiben. Er müsse noch am Abend zurück nach Salzburg, die Staatsanwältin erwarte morgen Früh einen persönlichen Bericht über den Stand der Ermittlung. Doch vorher wollte Merana noch bei seiner Großmutter vorbeischauen.

Das Schaf auf dem Strieglerhof hob erschrocken den Kopf. Es war irritiert von dem Herumgeschreie. Auch der Hahn unterbrach für einen Moment sein Stolzieren. Alma kam aus dem Haus gelaufen und rief laut nach Clara. Ein großer schwarzer Schatten zog über den Hof. Odo setzte elegant zur Landung an. Gleich hinter ihm erschien Arthur Thaler. Die beiden waren im Wald unterwegs gewesen. Raphael bog im Laufschritt um die Ecke des Hauses.

»Im Stall ist die Clara auch nicht, Mama!«

Angst breitete sich aus in Almas Innerem, krallte sich wie eine schwarze Schlingpflanze um ihr Herz, schnürte ihr fast den Hals zu.

»Vielleicht ist sie zur Kathi hinunter. Ich schaue gleich nach. Komm, Odo.« Der Alte lief voraus, der große Vogel flog hinterher. Alma schickte Raphael ins Haus, er möge noch einmal in alle Kästen und unter alle Betten schauen. Sie eilte hinüber zur Scheune, in der sie schon zwei Mal nachgeschaut hatte. Die Angst in ihr wuchs.

Vor dem steil aufragenden Wald und den leicht angezuckerten Bergspitzen in der Ferne wirkte der kleine Bahnhof von Krimml wie aus einem Spielzeugkatalog. Die Station lag etwa zwei Kilometer außerhalb des Ortes, direkt neben der Gerlosstraße. Sie markierte den Endpunkt der Pinzgauer Lokalbahn, die den Oberpinzgauer Ort mit Zell am See im Unterpinzgau verband. Diese Verkehrsanlage war eine Schmalspurbahn mit einer Länge von 53 Kilometern und immerhin 36 Haltestellen. In ihrer mehr als 100-jährigen Geschichte war die Bahn immer wieder von der Einstellung bedroht gewesen. Derzeit hielten verantwortungsbewusste Landespolitiker und findige Regional-Nahverkehrs-Planer ihre schützende Hand über dieses Stück Pinzgauer Kulturgeschichte.

Vor fünf Minuten war eine Horde rucksackbewehrter kleiner Ausflügler auf den Platz vor dem kleinen Bahnhof gestürmt, um die nächste einfahrende Zugsgarnitur zu entern. Keiner achtete auf das kleine Mädchen, das sein Fahrrad am Bahnhof abgestellt hatte und sich unter die Rucksack-Kinder mischte. Die kleinen Rangen tobten herum und versuchten unter heftigem Gejohle, einander die eben erworbenen Stofftiere wieder abzujagen. Die wenigen Fahrgäste auf den Wartebänken waren der Ansicht, das Mädchen gehörte zur Gruppe der Ausflügler. Die Leiterin des Haufens, eine 25-jährige Pädagogikstudentin, hatte alle Hände voll damit zu tun, die aufflammenden Streitigkeiten unter den Kindern zu schlichten. Auch sie hatte keinen Blick für die Kleine übrig. Als die weiß-rote Zugsgarnitur in den Bahnhof rollte, stieg Clara mit den anderen ein und suchte sich einen Fensterplatz. In der Hand hielt sie den Bogen ihres Bruders. Sie hatte eine längliche Ledertasche umgehängt, eine Art Köcher, aus der die Enden von vier Pfeilen ragten. Zwischen den Federn der Pfeilenden war der Kopf eines kleinen zerzausten Stoffdrachens zu sehen. Der Zug setzte sich in Bewegung. An der Haltestelle *Wald im Pinzgau* stieg eine Frau zu, die eine kleine Katze in einem Korb mit sich führte. Die johlenden Kinder vergaßen für einen Augenblick ihren Streit um die Stoffmurmeltiere und Plüschhasen und widmeten sich dem kleinen Neuankömmling im Korb. Der eingekehrte abrupte Friede dauerte allerdings nur bis *Stuhlfelden*, dann verließ die Frau mit der Katze wieder das Abteil. Zweimal hatte einer der Buben versucht, mit Clara ein Gespräch anzufangen, aber die hatte nicht reagiert. Nach exakt einer Stunde und 23 Minuten erreichte der Zug den Bahnhof von *Zell am See*. Clara streichelte den Kopf ihres Stoffdrachen, umklammerte den Griff des Bogens und stieg aus. Sie schaute sich um, entdeckte die Busse am Bahnhofsvorplatz. Sie wusste genau, welche Schriftzeichen der Wagen hatte, den sie nehmen musste. Sie war mit Lena schon hier gewesen, die hatte ihr alles ganz genau gezeigt. Sie kramte Geld aus der Tasche ihres hellen Sommerkleides und marschierte los.

Die Großmutter hatte eben einen Zucchiniauflauf aus dem Rohr genommen, als Merana seinen Wagen vor dem üppig blühenden Garten des kleinen Holzhauses abstellte und die Eingangstür öffnete. Der ganze Raum duftete nach Knoblauch, Basilikum und Käse.

»Setz dich an den Tisch, Martin, du kommst genau im richtigen Moment. Hol bitte den Rotwein von der Kellerstiege, die Gläser stehen schon auf dem Tisch.«

Sie griff in die Schublade, legte das Besteck neben die Teller und steckte die Stoffservietten durch die Silberringe. Merana brachte den Wein. Es war ein *Lagrein Riserva* aus Kurtatsch in Südtirol, den er der Großmutter von seinem letztjährigen

Kurzbesuch in Bozen mitgebracht hatte. Sie schaufelte ihm eine große Portion des Auflaufs auf den Teller. Er schenkte die Gläser voll. Sie stießen an und begannen zu essen. Schon beim ersten Bissen hielt er inne. Dass die Großmutter Basilikum verwendet hatte, war ihm klar, das hatte er schon vorher gerochen. Aber dem Auflauf war noch etwas beigemengt, das er bis jetzt nicht identifizieren konnte. Er schluckte hinunter und probierte den nächsten Bissen. Auch diesen ließ er lange auf der Zunge liegen. Welches Gewürz brachte hier dieses feine, leicht bittere Aroma ins Spiel? Hatte die Großmutter eine bestimmte Art von Pfeffer verwendet? Die alte Frau schaute ihn verschmitzt an. Ihre Äuglein blitzten. »Ist nicht so schwer zu erraten, geliebter Enkelsohn. Das Kraut war den alten Griechen schon Stimulanz für Geist und Gemüt.«

Thymian! Das war es. Nur ein ganz zarter Hauch, aber er war untrügerisch zu spüren und gab der Geschmackskomposition aus Basilikum, Käse, Tomaten und Zucchini noch eine besondere Note. Thymian, die Pflanze der nordischen Liebesgöttin Freyja, wenn er sich recht daran erinnerte, was ihm die Großmutter in seiner Kindheit darüber erzählt hatte.

»Wann warst du das letzte Mal am Krimmler Wasserfall, Oma?«

Sie nahm einen Schluck vom Wein.

»Vor etwa einem Monat.«

Die alte Frau überraschte ihn immer wieder. Er hatte sich als Antwort ›vor vielen Jahren‹, erwartet. Aber die Großmutter ließ sich selbst nach ihrem Herzinfarkt nicht davon abbringen, regelmäßig Ausflüge mit einer ihrer vielen Bekannten aus dem Dorf zu unternehmen.

»Kannst du dich an den strapazvollen Fußmarsch der jüdischen Flüchtlinge über die Krimmler Tauern erinnern?«

Sie hielt im Essen inne. Ihr Gesicht wurde mit einem Mal sehr ernst.

»Ja, das war kurz nachdem ich in den Pinzgau kam. Dein Großvater hatte von den Flüchtlingstransporten erfahren. Das große Lager in Saalfelden auf dem Gebiet der heutigen Kaserne war ja der Ausgangspunkt für die Transporte. Dein Großvater kannte auch die Liesl vom Krimmler Tauernhaus gut. Ich war damals erst seit ein paar Monaten hier und wusste noch wenig über die Region. Aber dein Großvater und ich sind öfter zusammen hinüber geradelt und haben vor allem für die jüdischen Kinder Brot und Obst mitgebracht. Es kamen ja manchmal bis zu drei Transporte in der Woche. Da waren oft an die 250 Menschen dabei. Damals haben so viele im ganzen Land Menschen in deren Not geholfen, obwohl keiner selbst viel hatte. Und heute sind sie alle wohlhabend und schlagen dennoch die Tür zu, wenn ein paar Flüchtlinge zu uns ins Land wollen. Wer geht schon gerne weg von dort, wo er Wurzeln gefasst hat, wenn er nicht muss? Keiner.«

Sie begann wieder zu essen, aber ihre Miene blieb ernst. Auch die Großmutter hatte ihre Heimat verlassen. Da war sie kaum älter gewesen als Lena Striegler. Und es war ihr sicher auch nicht leicht gefallen. Merana versuchte, sich an weitere Details der Krimmler Judenflucht von 1947 zu erinnen. Die von der Großmutter angesprochene Liesl war die Wirtin des Krimmler Tauernhauses, Liesl Geisler-Scharfetter. Diese großherzige Frau hatte Tausende Flüchtlinge mit Essen und viel Fürsorge unterstützt. Eine der zentralen treibenden Kräfte in der Organisation, den Juden bei ihrer Flucht über die Alpen zu helfen, war Marko Feingold gewesen, der spätere Präsident der Israelitischen Kultusgemeinde in Salzburg. Erneut nahm Merana sich vor, beim nächsten *Alpine Peace Crossing* mitzumachen. Er wollte auch die sieben Gedenktafeln entlang des damaligen Fluchtweges sehen.

Es klopfte. Anni Lassinger, die Nachbarin aus dem Haus gleich nebenan, kam herein. Sie begrüßte Merana und lud ihn und die Großmutter ein, mit hinaus vors Haus zu kommen. »Es ist so ein schöner lauer Abend. Meine Tochter ist auf Besuch samt Schwiegersohn und Freunden. Wir möchten gern ein wenig miteinander singen.«

Das Gesicht der Großmutter hellte sich auf. Miteinander singen und zwischendurch ein Glas Wein in der Runde zu trinken, das weckte ihre Lebensgeister. Als sie hinaustraten, schwebten ihnen schon die ersten Klänge der Stimmen entgegen.

Auf da Schattseitn bleib i net
scheint ja koa Sunn
und a alts Büabl mag i net
draht sie net um …

Fünf Leute standen auf dem Weg vor den Häusern und schauten talabwärts. In der Ferne leuchteten die Gipfel des Steinernen Meeres und das Hochkönigmassiv im Abendlicht. Die fünf Personen, zwei Frauen und drei Männer, waren ausgezeichnete Sänger.

… mei Schatz, wann er aufs Gassl geht,
geht er net weit
es san in der Nachbarschaft
a liabe Leit …

Schon nach der zweiten Strophe kamen weitere Menschen aus den umliegenden Häusern und begannen mitzusingen. Die einen brachten Tabletts mit kleinen Häppchen mit, die anderen Krüge mit Wein und Bier. Zwischendurch stimmte die Gruppe um Anni Lassingers Tochter auch das eine oder andere Madrigal an. Das freute Merana sehr. Er liebte Musik aus der Zeit der Renaissance.

Now is the month of Maying,
when merry lads are playing, fa la la.
Each with his bonny lass
upon the greeny grass, fa la la.

(Im schönen Monat Mai
da spielen fröhliche Burschen
jeder mit seiner hübschen Allerliebsten
im grünen Gras)

Dieses fröhliche Tanzlied mochte er besonders. Aus allen Jahrhunderten und in allen Ecken dieser Erde gab es Lieder in jeder Sprache, die von der ausgelassenen Fröhlichkeit erzählten, von der herrlich prickelnden Lust zwischen jungen Liebenden, egal ob im Pinzgauer Dialekt oder im englischen Jargon aus der Zeit William Shakespeares.

Ohne Kitsch, ohne falsches Pathos, einfach geprägt von dem Klang, den die klopfenden Herzen vorgaben. Hier, bei diesem Madrigal, wurde das Spiel der verliebten Leute im Text mit der Wonne im Monat Mai verbunden. Aber das konnte man getrost zu jeder Jahreszeit singen, fand Merana, auch an einem Sommerabend im August. Als die Runde dann den ersten Jodler anstimmte, gab er sich endlich einen Ruck und sang ebenfalls mit. Anfangs noch zaghaft, dann allmählich aus voller Brust. Es machte nichts aus, dass er nicht jeden Ton traf, das störte hier keinen. Er genoss diesen wunderbaren Moment auf der Hügelkuppe vor dem Haus der Großmutter. Ein paar Menschen standen beisammen, lachten, tranken, sangen Lieder. Nicht mehr und nicht weniger. Eine friedliche Stimmung, wie Merana sie noch nicht oft erlebt hatte.

4

Der hysterische Aufschrei des Einpeitschers tat in den Ohren weh. Die Musikanlage war viel zu laut eingestellt. Das Wummern der Bässe, das Schrillen der völlig übersteuerten Gitarren schmerzte in den Gehörgängen. Aber die johlende Menge im großen Saal des Goldegger Gasthofes ließ sich davon nicht beirren. Die Mädchen kreischten. Und der männliche Teil der Besucherschar brüllte brunftig. Aufgeheizt durch viel Alkohol und das beständig wippende nackte Fleisch, das ihnen aus den vielen Trachtendirndl-Dekolletés ringsum entgegenschwappte, spürten die Herren der Schöpfung, wie ihnen das Testosteron durch den Körper schnalzte.

Auf der Bühne hüpfte ein junger Mann herum wie ein angetörnter Gnom. Mit der linken Hand fasste der Jüngling sich immer wieder in den Schritt, mit der rechten animierte er das Pulikum zum Mitklatschen. Er ließ sich von einer der Edelweiß-Cheer-Leaderinnen die Ziehharmonika umschnallen. Unter ständigem Zucken seines lederbehosten Unterleibs begann er, die Knöpfe an seinem Instrument zu malträtieren. Breitbeinig, als sei er jahrelang auf einem übergewichtigen Stier geritten, stakste er dann zu einem bereitgestellten Mirofon. An dessen Ständer baumelten ein pinkfarbener Teddybär und eine Stoffpuppe mit großem Herz. Der junge Mann begann zu singen. Die Menge erhöhte die Lautstärke ihres Gejohles. »Super!«, kreischte eine Rothaarige in der Menge rings um den großen Laufsteg und hüpfte begeistert mit. »Is der net a Wahnsinn, der Jacky?« Ihre Freundin war nicht ganz dieser Ansicht. Sie fand, der Typ auf der Bühne war eher ein Andreas Gabalier für Arme.

Den richtigen hatten sich die Veranstalter wohl nicht leisten können. Die Tatsache, dass der immer noch hüftkreisende Sänger auf der Bühne nur in den allerseltensten Momenten synchron zum eingespielten Playback agierte, tat der Stimmung keinen Abbruch. Es genügte, dass die Schlagzeugbeats mit voller Wucht durch den Saal fegten und der Refrain so schlicht war, dass auch wirklich jeder aus voller Brust mitröhren konnte.

Darum finden wir das Leben so steeeeiiil!
Und alle Marketenderinnen geeeeiiil!

Die Leute im aufgeheizten Saal johlten mit, droschen frenetisch in die Hände und schrien sich die Seele aus dem Leib.

Ja, das ist Stimmuuuung!

Der junge Mann riss sich nach dem Ende des Songs die Ziehharmonika herunter, ließ noch einmal sein Becken kreisen, was ein erneutes Kreischen auslöste, und reichte das Mikrofon weiter *an den Mann, dem wir diese unfassbar tolle Show zu verdanken haben. Und, ladies and gentlemen, liabe Diandln und Buam! Hier ist er! Der wunderbare, der einmalige, der wirklich unvergleichliche Goooootttfried Erlinger!!!*

Es gehörte offenbar zum Ritual der Ansagen, dass man die Vokale in die Länge zog wie Gummibänder. Vom Ende des Laufstegs stolzierte der Erfinder des Spektakels mit großen Schritten in den Saal. Die ersten paar Meter allerdings im Dunkeln, weil der Mann am Verfolger-Scheinwerfer den Auftritt des Bürgermeisters verschlafen hatte. Erst als Erlinger in der Mitte des Steges angekommen war, hatte er volles Licht auf seinem Trachtenanzug.

»Ja, lieber Jacky Vorderbachler, vielen herzlichen Dank für dieses stimmungsvolle Opening unserer heutigen Show!« Erlinger ließ seine Pranke auf die Schulter des Sängers krachen. »Dir ist es wieder einmal gelungen, mit deiner wirklich einmaligen Musik die Herzen aller Besucher zu erreichen! Gell, liebes Publikum im Saal, ist er nicht suuuupeeeer?«

Erneutes Kreischen der Mädchen, dazu hirschröhrenartiges Brüllen der Testosterontypen und kurzes Trommeln und Beckenschlagen des Schlagzeugers aus dem Bühnenhintergrund. Die Freundin der völlig ausgeflippten Rothaarigen verzog weiterhin das Gesicht. Nach dem billigen Möchtegern-Gabalier wurde ihr jetzt auch noch dieser schleimige Wichtigtuer vorgesetzt. Sie hätte sich nicht überreden lassen sollen, mitzukommen. Aber was tat man nicht alles für eine Freundin, die ihren 20. Geburtstag ausgerechnet hier feiern wollte?

Auf dem Laufsteg setzte Erlinger zu einer Lobeshymne auf den Sponsor dieses Events an, auf die einmalige *Firma Traaaachten Dirndltoll! Mit den tooollsten Modellen des ganzen Alpenraums!*

Das begleitende Kreischen der Menge hielt sich dieses Mal in Grenzen, dafür drosch der Schlagzeuger stärker auf die Trommelfelle seiner Tomtoms. Der Event-Erfinder erklärte noch einmal kurz den Modus des Wettbewerbs und bat die inzwischen mit Trompetern und Saxofonisten aufgestockte Band um den *knackigen Einzugsmarsch für die Stars des heutigen Abends! Unsere bildhübschen Marketenderinnen aus dem Poooongau!*

Die Band setzte ein, und unter erneutem Stampfen und Klatschen des Publikums stöckelten die Kandidatinnen über den Laufsteg. Nun entbrannte ein Wettkampf unter den einzelnen Fangruppen im Saal, wer für die jeweilige Marketenderin aus der eigenen Gemeinde einen größeren Wirbel veranstalten konnte. Man riss johlend Transparente in die Höhe. Eingelernte Sprüche wurden im Chor lautstark skandiert.

Fein, fein, fein,
Badgastein!

Sie ist so fesch, sie ist so schlau,
unsre Gaby aus Flachau!

Die Marketenderinnen-Fangruppe der Musikkapelle Kleinarl hielt riesige Hirschgeweihe in die Höhe, Symbole aus dem Gemeindewappen.

Am lautesten brüllte die große Anhängerschar aus dem Pongauer Ort Werfen.

Hopp auf, Werfen! Die Jasmin
wird Super-Marketenderin!

Erlinger ließ es sich nicht nehmen, jeder einzelnen Kandidatin eine Rose mit deren Startnummer ans Dekolleté zu heften. Wobei er ganz genau darauf achtete, dass seine Finger sich über die schweißglänzenden Hautpartien am Busenansatz der Mädchen verirrten. Schließlich war das hier eine Fernseh-Aufzeichnung. Und öffentliches Grapschen in Großaufnahme machte sich gar nicht gut. Jeder Marketenderin einen innigen Kuss auf die Wange zu drücken, davon hatte er sich allerdings vom Regisseur der TV-Show in der Ablaufbesprechung nicht abhalten lassen. So ein Bussl würde als herzlich gemeinte, aufmunternde Geste gut rüberkommen. Das war seine feste Überzeugung. Eine Kandidatin nach der anderen zog am Bürgermeister vorüber und stellte sich am hinteren Teil der Bühne auf, um auf ihren Einsatz zu warten. Was sie in der nächsten Stunde zu tun hatten, wussten die Teilnehmerinnen genau. Sie hatten es am Vormittag bei der Durchlaufprobe geübt. Die erste Runde war einfach. Sie brauchten nur in möglichst natürlicher Bewegung zum Klang der Musik über den Laufsteg zu gehen. Anschließend hatten sie sich dem Publikum im Saal und den vielen TV-Zuschauern mit ein paar persönlichen Worten vorzustellen. Danach kam ein Geschicklichkeitsbewerb. Jeweils zwei Kandidatinnen traten gegeneinander an. Sie mussten eine Art Slalom durchlaufen. Musiker, die während des Laufs auf Instrumenten spielten, bildeten dabei die lebenden Torstangen. Die ungestüme Marketenderin aus Radstadt hatte bei der Probe einen schmächtigen Klarinettisten umgerannt und den letzten Mann an der Tuba mit selbstgebranntem Obstler überschüttet. Die Teilnehmerinnen mussten den Parcours mit umgehängtem Schnapsfass und zwei bis an den Rand gefüllten Gläsern in der Hand bewältigen. Vor der dritten Runde war ein Showblock mit den Edelweiß-Cheerleaderinnen vorgesehen. So blieb den Kandidatinnen Zeit, sich umzuziehen und aufs Finale vorzubereiten. In der letzten Runde galt es, die neuen Bikinimodelle des Sponsors möglichst charmant und publikumswirksam zu präsentieren. Die Bikinis waren ganz im Trachtenlook gehalten. Die knappen Oberteile zierten kleine Rüschchen. Das Design der Slips deutete hautenge alpine Lederhosen an. Dazu mussten die Mädchen zwei möglichst witzige Gründe nennen, warum es ihnen Spaß machte, diese Bademode zu tragen. Und sie hatten dem Moderator außerdem zu erklären, unter welchen Bedingungen sie den Bikini eventuell auch ausziehen würden.

Messalina Poppaea Fiala, die Marketenderin aus Goldegg, war als Erste über den Laufsteg gegangen. Als sie ihren Platz erreicht hatte, kontrollierte sie mit einem raschen Blick, ob eine der vielen Kameras auf sie gerichtet war. Dann wischte sie sich mit einem Ausdruck unverhohlenen Ekels die Speichelspuren aus dem Gesicht, die von den feuchten Lippen des Bürgermeisters stammten. Aufmerksam beäugte sie ihre Konkurrentinnen, die eine nach der anderen neben ihr in der Reihe Aufstellung nahmen. Die Große mit der pinken Strähne im schwarzen Haar würde die gefährlichste Mitbewerberin um den Sieg sein. Das hatte Messalina schon am Vormittag während des Durchlaufs festgestellt. Sie selbst hatte bei der Probe nicht alle ihre Karten aufgedeckt. Im Gegenteil. Sie war beim Schnaps-Slalom bewusst langsamer gelaufen und hatte sich auf dem Laufsteg absichtlich ungelenk und wortfaul präsentiert. Sie konnte sich ein kleines schelmisches Lachen nicht verkneifen. Die würden alle Bauklötze staunen, wenn Messalina dann im Bewerb an der Reihe war. Schließlich hatte sie nicht umsonst seit einem Monat zwei Mal in der Woche mit einer Choreographin vom Landestheater geübt. Das hatte ihr Vater arrangiert. Dass seine Tochter die Pongauer Vorausscheidung gewann und ins Finale kam, lag auch in seinem Interesse. Er war nicht umsonst als größter Baumeister der Region einer der wichtigsten Sponsoren des Spektakels. Drei Marketenderinnen warteten noch am anderen Ende des Laufstegs auf ihre Vorstellung. Die erste setzte sich in Bewegung und stöckelte etwas unsicher auf Gottfried Erlinger zu. Der wartete mit der Startnummern-Rose in der Hand. Da bemerkte Messalina etwas, was sie heute Vormittag bei der Probe nicht gesehen hatte. War das ein zusätzlicher Einfall der Regie, den man bei der Vorbesprechung nicht erwähnt hatte? Eine spezielle Überraschung gleich zu Beginn der Show? Auch die ersten Zuschauer reagierten und machten einander aufmerksam, was hier geschah. Ein kleines Mädchen ging langsam vor der ersten Stuhlreihe den

Laufsteg entlang. Das Kuriose dabei: Sie hielt einen Bogen in der Hand und hatte einen Pfeil angelegt. Unbeirrt vom Getuschel ringsum marschierte die Kleine weiter. Sie kam ins Blickfeld der Marketenderin auf dem Laufsteg. Diese wusste nicht recht, wie sie reagieren sollte. Erlinger, der mit dem Rücken zum Geschehen stand, bemerkte plötzlich die Unruhe hinter ihm. Er drehte sich um und erschrak. Clara Striegler stand im Licht der Scheinwerfer an der Kante des Laufstegs und zielte mit gespanntem Bogen auf ihn. Noch ehe er reagieren konnte, ließ Clara die Sehne los. Der Pfeil zischte durch die Luft und traf Erlinger an der Schulter. Mit einem Mal war es schlagartig still im Saal. Clara griff zum Köcher und zog den nächsten Pfeil heraus. Fast gleichzeitig schrien mehrere Leute durcheinander. Baumeister Fiala, der bei den Ehrengästen in der ersten Reihe saß, reagierte am schnellsten. Er stürzte auf das Mädchen zu und griff nach dessen Arm. Clara wurde herumgewirbelt, ließ aber noch im Taumeln den Pfeil von der Sehne schnellen. Allerdings verfehlte das Geschoss sein Ziel. Statt am Körper des Bürgermeisters zu landen, blieb der Pfeil in einem der Werbe-Rollups am Seitenrand der Bühne stecken, mitten im fröhlich lachenden Marketenderinnengesicht unter dem Firmenlogo des Hauptsponsors. Fiala riss dem Mädchen den Bogen aus der Hand. Clara begann zu brüllen. »Er hat der Lena wehgetan! Er hat der Lena wehgetan!«

Der völlig verdatterte Erlinger bemerkte erst jetzt, dass er getroffen war. Auf seinem Trachtenhemd bildete sich dort, wo der Pfeil steckte, ein schwacher Blutfleck.

Mitten im *Saarsteiner*, einem wunderbaren Jodler aus dem Salzkammergut, vibrierte Meranas Handy. Er hob entschuldigend die Hand, zog das Telefon aus der Tasche und machte ein paar Schritte zur Seite. Die anderen sangen weiter. Der

Anruf kam von Ulla Heilmayer. Die Großmutter blickte mit leichter Sorge zu ihrem Enkelsohn. Sie bemerkte wachsendes Erstaunen auf dessen Gesicht. Merana steckte das Handy ein und kam zurück. Er drückte der Großmutter einen Kuss auf die Wange und flüsterte ihr ins Ohr: »Ich muss dringend weg, Oma. Ich rufe dich später an.« Dann eilte er zu seinem Auto.

Als Merana im Gasthof in Goldegg eintraf, war Ulla Heilmayer mit Peter Ankerl und zwei weiteren Uniformierten bereits im Saal. Er ließ sich von der Gruppeninspektorin in aller Kürze über das Vorgefallene informieren. Auch Alma und Arthur Thaler waren, von Heilmayer verständigt, inzwischen eingetroffen. Alma kümmerte sich um ihre Tochter. Aber Clara war wieder in ihre apathische Haltung verfallen und sagte nichts. Sie starrrte nur mit leerem Gesicht vor sich hin. Es herrschte immer noch große Unruhe. Die Polizeibeamten hatten dafür gesorgt, dass Zuschauer und Mitwirkende an ihren Plätzen blieben. Zwei Männer am hinteren Bühnenrand diskutierten heftig miteinander. Der Untersetzte mit der schweißnassen Glatze, der heftig mit den Armen fuchtelte, war Fabian Loderer, Eigentümer der Firma *Trachten Dirndltoll*, Hauptsponsor des *Austrias Marketenderinnen Award*. Ihm gegenüber stand Jimmy Tschernitz, der TV-Regisseur der Show. Er hielt ein Funkgerät in der Hand und kam bei der Auseinandersetzung mit dem Firmenchef kaum zu Wort. Keiner der Beteiligten konnte sich den Vorfall erklären. Nur wenige Leute im Dorf hatten Clara auf der Straße bemerkt. Sie hatten genauso wie die Security Leute am Eingang gedacht, die Kleine gehöre zur Show. Alma herrschte Merana an, die Polizei möge sich mit ihrer Befragung beeilen. Sie wolle endlich ihre Tochter von hier wegbringen.

»Hast du eine Erklärung dafür, wie Clara den weiten Weg von Krimml bis hierher nach Goldegg gekommen ist? Sie konnte das doch unmöglich alleine schaffen. Jemand muss sie hergebracht haben.« Alma ließ beim Kopfschütteln den zerzausten Schopf ihrer dunklen Haare fliegen.

»Ich habe keine Ahnung, Martin. Und im Augenblick ist mir das auch völlig egal. Ich will Clara heimbringen, auf der Stelle!« Sie funkelte ihn an. Eine Löwenmutter sorgte sich um ihr Kind. Er willigte ein. Er würde morgen vorbeikommen. Merana wunderte sich, den Kapellmeister aus Krimml unter den Leuten zu sehen. Wie ihm heute bei der Teambesprechung berichtet worden war, hatte Christoph Hornklang gestern Abend in aller Öffentlichkeit behauptet, er würde bei diesem Zirkus nicht mehr mitmachen. Neben dem Musiker bemerkte Merana eine junge Frau in Tracht mit kastanienbraunen Haaren, die er bisher noch nicht gesehen hatte. Er wandte sich mit seiner Frage an die Gruppeninspektorin. »Das ist Vanessa Hinterschattinger«, erklärte Ulla Heilmayer. Den Typen mit dem umgehängten Fotoapparat neben der jungen Frau kannte er schon. Das war Jock, der Sohn des Bürgermeisters.

»Wo ist Erlinger?«

Heilmayer grinste. »Der macht auf schwerverletztes Opfer und wartet in der *Jägerstube* im ersten Stock. Der Raum wurde zur Garderobe umfunktioniert.«

Der Kommissar bat Heilmayer, mit ihm nach oben zu gehen. »Kollege Ankerl soll mit den anderen Beamten die Befragungen weiterführen und danach die Zuschauer nach Hause schicken. Die Leute vom Fernsehen, von der Event-Organisation und die Showteilnehmer möchte ich allerdings noch da behalten.«

Über dem Eingang zur *Jägerstube* prangte eine alte Jagdflinte, ein Vorderlader aus dem 19. Jahrhundert. Neben der

Tür waren handgemalte Schützenscheiben angebracht. Erlinger hockte in einem Lederfauteuil und hatte die Beine von sich gestreckt. Die Farbe seines Gesichts passte sich der seines weißen Trachtenhemdes an. Er war immer noch leicht geschockt. Der Vorfall hatte ihn so mitgenommen, dass er nicht einmal den Versuch unternommen hatte, mit der jungen Rotkreuzschwester zu flirten, die ihm einen Verband angelegt hatte.

»Wie geht es Ihnen?«

Merana zog sich einen Stuhl heran und nahm Platz.

»Wie soll es mir schon gehen? Lassen Sie sich einmal von einem Pfeil treffen, dann wissen Sie es.«

»Mag sein. Aber ich kenne derzeit niemanden, der einen Grund dazu hätte, auf mich zu schießen.«

Erlinger richtete sich auf, wurde lauter. »Ich auch nicht. Und eines sage ich Ihnen, Herr Kommissar: Ich werde Alma verklagen. Wegen Vernachlässigung der Aufsichtspflicht. Eltern haben Kinder so zu beaufsichtigen, dass sie keinen Schaden an fremden Personen oder Sachen anrichten können.«

»Danke, Herr Bürgermeister. Mir ist die gesetzliche Lage auch klar. Bleibt nur mehr die Frage offen, warum die Kleine diesen weiten Weg auf sich nimmt, um Ihnen vor allen Leuten einen Pfeil reinzujagen.«

»Woher soll ich das wissen?«, brüllte Erlinger und verzog dabei das Gesicht. Die Wunde an seiner Schulter war nicht groß, eher eine tiefere Schramme. Aber sie schmerzte dennoch bei heftiger Bewegung.

»*Er hat der Lena wehgetan*. Was meinte die Kleine damit?«

»Keine Ahnung, was die daherschwafelt. Das Kind ist ja nicht ganz richtig im Kopf. Schon seit seiner Geburt.«

Merana richtete seine Augen direkt auf das Gesicht seines Gegenübers. Erlinger versuchte, dem prüfenden Blick des Kommissars standzuhalten.

»Vielleicht hat die Kleine etwas gesehen und daraus falsche Schlüsse gezogen?«

Erlinger schnaubte. »Da war nichts.«

Merana sah ihn noch immer unverwandt an. »Falls doch etwas vorgefallen ist zwischen Ihnen und Lena, werden wir es rauskriegen. Verlassen Sie sich darauf!«

Erlinger lehnte sich wieder zurück in den breiten Stuhl und machte eine abschätzige Bewegung mit der Hand. »Das Mädchen war, wenn ich das einmal so sagen darf, mein bestes Pferd im Stall. Da hatte ich von Anfang an den richtigen Riecher. Die Lena hat auch dem Sponsor durch ihre natürliche Ausstrahlung gut gefallen. Glauben Sie im Ernst, ich würde meiner aussichtsreichsten Finalistin etwas antun?«

Wie aufs Stichwort klopfte es kurz und heftig an der Tür. Ein stämmiger glatzköpfiger Mann kam in den Raum. Schon sein Gehabe beim Eintreten ließ keinen Zweifel darüber aufkommen, dass hier ein Mann das Zimmer betrat, der gewohnt war, Befehle zu erteilen und Entscheidungen zu treffen.

»Gestatten, Fabian Loderer«, stellte sich der Trachtenmodenchef vor. »Wenn die Herrschaften von der Polizei erlauben, ich hätte mit dem Herrn Bürgermeister dringend ein paar Worte zu reden.« Seinem Gesicht war anzumerken, dass diese Unterhaltung keine leise sein würde. Sie waren ohnehin fertig. Erlinger würde seiner Aussage nichts mehr hinzufügen. Sie mussten dringend versuchen, andere Zeugen zu finden. Merana war absolut sicher, dass hinter Claras verzweifeltem Ruf mehr steckte als die Verwirrtheit eines zurückgebliebenen Kindes. *Er hat der Lena wehgetan.* Aber wie und wobei?

Der Kommissar und die Gruppeninspektorin machten sich auf den Weg zum Fernsehübertragungswagen. Sie wollten sich die Aufzeichnung der Show anschauen. Die Kameras hatten die entscheidenden Momente von Claras

Auftritt eingefangen. Vielleicht würden ihnen diese Aufnahmen weiter helfen.

Zunächst war Messalina nur erschrocken gewesen. So wie alle im Saal, als das kleine Mädchen, das einen so unschuldigen Eindruck machte, plötzlich einen Pfeil auf Gottfried Erlinger abschoss. Nachdem sich die erste Aufregung gelegt hatte, war ihr allerdings gedämmert, was dieser Vorfall für Konsequenzen hatte: Die Veranstaltung wurde abgebrochen. Die Show war vorbei, bevor sie noch richtig begonnen hatte. Und daran würde sich nichts mehr ändern. Es war auch kein Ersatztermin eingeplant. Die Pongauer Vorausscheidung zum *Marketenderinnen Award* wurde einfach aus dem laufenden Bewerb gestrichen. Keine der heutigen Kandidatinnen würde noch eine Chance bekommen, sich fürs Finale zu qualifizieren. Da war mit einem Mal der Zorn in Messalina Fiala hochgeschossen. Das konnte doch nicht sein! Eine Wiederholung der Pongauer Vorausscheidung musste in jedem Fall stattfinden! Dafür würde schon ihr Vater sorgen, der als einer der wichtigsten Geschäftsleute dieses Landes keinen geringen Einfluss hatte. Entweder der Pongauer Wettbewerb mit ihr, Messalina Poppaea Fiala, Kandidatin aus Goldegg mit berechtigten Chancen auf den Gesamtgewinn, würde doch noch einmal angesetzt, oder es gab eben am Freitag im Lungau zwei Bewerbe. Sie musste dringend mit ihrem Vater reden. Doch dann mischte sich in ihre Gemütsmelange noch ein weiteres seltsames Gefühl. Verwirrtheit. Sie hatte vorhin im Saal einen Mann entdeckt, der ihr früher schon einmal aufgefallen war. Als Tochter eines der wichtigsten Geldgeber war sie am vergangenen Freitag natürlich bei der Sponsorenparty in Krimml dabei gewesen. Da hatte sie den Mann auch schon gesehen, vor dem Gasthaus, als sie sich gerade anschickte, einen Teil der Bacardi Rigo Ladung gegen die Außenmauer des alten Gasthofs zu kotzen. Sie hatte einfach zu viel von dem Gesöff mit dem bitteren Zitronengeschmack in sich hinein geschüttet. Woher der Mann gekommen war, ob aus dem Gasthaus oder von der Straße her, hatte sie nicht mitgekriegt. Aber es war ihr aufgefallen, dass er lange einem Mädchen hinterher blickte, das zu diesem Zeitpunkt die Party verließ und in der Nacht verschwand. Und wie sie aus den Bildern des gestrigen Berichts im Fernsehen erkannt hatte, war dieses Mädchen Lena Striegler gewesen. Sie starrte ein paar Sekunden in den Saal. Ihre Augen ruhten auf dem Gesicht des Mannes. Dann schüttelte sie sich. Ihre Beobachtung musste auch gar nichts zu bedeuten haben. Sie versuchte, den Gedanken wieder zu verscheuchen. Sie bemerkte, wie das kleine Mädchen eben von seiner Mutter und einem älteren Mann hinausgeführt wurde. Messalina war immer noch nicht klar, woher die Kleine gekommen war. Und was sollte das Theater mit dem abgeschossenen Pfeil? Hatte die Kleine mit der getöteten Kollegin aus Krimml etwas zu tun? Vermutlich schon. Denn sie hatte gerufen: *Er hat der Lena wehgetan.* Und damit hatte sie eindeutig den schleimigen Bürgermeister auf dem Laufsteg gemeint.

Merana und Heilmayer hatten zusammen mit dem Regisseur die Aufnahmen mehrmals angeschaut, im schnellen Durchlauf und auch in Zeitlupe. Aber es war ihnen nichts aufgefallen, das mehr Klarheit über den Hintergrund zum seltsamen Auftritt der kleinen Clara verschaffte. Auch die Befragung der übrigen Fernsehleute und des Ordnerdienstes brachte keine besonderen Aufschlüsse. Vielleicht würden sie weiterkommen, wenn sie herausfanden, wie das Mädchen nach Goldegg gelangt war. Merana war nicht zufrieden mit dem Ergebnis der aktuellen Ermittlung. Er konnte den drastischen Vorfall nicht einordnen. Und das bereitete ihm Sorgen. Die wurden auch nicht weniger, als er ins Auto stieg und wieder zurück in den Pinzgau fuhr. Er beschloss, hier zu bleiben. Die Staatsanwältin musste warten.

Bürgermeister Erlinger saß immer noch in der improvisierten Garderobe im ersten Stock. Die Tür hinter ihm wurde geöffnet. Nicht noch einmal der Loderer!, war sein erster Gedanke. Der Trachtensponsor hatte ihm vorhin ohnehin die Hölle heiß gemacht. Der spektakuläre Auftritt der Kleinen, der Abbruch der Show, der zu erwartende Medienrummel aufgrund der ungewöhnlichen Vorfälle, eine erschlagene Kandidatin am Wasserfall, das alles war nicht gut fürs Image des Unternehmens. Das war Erlinger schon selbst bewusst. Mit leichtem Stöhnen wälzte er sich herum. Im Raum stand Vanessa Hinterschattinger.

»Was willst du?«

»Mit dir reden.« Die junge Frau setzte sich auf einen der Stühle. »Ich habe dir einen Vorschlag zu machen.«

Erlinger verdrehte die Augen zum Himmel. »Vanessa, ich bin müde, meine Schulter tut mir weh. Die geplante Pongauer Vorausscheidungs-Show hat mit einem Desaster geendet. Ich habe jetzt wirklich anderes im Kopf, als mich mit dir zu unterhalten.«

Das Lächeln im Gesicht der Marketenderin wirkte leicht säuerlich. »Jetzt mach nicht so ein Theater wegen dem Kratzer da. Was ich dir zu sagen habe, ist schnell erklärt. Nachdem die Lena tot ist, will ich als Pinzgauer Siegerin beim Finale dabei sein.«

Erlinger starrte sie an. »Bist du jetzt völlig übergeschnappt? Du warst ja nicht einmal im Bewerb. Aus jeder Gemeinde darf nur eine Marketenderin antreten. Für Krimml war das die Lena. Und die hat vor der Darinka Albinovic aus Saalfelden gewonnen. Laut Reglement kommt eben jetzt die Zweitplatzierte ins Finale. Das trifft sich eh nicht schlecht. Eine Migrantin aus der dritten Generation in einem heimatverbundenen Bewerb dabei zu haben, ist gut fürs Renommee der Show.«

Vanessa ließ sich nicht beirren.

»Dann wirst du eben die Regeln im Nachhinein ändern, Gottfried. Das wäre bei dir ja nicht das erste Mal. Es wird dir schon etwas einfallen.«

»Und warum sollte ich das tun?«

Sie fixierte ihn. »Weil ich sonst der Polizei erkläre, was die kleine Clara gemeint hat.«

Der Bürgermeister hielt in seiner Bewegung inne. Unruhe schlich sich in seinen Blick. Vanessa stand auf und beugte sich über ihn. »Ich sage nur: Kinderschaukel.« Ihre Stimme war leise und hart geworden. Erlinger schluckte. Die junge Frau richtete sich auf und ging zur Tür.

»Du bist ein Miststück!«

Vanessa wandte sich vor dem Hinausgehen noch einmal um. »Na, dann passen wir beide ja gut zusammen. Ich freue mich aufs Finale. Und es wird dir auch etwas einfallen, damit ich am Schluss die 100.000 Euro gewinne samt Trachtenmodel-Vertrag.«

Erlinger blieb in seinem Stuhl hocken. Ihm war speiübel. Und das hatte nichts mit der Schramme an seiner Schulter zu tun.

5

Merana saß in der großen Gaststube an jenem Tisch, an dem am Abend zuvor die Feuerwehrleute Platz genommen hatten. Er nippte ab und zu an seinem Weinglas und beobachtete die Männer am Tisch unter dem großen Hirschgeweih. Es ging ziemlich laut zu bei den Herren. Sie diskutierten heftig über die eben gespielte Kartenpartie. »Den Eichel-Zehner hättest du zugeben müssen, Michi, und nicht den Laub-Ober!«, rief der im karierten Hemd immer wieder und klopfte mit der Faust auf den Tisch. Der Angesprochene verteidigte sich. »Und warum hast du nicht die Herz-Sau ausgespielt, du Depp? Dann hätt' ma die Partie in jedem Fall gewonnen!« Jetzt mischten sich auch wieder die anderen beiden ein und analysierten noch einmal mit erhobener Stimme Stich für Stich das Spiel. Merana war gespannt, ob sich die vier Hitzköpfe wieder beruhigten.

»Aber hallo!« Die Kellnerin näherte sich den Kartenspielern. »Aufhören mit Umadumplärren! Trinkma lieber noch ein Glasl!« Plötzlich fingen die Männer an zu lachen. Vielleicht hatte sie die übertriebene Theatralik ihrer hitzigen Debatte erheitert oder der slawische Akzent der Serviererin. Sie bestellten noch vier weiße Spritzer. Der Mann im karierten Hemd klopfte seinem Partner auf die Schulter und nahm die Karten auf, um sie zu mischen. Merana wartete auf Heilmayer und Ankerl, mit denen er sich hier verabredet hatte. Es dauerte eine gute halbe Stunde, bis sie eintrafen. Dafür brachte Ankerl eine Erfolgsmeldung mit. Er hatte die Idee gehabt, bei den Buschauffeuren nachzufragen, die von Zell am See durch das Salzachtal in den Pongau fuhren. Und tatsächlich hatte er den Fahrer gefunden, der Clara am Bahnhof Zell am See mitgenommen hatte.

»Das Mädchen war zusammen mit einem Ehepaar eingestiegen. Der Chauffeur hatte angenommen, das wären die Eltern der Kleinen. Er wunderte sich zwar, dass Clara selbst bezahlte, hatte sich aber sonst keine großen Gedanken gemacht. In Goldegg ist das Mädchen dann alleine ausgestiegen.« Clara war also tatsächlich ohne Begleitung unterwegs. Sie hatten den ersten Mosaikstein zu diesem merkwürdigen Rätsel gefunden.

»Danke, Kollege Ankerl. Gute Arbeit.« Der junge Mann freute sich offensichtlich über das Lob des Kommissars. Vielleicht sollte die Dienststellenleiterin ihren Revierinspektor doch nicht immer an der kurzen Leine halten, überlegte Merana. Man konnte ihm offenbar einiges an Selbstständigkeit zutrauen. »Und wie ist Ihrer Meinung nach Clara nach Zell am See gekommen?«

»Vielleicht mit der Lokalbahn«, warf die Gruppeninspektorin ein. Auch Ankerl teilte diese Einschätzung. »Wir werden gleich morgen in der Früh nachfragen.«

Dann verabschiedete sich der Revierinspektor. Er hatte eine Menge Schlaf aufzuholen, um für morgen wieder fit zu sein. Merana blickte ihm nach, als er die Gaststube verließ.

»Wie lange kennen Sie Ihren Kollegen schon?«

»Seit acht Jahren, seit ich den Posten hier in Krimml übernommen habe.«

»Kommen Sie gut aus mit ihm?«

Heilmayer zögerte. Sie suchte offenbar nach den richtigen Worten.

»Seine Machosprüche gehen mir manchmal ziemlich auf den Wecker. Er glaubt halt, bei jeder Frau landen zu können. Und das ist auch nicht viel besser geworden, seit er verheiratet ist. Aber sonst ist er ein zuverlässiger Polizist.«

Merana sah sie an. »Hat er es mit der Anmacherei bei Ihnen auch schon probiert?«

Die Frau lachte hell auf. »Bei mir?« Sie schüttelte erheitert den Kopf. »Herr Kommissar, schauen Sie mich an. Was sehen Sie?«

»Eine selbstbewusste Frau. Mit dunkelblondem Haar, das ihr genauso gut steht wie das hübsche Lächeln, mit dem sie immer wieder ihr Gegenüber beschenkt. Alles in allem eine sympathische Erscheinung.«

»Mit 105 Kilo?«

»Das ändert nichts daran.«

Sie wurde wieder ernst. »Danke, Herr Kommissar, ist wirklich reizend von Ihnen. Aber glauben Sie mir, ich passe nicht in Peters Beuteschema.« Sie nahm einen Schluck vom Rotwein. Ihre Augen blitzten spitzbübisch auf. »Und er auch nicht in meines.«

Sie lächelte Merana offen an. Der Kommissar überlegte kurz, wie die männliche Beute beschaffen sein müsste, damit Gruppeninspektorin Ulla Heilmayer ihre Freude daran hätte. »Darf ich Sie etwas Persönliches fragen? Haben Sie früher Leistungssport betrieben?«

Anstelle einer Antwort stützte sie den rechten Ellbogen auf den Tisch, streckte den Unterarm in die Höhe und bewegte einladend die Finger. »Wollen Sie mit mir armdrücken, Herr Kollege?«

»Nein danke.« Merana winkte lachend ab. »Ich fürchte, ich hätte keine Chance. Also was war es? Diskus oder Hammer?«

Sie nahm den Arm vom Tisch. »Speer. Bestweite 53,49 Meter. Zweimal Salzburger Landesmeisterin und Silbermedaille bei den Internationalen Polizeimeisterschaften vor zehn Jahren.« Merana nickte anerkennend. Deshalb konnte diese Frau ihren wuchtigen Körper mit einer unerwartet fast grazilen Gewandtheit bewegen.

»Darf ich Sie auch etwas Persönliches fragen, Herr Kommissar?«

Er war gespannt, was sie von ihm wissen wollte.

»Wie geht es Ihnen dabei, hier in Ihrer früheren Heimat zu ermitteln?«

Er wusste nicht recht, was er sagen sollte. Wie ging es ihm dabei? War er tatsächlich erst gestern aus seinem Grünmarktbesuch in der Salzburger Altstadt herausgerissen worden, um hierher zu fahren? Es kam ihm vor, als wäre er schon Monate in der Heimat seiner Kindheit. »Ich fürchte, ich hatte gar nicht so viel Gelegenheit, darüber nachzudenken. Vieles ist mir natürlich von früher her vertraut. Manches kam unerwartet.«

»Gehört Alma Striegler auch zum Unerwarteten?« Sie schaute ihn an.

»Ja.«

»Sie ist eine sehr attraktive Frau.« Sie hatte immer noch ihre Augen fest auf Merana gerichtet.

»Ja, das ist sie.« Mehr sagte er nicht dazu.

»Wie lange ist Ihre Großmutter schon im Pinzgau?«

»Seit 1947. Sie war ein junges Mädchen, als sie meinen Großvater kennenlernte. Er war um einiges älter als sie. Mein Großvater Balthasar Wildner weilte damals auf Kur in Südtirol. Er war von meiner Großmutter so begeistert, dass er ihr eine Stelle als Haushälterin und Sprechstundenhilfe in seiner Arztpraxis hier im Pinzgau angeboten hat. Und meine Großmutter hat dieses Angebot tatsächlich angenommen. Ich glaube, sie war von Anfang an in ihn verliebt. So wie es auch umgekehrt der Fall war. Ein Jahr später wurde meine Mutter geboren, hier im Pinzgau.«

»Ich habe Ihre Großmutter bei einem Vortrag kennengelernt. Sie hat damals in der Volksschule über seltene Heilkräuter gesprochen. Ich war fasziniert von der schlichten Persönlichkeit dieser Frau, von ihrer Ausstrahlung.«

Merana spürte, wie ihm warm ums Herz wurde.

»Wieso heißt Ihre Großmutter *Merana*? Hat sie ihren Mädchennamen wieder angenommen?«

Merana musste schmunzeln. »Nein. Sie hat ihn nie abgelegt. Sie wurde als Kristina Merana geboren, Tochter eines italienischen Straßenbaumeisters und einer Südtiroler Krankenschwester. Sie kam ins Haus meines Großvaters Balthasar Wildner, der hier im Oberpinzgau eine Praxis als Arzt für Allgemeinmedizin führte. Aber die beiden haben nie geheiratet. Sie haben auch so eine wunderbare Partnerschaft gelebt, wie mir meine Großmutter immer wieder versichert.«

Die Gruppeninspektorin hob das Glas. »Lassen Sie uns auf Ihre Großmutter anstoßen und auf alle anderen unabhängigen und selbstbewussten Frauen!« Sie hatte ihre Stimme erhoben.

»Gern, Frau Kollegin.« Sie ließen die Gläser klingen und tranken. »Ich finde das Gasthaus ja ganz okay, aber der Wein könnte eine Spur besser sein«, bedauerte Merana.

»Na, dann kommen Sie einmal zu mir, Herr Kommissar. In meiner Sammlung finden sich auch ein paar exzellente Tropfen aus der Heimat Ihrer Großmutter.« Sie schaute ihn mit offenem Blick an. Er gab ihr Lächeln zurück. Vielleicht würde er dieser Einladung tatsächlich einmal folgen. »Ich wohne Anton Wallner Weg 29. Ist leicht zu finden. Sie brauchen sich auch nicht vorher anzumelden.«

Dann war diese kurze Auszeit samt Ausflug ins Private wieder vorbei. Sie hatten noch anderes zu tun, Dringliches zu erörtern.

»Was wissen Sie über die Geschäfte und das Privatleben von Bürgermeister Erlinger?«

Sie fasste sich kurz ans Ohrläppchen. »Leider viel zu wenig. Seine Frau ist vor einigen Jahren gestorben. Darmkrebs. Der Sohn steht ziemlich unter der Fuchtel des Vaters. Erlinger hat in den vergangenen Jahren immer wieder verschiedene Projekte angepackt, keines davon war wirklich erfolgreich. Trotzdem wurde er als Bürgermeister bei jeder Wahl bestätigt. Vielleicht hatte sich auch kein anderer für den Posten gefunden.« Merana kannte das Problem. Es wurde für viele Gemeinden auf dem Land immer schwieriger, Leute zu finden, die sich den aufreibenden Job eines Bürgermeisters antun wollten. In der Pinzgauer Gemeinde Lofer begab man sich kürzlich sogar per Postwurf auf die Suche nach Bewerbern für das Bürgermeisteramt. Miserable Bezahlung als Entschädigung für den enormen Aufwand und eine ständig wachsende Anzahl von Auflagen durch Land und Bund machten die Aufgabe, einer Landgemeinde vorzustehen, nicht besonders attraktiv. *Die Bürgermeister sind zum Fußabstreifer der Nation geworden!* Merana erinnerte sich an die Aussage eines Gemeindebundfunktionärs, den er vor einem Monat in den Nachrichten gehört hatte. Aber Gottfried Erlinger hatte offenbar seinen Job bisher nicht hingeschmissen.

»*Er hat der Lena wehgetan*. Was könnte Clara gemeint haben?« Wieder fasste Ulla Heilmayer sich kurz ans Ohrläppchen. Eine Geste, die Merana schon öfter an ihr bemerkt hatte.

»Keine Ahnung, Herr Kommissar. Es wird höchste Zeit, dass wir mehr über den Krimmler Bürgermeister herausfinden. Das wird keine leichte Aufgabe, denn Erlinger hat so ziemlich überall seine Finger im Spiel.«

Merana bedauerte, dass er seinen ›besten Spürhund‹, wie er Otmar Braunberger aus seinem Salzburger Team gerne nannte, hier in Krimml nicht dabei hatte. Der Abteilungsinspektor machte Urlaub von der Mörderjagd und war derzeit hinter finnischen Lachsen und Forellen her. Merana fiel noch eine Person ein, die es mit Braunbergers Spürhundqualitäten aufnehmen konnte. Sie war nicht bei der Polizei, sondern Journalistin bei einer Salzburger Tageszeitung. Jutta Ploch hatte ihm schon öfter bei seinen Ermittlungen geholfen, vor allem bei jenen im Umfeld der Salzburger Festspiele. Als Kulturredakteurin mit großem Netzwerk kannte sie sich auch gut aus mit den Verflechtungen von Wirtschaft und Showbusiness. Und sie hatte gewiss auch gute Beziehungen zu Leuten, die wussten, was sich hinter der Fassade der politischen Bühne tatsächlich abspielte. Nicht nur in der gesellschaftlichen Oberliga, auch in der politischen Regionalliga auf dem Land. Er würde sie anrufen.

»Und ich werde die Chefin des inoffiziellen Krimmler Nachrichtendienstes anzapfen«, lachte die Gruppeninspektorin. Merana verstand nicht, was sie meinte.

»Die haben Sie schon kennengelernt, Herr Kommissar. Das ist die umtriebige Cilli Krumpner, Nachbarin der bedauernswerten Vroni Lohnstätter, deren Katze ein unrühmliches Ende als makabre Türdekoration genommen hat.«

Merana hatte deutlich das Bild vor Augen, als er mit den anderen vor dem schmuckvollen Holzhaus gestanden war. Warum Kater Peterle diesen qualvollen Tod erleiden musste, würden sie hoffentlich auch bald herausbekommen.

MONTAG

weiße wogen tanzen talwärts über felsen
silbermondlicht über dunkle tannen zieht
helle lilien blühn aus alten zaubersteinen
und die erde singt ein wundersames lied
seht die jungfrau hingestreckt im drachenleibe
hört, was klang aus ihren träumen uns beschied

(›Die Drachenjungfrau von Krimml‹, nach einer alten Handschrift.
Höhle hinter dem Wasserfall, Lied der Erzählerin)

1

Alma öffnete ihm die Haustür. »Wann kann ich meine Tochter begraben?«

Sie hatte ihn nicht gegrüßt, nur diese Frage gestellt. Sie sah schlecht aus, als hätte sie seit Tagen nicht geschlafen. Was vermutlich auch der Fall war. Merana war in der Früh nach Salzburg gefahren. Er hatte der Staatsanwältin berichtet und mit ihr das weitere Ermittlungsvorgehen abgesprochen. Seine nächste Station war die Gerichtsmedizin, wo er Richard Zeller traf. Der Arzt blieb bei seiner bisherigen Einschätzung. Lena war zwischen zwei und drei Uhr getötet worden.

»Der tödliche Schlag gegen die Schläfe ist vermutlich mit diesem Objekt passiert.« Der Stein, den Doktor Zeller dem Kommissar zeigte, war etwa so groß wie zwei Fäuste. »Der Brocken passt von allen am Tatort sichergestellten Steinen am ehesten zur Wunde. Somit sind meine Untersuchungen an der Leiche abgeschlossen.« Daraufhin war Merana wieder in den Pinzgau zurückgekehrt und hatte sich gleich auf den Weg zum Thalerhof gemacht. Alma stand in der Tür und wartete immer noch auf Anwort.

»Die Staatsanwaltschaft hat Lenas Leiche freigegeben. Sie wird heute Nachmittag nach Krimml überstellt.«

Sie schloss für einen Moment die Augen. Ein Schauer ging durch ihren Körper. Dann drehte sie sich abrupt um und verschwand im Haus. Die Tür hatte sie offen gelassen. Merana ging ihr nach. Er fand sie in der Stube. Sie stand vor dem Fenster und schaute hinaus.

»Wie geht es der Kleinen?«

»Die schläft. Seit 15 Stunden.« Sie hatte sich nicht umgedreht. Ihre Stimme klang um eine Nuance weicher, nicht mehr ganz so kalt wie vorhin am Eingang.

»Alma, ich muss dir ein paar Fragen stellen.«

»Frag.« Sie hatte den Blick immer noch nach draußen gerichtet.

»Wir haben inzwischen herausgefunden, wie Clara nach Goldegg gekommen ist. Sie ist mit der Pinzgauer Lokalbahn gefahren und hat dann den Bus genommen. Völlig selbstständig. Sie wusste offenbar genau, wo sie hin wollte. Hat sie solche Alleingänge schon öfter gemacht?«

Von der Frau am Fenster kam keine Antwort. Merana wollte schon die Frage wiederholen, als Alma sich umdrehte. Sie setzte sich auf die Ofenbank und legte die Hände in ihren Schoß. Im Raum war es warm. Dennoch fröstelte sie. Auf einem Stuhl am Tisch bemerkte Merana eine dünne Strickjacke. Er griff danach und legte sie Alma vorsichtig um die Schultern. Sie ließ es geschehen.

»Meine Tochter ist voller Rätsel. Manches Mal habe ich das Gefühl, ihr Geist ist gar nicht da, sondern in einer anderen Welt. Aber er kehrt immer wieder zurück. Sie hat oft Tage, da würde man meinen, sie sei erst drei oder vier Jahre alt. Dann ist sie wieder vollkommen präsent, lacht und plaudert fast wie ein ganz normales Kind ihrer Altersstufe. Und ich kenne auch Momente an ihr, da macht sie auf mich den Eindruck, als sei sie viel älter als ich selbst. Da sieht sie Dinge, die sich mir verschließen.« Sie sah ihn an. In ihren Augen konnte er die tiefe Zuneigung spüren, die Alma für ihre kleine Tochter empfand. Ein Spruch von Friedrich Hebbel fiel ihm ein:

Kinder sind Rätsel von Gott und schwerer als alle zu lösen,
Aber der Liebe gelingt's, wenn sie sich selber bezwingt.

»Es ist für dich also nicht verwunderlich, dass Clara Raphaels Bogen nahm, sich auf ihr Fahrrad setzte, in die

Lokalbahn stieg und auch in Zell am See genau wusste, welchen Bus sie zu nehmen hatte?«

Sie schreckte auf. Er hatte sie aus einem Gedanken gerissen.

»Doch, es ist für mich schwer vorstellbar. Aber andererseits weiß ich nie, womit mich Clara als Nächstes überrascht. Die Zug- und Busfahrt nach Goldegg hatte Clara schon mit Lena vor einer Woche gemacht. Die wollte der Kleinen zeigen, wo die verschiedenen Ausscheidungen für den Wettbewerb stattfinden. Lena war so stolz darauf, dabei zu sein. Und Clara freute sich mit. Auch die große Schwester hing sehr an der Kleinen.«

Ihre Augen füllten sich wieder mit Wasser.

»Ist dir inzwischen klarer geworden, was Clara mit ihrer Anschuldigung gegenüber Erlinger gemeint haben könnte?«

Sie schüttelte den Kopf. »Nein. Lena hat zwar einmal angedeutet, dass der Erlinger die Mädchen ganz gerne betatscht. Aber wie sie immer wieder betonte, wüsste sie sich schon zu wehren.« Am Wasserfall hatte sie sich wohl nicht mehr zu wehren gewusst. Da war ihr Angreifer mit brutaler Gewalt vorgegangen. Merana sah wieder den leblosen Körper der jungen Frau vor sich. Alma richtete sich auf, ihr Oberkörper spannte sich. »Für Lena war dieser Wettbewerb eine einmalige Chance. Eine Karriere als Model, das war immer ihr großer Traum. Oder als Modedesignerin. Ich hatte sogar schon überlegt, das Haus zu verkaufen und mit den Kindern in die Stadt zu ziehen. Dort stünden ihnen mehr Perspektiven offen als hier im Oberpinzgau.«

»Hattest du schon ein Angebot?«

»Ja, und kein schlechtes. Die Russen kaufen hier alles auf, was sie unter die Finger kriegen. Aber ich habe mich dann doch anders entschieden. Die Natur, die Berge, die Harmonie der Landschaft, das hat auch seine Qualität. Auch für Kinder.«

Merana schaute zum Fenster. Der Ausblick auf die Umgebung der Bergwelt war wirklich atemberaubend schön. Ein qualvolles Aufschluchzen ließ ihn den Blick wieder auf Alma richten. Schlagartig brach alles aus ihr heraus. »Aber ich hätte alles verkaufen sollen!« Obwohl sie diese Worte herausschrie, waren sie kaum zu verstehen. Die von Kummer gequälte Frau bebte am ganzen Leib. »Wir hätten wegziehen sollen, weit, weit weg! Dann würde die Lena noch leben!« Ihre Stimme versagte. Wogen heftigen Schluchzens würgten sich aus der Tiefe ihres Körpers.

»Mami?«

Plötzlich stand Clara im Zimmer. Merana hatte ihr Eintreten gar nicht bemerkt. Das Kind lief auf Alma zu und schlang seine Arme um deren Hals. »Mami, ich hab dich ganz fest lieb.« Sie drückte mit ihren kleinen Lippen Küsse auf das tränenüberströmte Gesicht ihrer Mutter. Alma hob ihre Tochter hoch, setzte sie sich auf den Schoß und drückte sie fest an sich. Die Kleine legte ihre Hände an Almas Wangen. »Nicht mehr weinen, Mami. Alles wird wieder gut. Das sagt auch der Kasperl.« Sie rutschte von Almas Schoß und lief zurück zur Tür. Dort hatte sie beim Eintreten zwei Spielzeugfiguren abgelegt, eine Kasperlpuppe und den kleinen blauen Stoffdrachen. Sie hob beide auf und rannte wieder zurück zu ihrer Mutter. Sie schmatzte mit ihren kleinen Kinderlippen und ahmte Küsse nach, während sie dabei den Plastikmund der Kasperlfigur mehrmals auf Almas Wangen drückte. Alma reagierte auf Claras Liebkosungen mit einer Mischung aus Lachen und Weinen. Wieder hob sie ihre Tochter hoch und drückte sie fest an sich. Nach einigen Minuten hatte sich Alma einigermaßen gefasst. Das Kind auf ihrem Schoß hatte sein fröhliches Spiel mit der Kasperlpuppe und dem Stoffdrachen fortgeführt.

»Hallo, Clara, ich bin der Martin.« Die Kleine lauschte. Dann wandte sie ihr Gesicht dem Kommissar zu. »Hallo, Martin.« Sie kam zu ihm herübergelaufen.

»Kannst du dich noch daran erinnern, wie du gestern mit dem Zug gefahren bist? Ganz allein.« Sie schaute ihm ins Gesicht. Dann schüttelte sie den Kopf. »Nein, ich war nicht allein. Lena ist mit mir gefahren. Sie hat mir alles gezeigt. Den See und das Schloss und das Gasthaus.«

Merana hielt kurz inne. Entweder die Kleine erinnerte sich nur mehr an den Ausflug mit der großen Schwester oder sie bildete sich ein, Lena wäre gestern bei ihr gewesen.

»Weißt du denn, was in dem Gasthaus passiert ist?«

Sie dachte nach. »Ich habe ein Kinderschnitzel bekommen und Pommes. Und Lena hat mir ihr ganzes Ketchup gegeben.« Merana versuchte es mit einer anderen Frage.

»Warum hast du Raphaels Bogen mitgenommen, Clara?« Sie sah ihn groß an.

»Ich habe Raffis Bogen nicht mitgenommen. Lena hatte ihre schwarze Handtasche dabei und ich den Bärenrucksack. Kasperl und Kosibold sind auch mitgefahren.« Sie hielt beide Spielfiguren in die Höhe. Offenbar kreisten ihre Gedanken nur um den sicherlich aufregenden Ausflug mit ihrer großen Schwester. Wie konnte er ihre Erinnerung auf das gestrige Ereignis lenken? Er startete noch einen Versuch.

»Wer hat Lena wehgetan, Clara? Kannst du mir das sagen?« Ihre Augen wurden schmal. Sie dachte nach. Dann schüttelte sie den Kopf. »Nein. Weißt du es?«

Leider auch nicht, dachte Merana. Aber es war seine Aufgabe, es herauszufinden.

Er ging in die Hocke. Sein Kopf war jetzt fast auf Augenhöhe mit der Kleinen.

»Aber du weißt, dass jemand Lena wehgetan hat?« Dieses Mal kam ihre Reaktion prompt. »Nein.« Sie schaute zu ihrer Mutter. »Mami, wann kommt Lena?« Sie wartete gar nicht auf die Antwort. »Ach, die kommt sicher bald«, zwitscherte sie, warf den blauen Drachen in die Höhe und fing ihn lachend wieder auf. Dann drückte sie beide Spielfiguren an die Brust und lief hinaus. Merana sah ihr nach.

»Es hat keinen Sinn, Martin. So gut kenne ich meine Tochter, dass mir eines klar ist: Sie hat es verdrängt.« Sie erhob sich von der Ofenbank. »Und ich bin sogar froh darüber.« Auch wenn Merana Almas Verhalten verstehen konnte, er war gar nicht erbaut über Claras Gedächtnislücke. Falls die Kleine doch etwas gesehen hatte, dann war sie vielleicht in Gefahr. Dieser Gedanke machte ihn unruhig.

Exakt in den letzten markanten Schlag der Turmuhr an der Krimmler Kirche knallte das erste Krachen des Donners. Schon gegen sieben am Abend hatten sich die Wolken bedrohlich von der Tiroler Seite über den Oberpinzgau geschoben. Doch es dauerte drei weitere Stunden, bis das Gewitter endgültig losbrach. Das Unwetter war kurz und heftig. Die schweren Wolken hatten das Wasser innerhalb einer knappen halben Stunde in dicken Strömen über die Landschaft gespien. Dann klarte es wieder auf, und die ersten Sterne schimmerten durch die klaffenden Risse der Wolkendecke. Vroni Lohnstätter trat vor ihr Haus und befestigte ein großes Amulett über der Tür. Dann besprengte sie den Eingangsbereich mit Wasser, das sie heute Vormittag noch extra von der mit ihr befreundeten Pfarrersköchin aus Bramberg bezogen hatte. Über die grässliche Drachenzeichnung war ein Bild des Heiligen Georg geklebt. Immerhin war der in seiner Eigenschaft als himmlischer Kämpfer ein Drachentöter. Vroni Lohnstätter schauderte und sah sich vorsichtig um. Gut, dass sie einen kleinen geweihten Palmzweig in der Tasche ihrer Bluse trug und dazu ein gesticktes Pentagramm. Sie hatte Angst vor unsichtbaren Wesen, unheimlichen Dämonen oder anderen Nachtgeistern, die möglicherweise genau in diesem Augenblick durch ihren Garten schlichen. Sie spähte in die Dunkelheit. Hätte sie die Augen einer Eule besessen, und wäre zudem ihr Blick über den Garten hinaus gegangen, dann hätte sie den kurzen Lichtreflex am alten Hochstand wahrgenommen. Über die Brüstung des Jagdsitzes ragten die beiden Okulare eines lichtstarken 56er Nachtglases. Sie waren genau auf das Lohnstätterhaus gerichtet. Dann schwenkte das Fernglas in einer schnellen Bewegung etwa 30 Grad nach links. Vor dem kleinen Haus von Cilli Krumpner hatte ein Auto angehalten, ein schicker Alfa Romeo 4C in Basaltgrau. Die elegante Dame, die aus dem Sportwagen schlüpfte, trug heute kein Businesskostüm, sondern einen hellen Hosenanzug. In der Hand hielt sie eine Laptoptasche. Mit einem kurzen Klicken verschloss Camilla Raffler die Türen ihres Autos und ging auf Cilli Krumpners Haus zu.

2

Auch Meranas Großmutter war kurz erschrocken, als um zehn Uhr der erste Donnerschlag über ihrem Haus zerbarst. Sie war nicht mehr sicher, ob sie den Liegestuhl aus dem Garten zusammengeklappt und unters Vordach gestellt hatte. Jetzt saß sie mit ihrem Enkel am Tisch, vor sich ihr

Gutenacht-Getränk, einen Tee aus spezieller Kräutermischung. Es waren nicht immer dieselben Kräuter, die Kristina Merana für den Abendtrunk zusammensuchte. Heute war ein großer Anteil Lavendel dabei. Merana hatte auch um eine Tasse des Aufgusses gebeten.

»Martin, was ist aus der entzückenden Kollegin geworden, die ich im vergangenen Jahr in Salzburg getroffen habe?«

Die Großmutter meinte Andrea Lichtenegger, eine junge Streifenpolizistin, die Merana im Zuge seiner Ermittlungen beim Jedermannfall kennengelernt hatte.* Anfangs hatten beide sich zurückgehalten. Doch allmählich hatten sie sich eine wachsende gegenseitige Zuneigung eingestehen müssen. Mehr war nicht daraus geworden. Merana war vor allem auch vor dem großen Altersunterschied zwischen ihnen zurückgeschreckt. Zudem war sein Verhältnis zu Birgit nicht geklärt, mit der er seit Jahren so etwas wie eine Beziehung hatte.

»Ich habe Andrea schon lange nicht mehr gesehen, Oma. Sie ist seit einem halben Jahr in Wien, macht dort ihre Ausbildung für den Kriminaldienst.«

Die Großmutter nahm einen Schluck von ihrem Tee. »Wirst du sie wiedersehen, wenn sie aus Wien zurückkommt?«

Er wusste es nicht. Und er wollte jetzt auch nicht darüber nachdenken. Er musste seinen Kopf frei halten für die Ermittlungen. Es reichte schon, dass ihn nicht allein der Tod des erschlagenen Mädchens beschäftigte. Auch die Begegnung mit Lenas Mutter kostete ihn mehr Ablenkung, als er sich eingestehen wollte. Die Großmutter stand auf und stellte sich neben ihn. Sie legte ihm behutsam die Hand auf die Schulter. »Martin, du musst endlich die Mama auslassen. Du kannst nichts dafür.«

---

* siehe Manfred Baumann, *Jedermanntod*

Das wusste er selbst. Er hatte weder den rutschigen Felsen unter den Schuhen geglättet noch den Steinschlag in der Wand ausgelöst. Er war als Neunjähriger bei der Großmutter zu Hause gesessen, während seine Mutter am Wildkogel 300 Meter in die Tiefe stürzte. Aber er hatte die halbe Nacht davor geweint und sich gewünscht, seine Mutter würde dafür bestraft werden, dass sie ihm Unrecht getan hatte. Er hatte hundertmal versichert, das Gatter am Hühnerstall verriegelt zu haben. Aber sie hatte nicht auf ihn gehört. Die Ohrfeige hatte wehgetan. Und der Verlust des Taschengeldes, das sie ihm für den Schaden abgezogen hatte, schmerzte auch. Aber am tiefsten hatte ihn gekränkt, dass sie ihm nicht geglaubt hatte. Und als drei Tage nach dem Unglück der helle Sarg mit den Alpenveilchen im dunklen Schlund der Grube versank, war es zu spät. Alle Psychologie-Experten dieser Welt könnten ihm 1000 Mal versichern, dass es keinen Zusammenhang zwischen seinem Wunsch und dem Unfall der Mutter gab. Rational betrachtet wusste er das selbst. Sein Kopf wusste es, sein Hirn wusste es, sein Verstand wusste es, seine Erfahrung stimmte zu, seine Intelligenz erkannte die Unmöglichkeit. Doch der Druck in seinem Herzen widersprach. Das Herz konnte nicht denken, es konnte nur fühlen. Vielleicht war er deshalb Polizist geworden. Als Kriminalist und Aufdecker konnte er sich vergraben in Todesfälle, bei denen es darauf ankam, das Verhältnis von Ursache und Wirkung bis ins kleinste Detail zu ergründen.

Die alte Frau nahm seinen Kopf und drückte ihn fest an ihren schmalen alten Körper. Die Liebe, mit der ihn die Großmutter sein ganzes Leben lang umschlossen hatte, tat ihm wohl. Nein, er konnte nichts dafür. Aber es gab nichts und niemanden, der ihn ganz tief im Innern von seiner Schuld freisprechen würde. Nur er selbst. Und das schaffte er nicht. Er hatte das verdammte Tor zugemacht, das war so klar wie Eis. Es war nicht an ihm gelegen, dass der Marder in den Stall schlüpfen konnte und ein Massaker anrichtete. Sieben Hühner mit durchgebissenen Hälsen. Dunkles Blut auf zuckenden weißen Leibern. Die Bilder in ihm stiegen wieder hoch.

Die Großmutter sagte nicht: »Martin, du warst erst neun.« Sie sagte auch nicht: »Kinder äußern oft etwas, das sie im Grunde nicht so meinen.« Dafür war diese Frau viel zu klug. Das würde ihn nicht trösten. Diese Binsenweisheiten konnte er sich selber herunterbeten. Die kleine alte Frau stand einfach da und hielt ihn. Und etwas von der besonderen Aura der Großmutter umschloss ihn. Vielleicht wären sie noch lange so gestanden, hätte nicht das Läuten des Handys ihn aus seiner Versunkenheit gerissen. Der Anruf kam von Richard Zeller aus der Gerichtsmedizin.

»Die Katze wurde eindeutig in derselben Nacht getötet wie die junge Frau, also von Freitag auf Samstag.«

»Kannst du sagen, um welche Uhrzeit?«

»Nicht exakt. Ich würde sagen, zwischen zehn Uhr abends und zwei Uhr früh.«

Das lag vor dem Zeitraum von Lenas Tod.

»Wie wurde sie getötet?«

»Dem Tier wurde zuerst das Genick gebrochen. Dann hat man der Katze die Augen ausgestochen und sie an die Tür genagelt. Das Durchtrennen der Kehle erfolgte post mortem.«

»Ist dir an der Katze sonst etwas Besonderes aufgefallen?«

»Nein. Peterle war ein völlig gesunder Kater, der die Katzendamenwelt des Oberpinzgaus noch lange mit seiner Triebhaftigkeit erfreut hätte.«

»Er war nicht kastriert?«

»Nein. Aber leider hat er jetzt auch nichts mehr davon.«

Merana bedankte sich. Hatte der Vandalenakt etwas mit dem Mord an Lena zu tun?

Durch die auseinanderliegenden Todeszeiträume könnte es ein und derselbe Täter gewesen sein. Aber worin bestand die Verbindung? Bis jetzt war auch nicht der Funken eines Zusammenhangs auszumachen. Sie mussten bei ihren Ermittlungen achtgeben, dass sie sich nicht verrannten. Sie würden beide Fälle gesondert betrachten. Natürlich hatte die Aufklärung des Verbrechens an Lena absolute Priorität. Aber er wollte die tote Katze nicht ganz aus den Augen lassen. Bestand irgendeine besondere Beziehung zwischen Vroni Lohnstätter und der Familie Striegler? Würde sich dadurch eine mögliche Verbindung zwischen den beiden Vorfällen auftun? Auch dieser Frage würden sie nachgehen.

DIENSTAG

1

Vom kurzen, heftigen Gewitter des Vorabends war am nächsten Morgen kaum mehr etwas zu spüren. Die kräftige Morgensonne hatte den Großteil des Regenwassers bereits aufgetrocknet. Nur an schattigen Stellen waren noch kleinere Pfützen geblieben. Jasmin Dengler öffnete vorsichtig die Haustür und setzte einen Fuß nach draußen. Heute hatte sie keine Masche im Haar, sondern trug einen hellen Reifen mit kleinen Herzen. Sie stand auf den Steinplatten, die den Weg vom Gartentor zum Haus markierten. Hoffentlich kam die Mami auch tatsächlich heute zurück. Sie fuhr nicht gerne mit dem Papi im Auto. Aber der Weg zum Bahnhof war nicht weit. Sie hielt sich eine Hand über die Augen, damit die Sonne sie nicht blendete, und suchte den Himmel ab. Vielleicht sah sie den großen schwarzen Raben. Sie wusste, dass er Odo hieß und dem Großvater von Clara gehörte, die mit ihr in dieselbe Klasse ging. Sie mochte Clara, auch wenn man sich mit ihr nicht immer unterhalten konnte. Doch das machte Jasmin nichts aus. Ihr war es auch lieber, wenn nicht geredet wurde. Dann konnte auch niemand Fragen stellen. Vor Fragen hatte sie Angst. Enttäuscht nahm sie die Hand wieder herunter. Es war keine Spur vom Raben auszumachen.

»Jasmin, bist du fertig?«

Sie zuckte zusammen. Ihr ganzer Körper verkrampfte sich. »Ja«, wisperte sie, gerade so laut, dass es ihr Vater hören konnte, der aus dem Haus kam und die Tür schloss.

»Na, mein Schatz, dann werden wir jetzt die Mami vom Bahnhof abholen. Aber zuvor halten wir noch am Spielzeuggeschäft, und du darfst dir etwas Hübsches aussuchen, wie ich es dir versprochen habe.«

Sie nickte. Wenn nur die Mami endlich wieder da war. Albert Dengler öffnete mit der Fernbedienung das Garagentor. Erst jetzt entdeckte er das große weiße Kuvert auf dem Fußabstreifer. Er hob es auf. Kein Absender, keine Anschrift. Er riss den Umschlag auf, zog den Inhalt heraus und betrachtete die Blätter. Ungläubiges Erstaunen und Schrecken fuhren ihm gleichzeitig in die Glieder. Er drehte den Kopf vorsichtig nach allen Seiten. Niemand war zu sehen. Dann schaute er wieder auf den Inhalt des Kuverts. Er schob die Blätter zurück in den Umschlag, ließ seine Tochter im Garten stehen und ging zurück ins Haus.

Der eigentümliche Geruch nach feinem Schweiß und Hauspatschen erinnerte Merana an seine Schulzeit. Heimatkunde und komplizierte Brüche waren nicht das Seine gewesen. Aber Aufsätze schreiben und turnen, das hatte er geliebt. Der Schulwart hatte ihm den Weg gewiesen. »Die Frau Steiner ist mit den Kindern unten im Turnsaal.« Amelie Steiner, die Marketenderin der Musikkapelle, unterrichtete an der Hauptschule Krimml Deutsch, Geschichte und Biologie. Und sie studierte auch mit den Kindern der Theatergruppe das Spiel von der Drachenjungfrau ein. Merana öffnete leise die große Tür, betrat den Turnsaal und setzte sich auf eine der Langbänke unter den Sprossenwänden. Die Schauspielgruppe samt Lehrerin war in ihr Spiel vertieft. Sie hatten Meranas Ankunft gar nicht bemerkt. Am anderen Ende des großen Raums war eine Bühne aus tragbaren Elementen aufgebaut. Auf einer kleinen Erhöhung des Bühnenteppichs stand ein braunhaariges Mädchen. Es hatte bunte Bänder im Haar und eine Decke um die Schultern. Die junge Darstellerin war sehr bemüht, ihren Text laut und deutlich zu sprechen.

»Hört ihr das mächtige Kosen des Wassers, das aufprallt wider die Felsen? Vernehmt ihr den grollenden Donner der … der …«

Sie hielt irritiert inne. Einige der Kinder, die mit dem Blick zur Bühne auf dem Boden saßen, kicherten.

»Das war schon ganz gut, Stefanie. Und viel lauter als beim letzten Mal«, lobte die Lehrerin, die Merana den Rücken zukehrte. »Aber es wird Zeit, dass du allmählich den Text auswendig kannst. … *der herabstürzenden Fluten*, geht es weiter. Und außerdem heißt es nicht *Kosen* sondern *Tosen*. Also noch einmal von vorne bitte.«

Sie nahm wieder auf dem Klappstuhl vor der Bühne Platz. Stefanie wiederholte den Anfang des Textes, dieses Mal richtig. Dann ließ sie mit energischer Bewegung ihren Arm unter der Decke hervorschnellen und deutete in die Ferne.

»Sehet den Jäger, den kühnen, den jungen, wie er emporschleicht den glitschigen Pfad, die kräftige Hand am Bogen.« Hinter einem Tuch, das an einem Barren hing und offenbar als Andeutung einer Kulisse diente, erschien langsam ein Junge, der prüfend nach allen Seiten spähte. Merana erkannte ihn sofort, das war Raphael Striegler. Er hielt seinen Bogen mit dem Pfeil fest umklammert.

»Gespannt ist die Sehne. Die klammen Finger umfassen …« Wieder hielt das Mädchen mit der Decke irritiert inne. Es hatte Merana am anderen Ende des Turnsaals entdeckt.

Die Lehrerin wandte den Kopf. »Guten Tag, kann ich Ihnen helfen?« Merana stand auf. »Ich bin Martin Merana von der Polizei. Ich habe ein paar kurze Fragen an Sie. Aber ich wollte Ihre Probe nicht unterbrechen. Ich kann warten.

Wenn es Sie nicht stört, würde ich gerne noch ein wenig zuschauen.« Die Lehrerin wandte sich an die Kinder auf dem Boden. »Na, sollen wir den Herrn Kriminalkommissar zuschauen lassen?« Einige nickten, andere schrien »Ja!« Ein kleiner Stopsel mit Sommersprossen und abstehenden Ohren rief: »Aber nur, wenn er uns nachher seine Pistole zeigt.« Amelie Steiner sah zum Kommissar. Der schüttelte bedauernd den Kopf. »Tut mir leid, die habe ich nicht dabei.« Ein vielstimmiger Ausdruck der Enttäuschung zog durch den Raum. »Na gut«, rief der Junge mit den Sommersprossen, »dann beim nächsten Mal.«

Merana hob die Hand. »Ist versprochen.«

Die Lehrerin setzte die Probe fort. Die Anfangsszene wurde drei Mal wiederholt, bis Amelie Steiner mit dem Ablauf zufrieden war. Dann durfte Stefanie die Bühne verlassen. Auch Raphael nahm auf dem Boden Platz. Die Lehrerin postierte eine große Schachtel in der Bühnenmitte. »Das ist jetzt unser Brunnen.« Sie warf einen Blick auf das Textbuch in ihrer Hand. »Wir probieren jetzt die fünfte Szene. Elena, Sandra, Claudia, Elisabeth, Samira und Luisa auf die Bühne.« Sechs Mädchen sprangen auf und folgten der Anweisung. Die ersten vier stellten sich rund um die Schachtel. Die anderen beiden standen noch abseits.

»Hochmütig ist sie. Sie will am Sonntag als Erste voran in die Kirche schreiten, als wäre sie eine Gräfin!« Merana hatte Mühe, dem Text zu folgen. Die Stimme des Mädchens mit dem Rossschwanz war piepsig.

»Elena, viel lauter bitte. Und das Ganze mit mehr Feuer. Ihr alle seid neidig und zornig darüber, dass Heliantha immer im Mittelpunkt steht und ihr nicht. Stell dir einfach vor, wie es ist, wenn du dich furchtbar über die Conny aufregst, weil die dauernd mit ihrem neuen Handy angibt.«

Die Kinder auf dem Boden lachten. Eines der Mädchen stemmte entrüstet die Hände in die Hüften. »Stimmt ja gar nicht. Die Romana gibt da viel mehr an.«

»Ist nicht wahr!«, rief eine kleine Braunhaarige und sprang auf. Das Lachen schwoll an. Die Lehrerin hob die Hände. »Siehst du, Elena. Das meine ich.«

Die Braunhaarige setzte sich wieder nieder. Dieses Mal bekam Elena die Entrüstung besser hin. Merana verfolgte amüsiert das Geschehen auf der Bühne. Die jungen Schauspielerinnen legten sich ordentlich ins Zeug, um ihre Abneigung gegen die ungeliebte Konkurrentin rüberzubringen. Die Darstellerin der jungen Frau, die später zur Drachenjungfrau werden würde, beeindruckte ihn besonders. Sie hatte langes gewelltes Haar, das wie ein rötlicher Wasserfall bis zu ihren Hüften floss. Der Blick, mit dem sie die missgünstigen Nachbarinnen am Schachtelbrunnen bedachte, war grandios. Er changierte zwischen Verachtung und Verständnis. Im Gegensatz zur Sage hatte die Drachenjungfrau in diesem Stück offenbar einen Namen. *Heliantha*. War *Helianthus* nicht die botanische Bezeichnung für die Sonnenblume?

Wie auch immer, der Name passte in jedem Fall. Aufgerichtet wie eine weithin sichtbare leuchtende Blume mit stolz erhobenem Kopf stand sie inmitten der geifernden Brunnenweiber. Und sie zuckte nicht einmal mit einer halben Wimper, als am Schluss der Passage eine der Darstellerinnen ihr verächtlich vor die Füße spuckte.

Doch die Strafe wird kommen. Denn Strafe kommt immer!

Die Lehrerin war mit der Szene sehr zufrieden.

»Gut, Kinder, wir machen 15 Minuten Pause. Ihr könnt draußen rumlaufen, ich hole euch dann.« Mit lautem Geschrei sprangen die gut 20 Buben und Mädchen auf und stoben hinaus. Raphael schlich mit gesenktem Kopf hinterher. Den Bogen hielt er fest umklammert. Amelie Steiner ging auf Merana zu, blieb aber nach zwei Schritten erstaunt stehen. Merana sah einen groß gewachsenen Mann mit raschem Schritt in den Turnsaal kommen. Er hielt direkt auf die Lehrerin zu und sagte etwas zu ihr. Sie nickte, hob die Hand entschuldigend in Richtung Merana und folgte dem Mann bis vor zur Bühne. Der Angekommene wirkte aufgeregt. Er unterstrich seine Ausführungen immer wieder mit hektischen Bewegungen. Leider konnte Merana kein Wort der Unterhaltung verstehen. Nach etwa fünf Minuten rauschte er wieder hinaus. Beim Verlassen des Saales nickte er Merana kurz zu.

»Entschuldigung, Herr Kommissar, jetzt habe ich Zeit für Sie.« Amelie Steiner reichte ihm die Hand. Sie hatte große Augen, die wie kleine runde Edelsteine aus einem hübschen Gesicht funkelten, das mit einem zarten Hauch von Sommersprossen überzogen war. Er schätzte sie auf Anfang bis Mitte 30. Ihr Haar war nicht ganz so auffällig wie das der Drachenjungfraudarstellerin, aber ebenfalls rötlich und gelockt. Sie trug ein dunkelgrünes Kleid aus einem feinen Stoff mit Rankenmuster, das an eine Tunika erinnerte. Ihre nackten Füße steckten in braunen Sandalen.

»Ich halte Sie auch gar nicht lange auf, Frau Steiner. Ich habe nur ein paar Fragen, die im Zusammenhang mit dem Tod von Lena Striegler stehen.«

Der Ausdruck ihres Gesichts wurde ernst. »Bitte«, sagte sie und setzte sich auf die Langbank. Da Merana nicht von oben auf sie herabschauen wollte, setzte er sich zu ihr.

»Haben Sie eine Erklärung für den Mord an Ihrer Marketenderinkollegin?« Sie schüttelte den Kopf. »Leider nein. Wie wohl die meisten hier im Ort kann ich mir nicht vorstellen, wer zu so einer grausamen Tat fähig wäre. Und ich wüsste auch keinen Grund, warum jemand Lena etwas antun wollte.«

»Wie ich hörte, war Lena erst seit Kurzem Marketenderin. Auf Betreiben des Bürgermeisters, damit sie am Wettbewerb teilnehmen konnte.«

»Das ist richtig.«

»Ich kann mir vorstellen, dass diese Vorgangsweise für Sie und Ihre Kollegin nicht besonders erfreulich war.«

»Merkwürdig war es in jedem Fall. Aber der Bürgermeister hatte eben seine fixen Vorstellungen, wer die größten Chancen beim Wettbewerb haben könnte. Und Lena hat ja dann auch die Vorausscheidung im Pinzgau gewonnen.«

»Wie haben Sie und Ihre Kollegin darauf reagiert, dass Ihnen knapp vor Wettbewerbsbeginn eine Konkurrentin vor die Nase gesetzt wurde?«

»Vanessa war stinksauer gewesen. Die hatte sich ja selbst große Chancen ausgerechnet, den *Marketenderinnen Award* zu gewinnen. Mir war das völlig egal. Erstens mochte ich die Lena, sie war eine herzerfrischend sympathische Erscheinung. Und zweitens hätte ich bei diesem Spektakel sowieso nicht mitgemacht.«

»Warum nicht?«

»Herr Kommissar, haben Sie jemals mitverfolgt, was da abläuft? Es ist genau so wie bei allen Shows dieser Art. Da werden junge Leute bei dem abgeholt, was ihnen scheinbar so wichtig ist: Einmal im Rampenlicht stehen. Einmal im Fernsehen sein.

Dafür lassen die Kandidaten alles mit sich machen. Ich finde es widerlich, wie junge Leute von zynischen Juroren bloßgestellt werden. Nur weil sie falsch mit dem Hintern gewackelt oder nicht blöd genug gegrinst haben. Und das Schlimme dabei ist: Die Kids scheinen gar nicht zu begreifen, welch fieses Spiel da mit ihnen getrieben wird. Sie lassen sich das freiwillig gefallen. Je mehr Bloßstellung, je mehr Menschenverachtung, desto höher die Quote.«

»Aber gerade beim Marketenderinnen-Bewerb geht es doch um ganz andere Werte, wie mir der Bürgermeister versicherte. Um Ehrlichkeit im Ausdruck, um natürliches Leben, bodenständige Kultur und Tradition.«

Sie schüttelte verächtlich ihren Kopf. »Das glauben Sie doch wohl selbst nicht.« Merana betrachtete sein Gegenüber. Sie hatte sich ein wenig in Rage geredet. Die leichte Röte auf Wangen und Stirn stand ihr gut. Warum war diese junge Frau Marketenderin geworden? Er fragte sie danach.

»Weil es mir Spaß macht.«

»Was ist so erfüllend daran, neben einer Blasmusikkapelle herzumarschieren und in den Musikpausen selbstgebrannten Obstler zu verkaufen? Ist das nicht auch eine Art Zurschaustellung auf dem Catwalk, mit Tracht und Schnapsfass?«

Sie lächelte. »Ich will Ihnen gar nicht widersprechen, Herr Kommissar. Aber ich bin eben gerne Marketenderin. Mit Marschieren und Schnapsverkaufen hat das nur am Rande zu tun. Es macht mir ganz einfach Freude, mich am öffentlichen Dorfleben zu beteiligen. Wer mitreden will, sollte sich auch einbringen. Ich bin in einigen Vereinen engagiert, vom Club der Museumsfreunde bis zur Bergrettung. Gerade unter den Mitgliedern der Blasmusik habe ich viele Freunde. Wir bringen zusammen auch einiges weiter im Ort. Zudem bemüht sich der Christoph sehr, den Klangkörper auf wirklich hohes Niveau zu führen.« Merana hatte auch schon mitbekommen, dass der Trend zur Blasmusik gerade bei jungen Leuten in den letzten zehn Jahren enorm gestiegen war. Durch die verstärkte Ausbildung in den Musikschulen des Landes steigerte sich auch das Können der Jugendlichen beachtlich.

»Glauben Sie, dass Lena nach Ende des Wettbewerbes bei der Blasmusik geblieben wäre?«

»Nein, das glaube ich nicht. Das wäre auch nichts für sie gewesen. Die wollte weg. Und sie hatte auch das Zeug dazu, es weit zu bringen im Leben.«

»Waren Sie bei der Sponsorenparty?«

»Ja, aber nur kurz. Geladen waren ja nur Ehrengäste, ein paar Provinzpromis, dann die Leute vom Fernsehen und alle Award-Teilnehmerinnen aus dem Pinzgau. Der Bürgermeister hatte Vanessa und mich auch eingeladen. Vielleicht hatte er ein schlechtes Gewissen. Ich wollte zuerst nicht hingehen, aber Christoph hat mich überredet. Mir hat das Fest nicht besonders gefallen, ich bin schon gegen halb neun wieder gegangen.«

»Haben Sie jemanden gesehen, als Sie das Fest verließen?«

»Ja, Lenas Großvater. Ich weiß es noch, weil er mir die Tür aufhielt.«

»Was hat Arthur Thaler gemacht?«

»Er hat vor dem Gasthaus einen Pfiff ausgestoßen und gewartet, bis der Rabe auf seinem Arm landete.« Merana stellte sich die Szene vor.

»Kennen Sie Odo? Wissen Sie, wie Arthur Thaler den Raben abgerichtet hat?«

»Abgerichtet ist das falsche Wort. Arthur hat ihn aufgezogen, nachdem er Odo als Jungvogel verletzt im Wald fand.«

»So ein geheimnisvoller schwarzer Vogel würde sich auch in eurem Bühnenspiel gut ausmachen.«

Ihre Augen funkelten. Ihr Lächeln zeigte eine Reihe makellos weißer Zähne. »Ich hatte tatsächlich schon mit dem Gedanken gespielt, Odo in einer Szene einzubauen. Aber das Risiko, dass etwas schief läuft, war mir dann zu groß. Auch zahme Raben bleiben im Grunde Wildtiere.«

»Ihre kleinen Darsteller legen sich mächtig ins Zeug, wie ich mitbekommen habe. Woher kommt der Text für dieses Spiel?«

»Die Grundlage basiert auf einer alten Handschrift. Ich habe einige Passagen überarbeitet und auch neue Szenen hinzugefügt. Ich habe, wenn man das so sehen will, die weibliche Note der Geschichte stärker herausgearbeitet.«

Merana verstand nicht, was sie damit meinte. Sie sah auf die Uhr.

»Ich würde mich ja gerne noch über die verborgene Symbolik weiblicher Kulturgeschichte in den heimischen Sagen mit Ihnen unterhalten, Herr Kommissar, aber ich muss jetzt meine Kinder wieder hereinholen.«

Merana stand ebenfalls auf. »Eine letzte Frage noch. Wer war der Mann, der vorhin so lebhaft auf Sie einredete?«

»Das war Hartmut Toferer. Er ist der Erste Klarinettist der Musikkapelle und außerdem mein Cousin.«

»Und was wollte er vorhin?«

Sie sah erneut auf ihre Armbanduhr, sie hatte es eilig. »Das ist eine lange Geschichte und hat auch gar nichts mit Ihrem Fall zu tun.«

»Ich gebe mich auch mit einer Kurzfassung zufrieden.«

Sie stieß leicht unwirsch die Luft aus. »Sie sind hartnäckig, Herr Kommissar. Also gut, auf den Punkt gebracht: Der Hartl ist nicht nur bei der Blasmusik, seine größte Leidenschaft gilt den Tresterern. Er ist auch der Obmann einer Gruppe hier im Pinzgau.«

Merana wusste, was *Tresterer* waren. Die hatte schon zu seiner Zeit jedes Kind hier in der Gegend gekannt. Hinter dem rätselhaften Namen steckte eine bestimmte Form des Perchtenbrauchtums. Die *Tresterer* kamen am Beginn des neues Jahres, in den Rauhnächten um Dreikönig, in die Häuser und führten dort ihren Tanz auf, begleitet von allerlei anderen mystischen Gestalten: Schiachperchten, Zapfenmandeln, Krapfenschnappern und auch einer Figur, die sich *Hanswurst* nannte.

»Haben Sie schon einmal den Tanz der *Tresterer* miterlebt, Herr Kommissar?«

Das hatte er. Er war mit der Großmutter bei einem Bauern aus der Gegend eingeladen gewesen. Schon von Weitem hatte man das Schellen der großen Glocken gehört, das ihm Angst machte. Dann waren die Schiachperchten in die Stube gestürmt, haarige Gestalten mit Teufelsmasken. Schließlich war der Hanswurst aufgetaucht und hatte die zottigen Gesellen wieder vertrieben. Mit einigen magischen Bewegungen, verbunden mit seltsamen Sprüngen, hatte der Hanswurst dann den Boden in der Stube vorbereitet für den Einzug der Tresterer. Diese Variante der Schönperchten hatte ihm gut gefallen. Männer in reich bestickten Jacken mit seltsamem Kopfschmuck waren in die Stube gelaufen. Sie trugen dichte Federn auf dem Haupt. Über ihre Gesichter baumelten bunte Bänder, die beim Tanz hin und her flatterten. Am meisten hatte ihn aber das Stampfen beeindruckt. Die *Tresterer* hatten sich zum Spiel der Musikanten im Kreis bewegt und in einem ganz bestimmten vorgeschriebenen Rhythmus ihre Schrittkombinationen und Sprünge auf dem alten Holzboden vollführt. Damals hatte er das Wort noch nicht gekannt, aber aus der Erinnerung würde Merana diesen Tanz als *archaisch* bezeichnen. Wenn er sich recht erinnerte, vollendeten die *Tresterer* ihre Darbietung mit einem Spruch, der den Hausleuten und deren Gästen galt. Sie wünschten *an Fried, an Gsund und an Reim*. Also Friede, Gesundheit und Glück.

»Und was hat den Obmann der Tresterergruppe so aufgebracht?«, wollte Merana wissen. Sie lachte. »Die UNESCO.«

Merana sah sie verständnislos an. Sie warf erneut einen hastigen Blick auf die Uhr.

»Die UNESCO führt auch in Österreich seit einigen Jahren eine Liste mit schützenswertem immateriellem Kulturerbe.« Davon hatte Merana schon gehört.

Nicht nur Bauwerke wie das Taj Mahal, die Monolithen von Stonehenge oder die Salzburger Altstadt galten als schützenswert, sondern auch kulturelle Güter, die keine feste Form hatten: Rituale, Spiele, Bräuche. Von nigerianischen Maskentänzen bis zu Polyphongesängen in Georgien.

»Und jetzt sollte der Brauch der *Tresterer* auch in diese Liste aufgenommen werden«, setzte die Lehrerin ihre Erklärung fort.

»Und was ist das Problem dabei?«

»Die menschliche Eitelkeit.«

»Die ist ein Problem. Was bewirkt sie in diesem Fall?«

»Die verschiedenen Tresterergruppen können sich nicht einigen, wer das älteste Anrecht auf diesen Brauch hat und wer federführend für den Antrag auf Aufnahme zeichnen darf.«

»Und das hat Ihren Cousin so erzürnt?«

»Ja. Eine der Gruppen hat sich nicht an die Absprache gehalten und ist vorgeprescht. Und mich hat der Hartl gebeten, ob ich nicht etwas unternehmen könnte, weil ich mit dem Hanswurst aus dieser Gruppe einmal liiert war.«

Merana musste grinsen. Der eigene Kirchturm ist einem halt doch immer näher als der große Weltfriede.

»Aber jetzt muss ich mich wirklich um meine Kinder kümmern.«

Merana sah gerade noch den dichten Schleier ihrer roten Haare fliegen, schon war sie draußen.

2

Für 17 Uhr hatte Merana eine kurze Besprechung des Ermittlerteams angesetzt.

Ulla Heilmayer hatte ihren Dienstlaptop mitgebracht und ihn gut sichtbar für alle positioniert. Auf dem Screen war Thomas Brunner aus Salzburg via Skype zugeschaltet. Als Erstes wollte Merana wissen, was die Auswertung von Lenas Handy bisher ergeben hatte. Einer der Salzburger Kollegen, Erich Lederer, sonst dem Ermittlungsbereich *Brand* zugeordnet, hatte sich darum gekümmert.

»Leider habe ich keine Hinweise gefunden, die uns auf den ersten Blick weiterhelfen könnten. Die meisten Namen aus der Kontaktliste habe ich nach Rücksprache mit der Mutter identifizieren können. Im Fotoordner sind vor allem Bilder gespeichert, die mit dem Wettbewerb und Personen aus der Fernsehcrew zu tun haben. Da bin ich allerdings mit den genauen Zuordnungen noch lange nicht durch. Am Abend ihres Todes hat Lena den letzten Anruf kurz nach 18 Uhr getätigt. Sie rief ihre Mutter an, um zu fragen, wo die Familie bleibe, das Fest habe schon angefangen. Der letzte eingehende Anruf datiert von 12.40 Uhr. Der stammt vom Bürgermeister.«

»Was wollte Erlinger von Lena?«

»Nach seinen Angaben wollte er seiner Kandidatin nur mitteilen, dass das Shooting am Wasserfall um eine halbe Stunde verschoben wurde, weil der Fotograf noch nicht eingetroffen war.«

Merana überlegte. Warum rief der Bürgermeister wegen so einer organisatorischen Lappalie Lena höchstpersönlich an? Hatte er dafür nicht seine Leute? Eine der Hostessen oder Jock, seinen Sohn.

»Wissen wir schon etwas über Lenas ehemaligen Freund, diesen Max?«

Einer aus der Reihe der uniformierten Beamten schüttelte den Kopf. »Ich habe weder Max noch dessen Mutter erreicht. Ich bin sogar extra nach Zell am See gefahren und habe mich bei den Nachbarn erkundigt. Anscheinend ist er tatsächlich auf Urlaub in Italien.«

Der Kommissar nahm vor dem Laptop Platz, damit der Chef der Spurensicherung ihn besser sehen konnte.

»Was gibt es bei euch, Thomas?«

»Leider auch nichts Wesentliches. Wir sind eben dabei, die DNA-Spuren auszuwerten, die wir an Lenas Kleidung und an der Handtasche gefunden haben. Ich habe eine Liste mit den Gegenständen aus der Tasche an Lenas Mutter gemailt, aber sie hat sich bisher noch nicht gemeldet.«

Alma hatte jetzt sicher anderes im Kopf. Merana hatte sie auf dem Dorfplatz getroffen, als er die Schule verließ. Sie kam aus dem Pfarrhof. Sie hatte mit dem Dorfpfarrer vereinbart, dass Lenas Totenfeier schon morgen Vormittag stattfinden sollte. Alma wollte das Begräbnis ihrer Tochter so schnell wie möglich hinter sich bringen. Dann fasste Thomas Brunner für alle im Raum noch einmal die wichtigsten bisher bekannten Fakten vom Tatort zusammen. Der Kommissar bedankte sich und kappte die Verbindung.

Danach ging er mit seinem Team noch einmal die Übersicht der Zeitabläufe von Freitagabend durch. Es hatten sich keine Zeugen mehr gefunden, die Lena nach 01.00 Uhr gesehen hatten. Der Zeitpunkt für das Verschwinden des Mädchens schien also festzustehen. Was das Weggehen oder den Verbleib der anderen Gäste betraf, war es mit den derzeit vorliegenden Angaben nicht möglich, ein eindeutiges

Profil zu erstellen. Es gab zum Teil widersprüchliche Aussagen der Partyteilnehmer und des Personals, wie so oft in ähnlichen Fällen. Hier würden sie noch nachstoßen müssen.

Dann analysierte Merana mit seinem Team die mögliche Palette der Motive.

»Was haben wir?« Er schaute in die Runde. »Überlegen Sie nicht zu lange das mögliche Für und Wider Ihrer Einfälle. Einfach heraus damit.« Den eigenen Eingebungen zunächst einfach freien Lauf zu lassen war eine Methode, die Merana auch mit seinem Ermittlerteam in Salzburg praktizierte. Er würde es hier nicht anders machen.

»Es könnte eine Tat aus Leidenschaft sein. Eifersucht.« Die erste Wortmeldung kam von Tobias Spielfeld, im Normalfall Kripobeamter im Bereich *Betrug*, jetzt im Sondereinsatz der Ermittlergruppe Krimml.

»Richtig, könnte es sein. Der Tathergang, wie er sich bis jetzt darstellt, lässt eine Handlungsweise aus dem Affekt heraus zu.« Aber sie waren sich schnell darüber einig, dass sie bis auf Lenas Exfreund auf keine anderen Personen gestoßen waren, die für eine Eifersuchtstat infrage kämen. Und von Max wussten sie noch gar nichts. Nicht einmal, ob er sich tatsächlich in Italien aufhielt.

»Wie wäre es mit Eifersucht ganz anderer Art? Verbunden mit Neid auf die missliebige Konkurrentin?« Unweigerlich stiegen dem Kommissar die Szenen der heutigen Probe im Turnsaal der Schule auf. Er sah die von den Mädchen dargestellten keifenden Frauen vor sich.

Wollüstig ist sie. Ihr Blick, den sie den Männern zuwirft, jungen wie alten, ist schandträchtig. Kein Mann weitum in unserem Tal, der nicht verrückt wäre nach ihr!

Hatte Lena, nachdem sie die Beziehung zu Max beendet hatte, danach getrachtet, einer anderen Frau den Freund auszuspannen? Vielleicht aus dem Fernseh-Team? Es gab keine Anzeichen dafür, aber sie würden auch dem nachgehen.

»Was ist mit den Marketenderinnen? Die werden ja nicht gerade gejubelt haben, als ihnen der Erlinger Lena Striegler vor die Nase setzte.« Das Grinsen, mit dem Revierinspektor Ankerl diese Bemerkung begleitete, konnte man getrost als schmutzig bezeichnen. Er spielte mit seiner Sonnenbrille, die auf dem Tisch vor ihm lag. Aber er hatte sie nicht aufgesetzt, wie Merana zufrieden feststellte. Der Kommissar berichtete von seinem Gespräch mit Amelie Steiner. Seiner Einschätzung nach konnten sie die Lehrerin ausschließen. Zumindest was das Neidmotiv wegen des entgangenen Wettbewerbs betraf. Von der anderen Marketenderin wusste er noch nichts. »Ich möchte hier keine voreiligen Schlüsse ziehen, aber nachdem der Herr Kommissar uns aufgefordert hat, alles frei herauszulassen, sage ich es halt. Also der Vanessa würde ich es zutrauen. Die war wirklich stinksauer auf die Lena. Das weiß ich von meinem Bruder. Der spielt bei der Blasmusik.« Diese Bemerkung kam von einem sehr jungen Streifenpolizisten, der sich bis dahin noch nicht geäußert hatte. Merana war auch der Ansicht, dass sie diesem möglichen Motiv eine gewisse Aufmerksamkeit schenken sollten. Bei der ersten Befragung durch einen der Kollegen hatte Vanessa Hinterschattinger angegeben, das Gasthaus gegen halb zwei verlassen zu haben. Sie wäre nach dem Fest gleich nach Hause gegangen. Aber bei dieser Einvernahme hatte es sich nur um das Einholen einer Grundinformation gehandelt. Für ein Nachstochern nach einem möglichen Motiv war das noch zu früh gewesen. Merana hoffte, dass sie die junge Marketenderin morgen nach dem Begräbnis befragen könnten.

Dann überlegten sie mögliche Motive für die anderen Personen, mit denen Lena in letzter Zeit viel zu tun gehabt hatte: Bürgermeister Erlinger, dessen Sohn Jock, Kapellmeister Christoph Hornklang. Aber sie stießen auf keine plausiblen Verdachtsmomente. Bei Erlinger wartete Merana immer noch auf mögliche Ergebnisse der Nachforschungen seitens der Journalistin. Jutta Ploch hatte sich nach seinem Anruf sofort bereit erklärt, ihm zu helfen.

»Vielleicht war jemand hinter Lena her, von dem wir noch gar nichts wissen.« Ulla Heilmayer hatte diese Bemerkung in die Runde geworfen. »Vielleicht war es auch jemand, der zufällig vorbeigekommen ist«, ergänzte der junge Streifenpolizist.

Auch möglich, aber Merana glaubte nicht daran. Der große Unbekannte war eine gern strapazierte Möglichkeit im Lauf einer Ermittlung, aber Merana war noch nie auf einen gestoßen. Gemäß seiner Erfahrung gab es auch in diesem Fall eine ganz bestimmte Beziehung zwischen Täter und Opfer. Vielleicht lag der wahre Beweggrund für den Mord noch völlig im Dunkeln. Sie besprachen abschließend noch die nächsten Ermittlungsschritte. Dann war das Meeting zu Ende. Der Kommissar ersuchte Heilmayer und Ankerl, morgen bei Lenas Begräbnis dabei zu sein. Sie kannten die Leute aus der Gegend viel besser als er. Vielleicht würde den beiden auf dem Friedhof ja etwas auffallen, das ihnen half, bei ihren Nachforschungen einen Schritt weiterzukommen. Der Kommissar spürte eine große Unruhe in sich. Er hatte das Gefühl, dass die Zeit drängte. Er wusste nur nicht, warum.

3

Clara war ganz aufgeregt. Sie hatte das Krokodil entdeckt. Das heißt, der Kasperl hatte es zuerst gesehen. Behauptete er zumindest. Kosibold war das egal. Drachen machten sich nicht so viel aus Krokodilen. Aber sie und Kasperl wollten unbedingt mit dem Krokodil spielen. Kosibold würde natürlich auch mitkommen. Er war immer dabei, wenn es etwas zu entdecken gab. Drachen waren neugierig. Und furchtlos. Das wusste Clara. Fast hätten sie es ja heute schon geschafft. Aber dann war die Frau aus dem Haus gekommen, und sie hatte sich nicht mehr getraut. Auch dem Kasperl war es lieber gewesen, dass sie sich hinter einem Gebüsch versteckten. Sie würden es morgen noch einmal versuchen. Wie das ging, wusste Clara genau. Heute Abend vor dem Einschlafen musste sie nur fest an das Krokodil denken, damit sie es am Morgen, wenn sie aufwachte, nicht vergessen hatte. Sie schaffte das nicht immer. Manchmal wachte sie auf und wusste nicht mehr, was sie nicht vergessen wollte. Und das Blöde war, der Kasperl wusste es dann auch nicht. Aber dieses Mal würde alles gut gehen. Sie befahl auch Kosibold, dass er beim Einschlafen fest an das Krokodil denken sollte. Damit sie morgen gleich nach dem Aufwachen wieder zu dem Haus laufen konnten. Sie musste nur aufpassen, dass sie auch wirklich von zu Hause weg konnte. Das war auch heute nicht ganz leicht gewesen. Raffi hatte immer ein Auge auf sie gehabt. Und seinen Bogen ließ er sie auch nicht mehr halten. Den hatte er im Stall hinter der Scheibtruhe versteckt. Aber sie würde ihn schon finden, falls sie ihn einmal brauchte. Sie überlegte, ob sie den Bogen zum Krokodil mitnehmen sollte. Ein Bild tauchte in ihrem Kopf auf. Sie sah sich selbst, wie sie den Bogen in der Hand hielt. Dann war das Bild wieder weg. War etwas passiert mit dem Bogen? Sie wusste es nicht. Sie würde so gerne Lena fragen, aber die war nicht da. Mami hatte gesagt, dass Lena jetzt bei den Sternen wohnte. Sie sah nach oben. Da waren keine Sterne, nur kleine Wolken am Himmel. Vielleicht war Lena ja auch bei den Wolken. Plötzlich war sie müde. Sie setzte sich auf die Bank vor dem Haus. Das Schaf, das sie manchmal streichelte, bog um die Ecke des Stalls. Sie schloss die Augen. Sie sah viele Bilder. Sterne waren da. Und Lena. Und das Krokodil.

MITTWOCH

1

Merana war nicht sicher, ob Lena das *Time to Say Goodbye* gefallen hätte. Mögen 17-Jährige diese Schnulze von Andrea Bocelli? Er musste sich eingestehen, dass er im Grunde keine Ahnung hatte, was 17-Jährige mochten. Er kannte keine. Aber das Saxofontrio hatte diesen Abschiedsgassenhauer wirklich ergreifend schön gespielt. Den Mann am Tenorsaxofon kannte er. Das war Hartmut Toferer, Erster Klarinettist der Musikkapelle und zugleich aufgebrachter *Tresterer*-Obmann. An den beiden Altsaxofonen waren zwei junge Frauen, nicht viel älter als das Mädchen, das zu ihren Füßen im Sarg lag. Merana hatte in seiner Jugend auch Klarinette gespielt. Zu seinem elften Geburtstag hatte ihm die Großmutter das Instrument geschenkt. Mit 14 war er in die Blasmusikkapelle seines Heimatortes eingetreten. Wer weiß, wenn alles anders gekommen wäre, würde er jetzt vielleicht auch hin und wieder zusammen mit Musikerkameraden auf Friedhöfen stehen und Abschiedsmelodien anstimmen oder bei Weihnachtskonzerten in bis auf den letzten Platz besetzten Kirchen und Turnhallen festliche Stücke intonieren.

Hartmut Toferer hatte das gesamte *Time to Say Goodbye* mit konzentrierter Miene durchgehalten. Die beiden Saxofonistinnen kämpften am Ende des Liedes heftig gegen die herausdrängenden Tränen, spielten aber tapfer bis zum langgezogenen Schlusston. Die beiden Musikerinnen waren nicht die Einzigen, die mit den Tränen kämpften. Hunderte von Menschen drängten sich auf dem kleinen Friedhof von Krimml, der mitten im Ort lag. Die meisten heulten und ließen ihren Tränen freien Lauf. Andere hatten zumindest feuchte Augen und griffen ab und zu nach ihrem Taschentuch. Unter den vielen Trauergästen erkannte Merana auch einige aus der Fernsehcrew und den Chef der Trachtenfirma. Die Marketenderinnen aus den Pinzgauer Gemeinden standen in einer Gruppe beisammen. Sie trugen Trauerflor auf ihren Trachten und Uniformen und hielten weiße Rosen in den Händen. Merana hatte in der Gruppe auch Amelie Steiner entdeckt. Vanessa Hinterschattinger konnte er nirgends ausmachen. Offenbar war sie nicht gekommen. Während der Rede des Bürgermeisters am offenen Grab ereignete sich ein Zwischenfall. Erlinger hatte schon gut zehn Minuten in seiner pathetischen Art über die große Tochter des Ortes geschwafelt, die grausam um ihr Glück gebracht worden war, die Botschaft ihrer Heimat weit in die Welt hinauszutragen. Dazu faselte er mit belegter Stimme über ländliche Werte, Tradition und Bodenständigkeit.

Gruppeninspektorin Heilmayer hatte mitten in Erlingers Rede laut und für viele vernehmlich hinter Meranas Rücken geflüstert: »Schade, dass Begräbnisse nicht in Flugzeugen stattfinden. Da könnte ich jetzt zum Speibsackerl greifen.« Einige der Umstehenden lachten trotz des traurigen Anlasses kurz auf. Alma hatte die Bemerkung aus der Entfernung wohl nicht mitbekommen, aber offensichtlich reichte ihr das unnötige Geschwafel des Bürgermeisters auch so. Sie ließ die Hand ihrer Kinder aus und stapfte mit verweintem Gesicht und zornigen Augen auf den Ortsvorsteher zu. Dabei blieb ihr linker Fuß in einem der vielen Kränze hängen, die rings um das Grab aufgeschichtet waren. Sie knickte ein und wäre beinahe zu Boden gestürzt. Doch Jock Erlinger, der in der Nähe seines Vaters stand, fing sie auf. Ein kurzer Aufschrei war durch die Menschenmenge am Friedhof gefegt. Erlinger hatte sich durch den Zwischenfall völlig aus dem Konzept bringen lassen. Er faltete hastig den Zettel seiner Rede zusammen und beendete seinen Auftritt am Grab. Und vielleicht wäre es noch zu einem verbalen Schlagabtausch zwischen Alma und dem Bürgermeister gekommen, wenn nicht Kapellmeister Christoph Hornklang rasch seinen Musikern den Einsatz gegeben hätte. Die schlichte Weise, die dann erklang, fand Merana harmonisch etwas langweilig. Aber sie berührte ihn dennoch. Der Rest der Zeremonie verlief ohne weitere Zwischenfälle. Viele der Szenen, die sich danach beim Abschied der Trauernden an Lenas Grab abspielten, waren herzzerreißend.

Merana hatte zusammen mit Heilmayer und Ankerl die Feier etwas früher verlassen und wartete vor dem Friedhof auf die Trauerfamilie. Die Großmutter stand bei ihnen. Sie hatte es sich nicht nehmen lassen, beim Abschied von der getöteten jungen Frau dabei zu sein. Merana beriet sich kurz mit seinen beiden Kollegen. Diesen war, genau so wie ihm, nichts Besonderes während der Begräbnisfeierlichkeiten aufgefallen, abgesehen von dem Vorfall mit der gestrauchelten Alma. Es dauerte lange, bis Lenas Familie das Grab verließ und aus dem Friedhof kam. Alma stützte sich auf den Arm ihres Vaters. Sie humpelte. Raphael führte seine Schwester an der Hand. Sie waren nach dem Ausgang gleich rechts abgebogen und machten sich offenbar auf den Weg zum Gasthaus. Unvermittelt blieb Clara stehen. Sie verharrte ein paar Sekunden, dann ließ sie Raphaels Hand aus. Sie drehte sich langsam um. Ihr Blick ging in Meranas Richtung. Sie ließ den Kopf sinken und blieb in dieser Pose stehen. Nach einiger Zeit blickte sie wieder auf und setzte sich langsam in Bewegung. Sie kam auf Meranas Gruppe zu. Der Kommissar wollte schon die Hand ausstrecken, um das Mädchen zu begrüßen. Aber Clara beachtete ihn gar nicht. Sie stellte sich vor die Großmutter hin und sah der alten Frau ins Gesicht. Sie sagte kein Wort, schaute nur.

Auch die Großmutter sprach nicht. Ihr Blick war auf die Kleine gerichtet. Sie standen fast eine Minute so da. Keiner sprach, auch die beiden Beamten nicht. Dann hob die Großmutter die Hand und legte sie der Kleinen aufs Haar. »Weißt du, wo Lena ist?« Die Frage kam leise aus Claras Mund. Sie war an die Großmutter gerichtet. »Es geht ihr gut, Clara«, antwortete Kristina Merana und nahm die Hand wieder vom Kopf des Kindes. Alma, die das sonderbare Verhalten ihrer Tochter mitangesehen hatte, war inzwischen humpelnd herangekommen.

»Komm, Clara.« Die Kleine antwortete nicht.

»Geh mit deiner Mutter, deinem Bruder und deinem Großvater mit«, sagte Meranas Großmutter leise. Das Mächen nickte und griff nach Raphaels Hand. Alma wandte sich am Arm ihres Vaters zum Gehen. Doch sie drehte sich noch einmal um. Sie sah die Großmutter an. »Möchten Sie mit hinüberkommen ins Gasthaus?« Dann wandte sie den Kopf in Richtung Merana. »Die Einladung gilt natürlich für alle.« Merana bedankte sich. Er musste leider ablehnen, er wurde in der Stadt erwartet. Auch Heilmayer und Ankerl sagten ab, sie hatten dienstliche Verpflichtungen.

»Oma, willst du?«

»Nein, Martin. Mir ist es lieber, du bringst mich zurück. Es war alles ein wenig anstrengend für mich.«

Noch einmal wandte sich Alma an den Kommissar. »Einer deiner Mitarbeiter hat mir eine Liste der Gegenstände aus Lenas Handtasche gemailt.«

»Hast du überprüft, ob etwas fehlt?«

»Ja, der Pfefferspray.«

»Der Pfefferspray?«

»Den hatte Lena immer bei sich. Ich habe ihn für meine Tochter gekauft, nachdem sie vor zwei Jahren überfallen wurde.«

Merana war verblüfft. »Lena wurde überfallen? Wann?«

»Steht alles in den Polizeiakten.« Mehr sagte sie nicht mehr. Sie humpelte davon und folgte zusammen mit ihrem Vater den Kindern.

»Ich werde mich gleich darum kümmern.« Ulla Heilmayer war genauso überrascht wie der Kommissar. Lena war vor zwei Jahren überfallen worden? Und sie hatten das bisher nicht gewusst? Wer hatte da geschlampt? Die Gruppeninspektorin und der Revierinspektor eilten zu ihrem Dienstwagen. Merana nahm die Großmutter am Arm und begleitete sie nachdenklich zu seinem Auto.

Messalina Poppaea Fiala überlegte kurz, ob sie der Einladung zum Essen folgen sollte. Ihr Vater wollte das, denn der Hauptsponsor des Wettbewerbes, der Chef von Trachten Dirndltoll, würde auch dabei sein. Loderer hätte ja gerne die gesamten Kosten für Begräbnis und Totenmahl als Geste der Ehrerbietung übernommen, aber Lenas Mutter war strikt dagegen gewesen. Das hatte Messalina von ihrem Vater erfahren. Als Tochter eines der Sponsoren war sie heute als einzige Marketenderin aus dem Pongau beim Begräbnis gewesen. Sie hatte sich zu den Pinzgauer Kolleginnen gestellt und ebenfalls eine weiße Rose in der Hand gehalten. Sie hatte Lena Striegler vorher nie gesehen. Viele Marketenderinnen aus dem ganzen Land kannten sich untereinander von gemeinsamen Ausrückungen bei Marschwettbewerben oder großen Musikfesten. Aber die Striegler war ja noch gar nicht lange Marketenderin gewesen, wie man Messalina erzählt hatte. Furchtbar, was da am Wasserfall geschehen war. Sie gehörte sicher nicht zu den feigen Typen, und sie hatte auch schon manche brenzlige Situation vor allem mit hormongesteuerten brünftigen Burschen erlebt. Aber alleine nachts sich in aller Abgeschiedenheit vor den Krimmler Wasserfall zu setzen, das käme ihr garantiert nie in den Sinn. Bei all dem Wasserlärm könnte man auch schreien wie am Spieß, und keiner würde es hören. Auch wenn ihr Lena Striegler nie im Leben begegnet war, hatte Messalina doch ein paarmal am Friedhof aufschluchzen müssen. Vor allem beim Spiel des Saxofontrios waren ihr die Tränen gekommen. Sie hatte auch den Mann wieder gesehen, der ihr Freitagnacht vor dem Gasthaus aufgefallen war. Heute kam ihr der Gedanke, dass der etwas mit dem Tod von Lena zu tun haben sollte, noch absurder vor als am Sonntag. Noch dazu, wenn man bedachte, was der Mann hier zu tun hatte. Sie sah ihren Vater winken. Die meisten Trauergäste waren schon im Gasthaus verschwunden. Sie seufzte. Na gut, es konnte nicht schaden, dem Trachtenchef schöne Augen zu machen. Noch dazu, da immer noch nicht entschieden war, ob der Pongauer Bewerb nachgeholt würde.

der bis dato sternenklare himmel solle von zweierlei verschiedengestaltigen wolken verhangen werden. auf dass der effekt der nunmehr folgenden szene große steigerung erfahre, mögen aus der an gestalt größeren wolke blitze hinabfahren zur erde.

chor der stimmen, welcher dem blick des publikums verborgen ist:
FLUCH *der hoffart!*
FLUCH *der sünde!*
FLUCH *dem falschen weibe!*

die auf den felsen im vordergrunde hingestreckte jungfrau windet sich nun erschröcklich im zuckenden schlangenleibe

(›Die Drachenjungfrau von Krimml‹, nach einer alten Handschrift.
Anweisung zum Procedere, dem Spiele zur Erbaulichkeit des Publikums allergefälligste Wirkung zu verleihen)

Merana hatte die Großmutter zurück gebracht. Da sich bei Saalfelden ein Unfall ereignet hatte, nahm er nicht die Strecke über Lofer sondern bog bei Zell am See ins Salzachtal ab. Als er kurz vor Bischofshofen die Schnellstraße erreichte, läutete sein Telefon. Der Anruf kam von Jutta Ploch. Er aktivierte die Freisprechanlage.

»Hallo, Merana, was macht der Kurzurlaub in der alten Heimat im Sprühregen der berühmten Krimmler Wasserfälle?« Ihm war im Moment nicht nach Scherzen zumute. Er kam gerade vom Begräbnis eines 17-jährigen Mädchens, das mit eingeschlagenem Schädel in einem Grab lag, das eben zugeschüttet wurde. Genau so sagte er es der Frau am Telefon.

»Oh sorry, Martin, das wusste ich nicht. Dann also in aller Kürze: Meine Nachforschungen über Privatleben und Geschäfte des Bürgermeisters von Krimml haben noch nicht allzuviel Brauchbares ergeben. Der feine Herr Erlinger ist aber ganz sicher kein unbeschriebenes Blatt. Das kann ich dir jetzt schon versichern. Es ist nicht ganz leicht, an die richtigen Informationen zu kommen. Die meisten in seiner Umgebung mauern gehörig, wie ich mitbekommen habe: Parteifreunde, Geschäftspartner, vielleicht auch der eine oder andere eingeschüchterte Mitarbeiter. Meine Nase sagt mir aber, der allseits geschätzte Ortsvorsteher hat gehörig Dreck am Stecken. Sonst würden nicht alle so verkrampft die Decke darüber halten. Ich bleibe dran.«

»Na, bei so viel möglichem Dreck am Stecken wird es wohl bald derart zu stinken anfangen, dass man es durch jede Decke riecht.«

»Du sagst es, mein Lieber. Viel Erfolg bei der Arbeit, Herr Kommissar.«

Dass er sie demnächst in ein sündteures Restaurant zum Essen ausführen müsse, hatte die Journalistin dieses Mal nicht erwähnt. Die extravagante Jutta Ploch pflegte sich ihre Erfolgshonorare von ihm in Vierhauben-Restaurants abgelten zu lassen. Vielleicht hatte sie einfach Rücksicht auf seine betrübte Stimmung genommen.

Der nächste Anruf ereilte ihn, als er sich vom Süden her der Stadt näherte. Ulla Heilmayers Stimme klang um einiges gereizter als sonst.

»Es war zum Teil auch meine Schuld, ich will es dem Kappinger nicht alleine in die Schuhe schieben.« Matthias Kappinger war einer der jungen Streifenpolizisten, der ihnen zur Assistenz bei den Ermittlungen zugeteilt war.

»Der Kollege hat für mich die Unterlagen ausgedruckt und dabei den Vermerk offenbar übersehen. Ich hätte es am Computer nachprüfen sollen. Sorry, Herr Kommissar.«

»Kann einmal passieren. Was geschah bei dem Überfall vor zwei Jahren?«

»*Überfall* ist vielleicht etwas zu drastisch ausgedrückt, aber es war keine ungefährliche Situation für Lena Striegler. Der Vorfall passierte in der Stadt Salzburg.

Zwei betrunkene Jugendliche hatten Lena mit ziemlich eindeutigen Absichten am helllichten Tag auf dem Spazierweg an der Salzach bedrängt. Einige der Passanten waren dem Mädchen zu Hilfe gekommen und haben die Burschen bis zum Eintreffen der Polizei festgehalten. Die Rowdies sind mit einer Strafe auf Bewährung davongekommen.«

»Woher stammten die Jugendlichen?«

»Aus der Stadt. Ich werde persönlich nachforschen, wo sie sich derzeit herumtreiben.«

»Danke, Frau Kollegin.«

Merana parkte den Wagen im Nonntal. Er wollte von hier aus zu Fuß über den alten Weg hoch zur Festung Hohensalzburg steigen. Er war für 16 Uhr mit Professor Ulrich Peterfels verabredet.

2

Merana liebte diesen Anstieg. Der Weg führte über die noch mittelalterlich anmutende Nonntaler Hauptstraße steil nach oben. Er erreichte das schmale Erhardgässchen, das ihn über die Nonnberggasse um den Festungsberg herum allmählich zur Burganlage bringen würde. Ähnlich wie beim Durchschreiten des Ritzerbogen, bei dem man unversehens in die farbenprächtige, geschäftige Welt des Grünmarktes eintauchte, bot auch dieser ansteigende Weg das allmähliche Betreten eines neuen Ambientes, einer neuen faszinierenden Seite von Salzburg. Mit jedem Schritt kam man gleichsam dem Mittelalter näher. Und zugleich wurde der nach oben strebende Besucher über die tiefer liegenden Dächer und Gassen erhoben, blickte aus der mauernbewährten steinernen Wucht des Mittelalters hinunter auf das kuppelverzierte barocke Gesicht der Stadt. Dieser Eindruck offenbarte sich Merana schon auf den ersten Metern des Anstieges. Steil über ihm, er konnte die Last der Mauern und Türme fast auf seinen Schultern spüren, ragte die alles dominerende Festung in den Himmel. Gleichzeitig wuchsen rechts unter ihm bei jedem Schritt die Kuppeln der kleinen Erhardkirche aus dem Häusergewirr. Er blieb kurz stehen, gönnte sich einen Blick auf dieses barocke Juwel. Hinter der die Dachlandschaft beherrschenden zentralen Tambourkuppel, die von zwei kleineren Turmhelmen flankiert war, grüßte in der Ferne die sanfte Kuppe des Gaisberges. Der Senderturm auf dem flachen Gipfel des Salzburger Aussichtsberges war gut zu erkennen. Merana setzte seinen Weg fort. Links über ihm, noch halb verdeckt von der Burgmauer, tauchte bald der Zwiebelaufsatz eines Kirchturmes auf, der zum Stift Nonnberg gehörte. Und dann erwartete ihn ein Anblick, der ihm jedesmal fast den Atem nahm, auf diesem an überraschenden Entdeckungen ohnehin reichen Weg.

Wie die Momentaufnahme einer Explosion in Grün entfaltete die riesige Platane auf dem ansteigenden Weg vor ihm ihre Pracht. Sie überragte selbst die altehrwürdigen Mauern der Klosterkirche an ihrer linken Seite, während sich die zahlreichen blattbewährten Äste auf der rechten Seite weit über die steinerne Begrenzungsmauer des mittelalterlichen Weges schoben. Ganz leicht neigte sich die Platane zur Talseite. Es schien Merana, als schwebe ein Teil des Baumes über der Tiefe, in der die Häuser der Stadt lagen. Die Platane ruhte auf einer kleinen Aussichtsplattform mit Bänken. Einige Jugendliche hatten sich dort im Schatten des Blätterwerkes niedergelassen. Ein Mädchen mit Bändern im Haar schlug in die Saiten einer Gitarre. Die anderen stimmten in den Gesang der Spielerin mit ein.

Mama, take this badge from me …
knock knock knockin' on heaven's door …

Merana blieb kurz stehen. Der Gedanke, an die Himmelstür zu klopfen, schien hier am Eingangstor zur alten Stiftskirche des Kloster naheliegend. Auch zwei asiatische Touristen hatten sich in den Schatten der Platane geflüchtet. Sie wippten im Rhythmus des Bob Dylan Songs, während sie sich mit aufgeklapptem Reiseführer Luft zufächelten. Merana legte seine Hände auf das Geländer und blickte von der Aussichtsplattform in Richtung Süden, ließ seine Augen über die von Schneeresten schimmernden Zacken des Tennengebirges streifen. Schließlich landete sein Blick auf dem Massiv des Untersberges, dem mächtigen Sagenberg im Westen der Stadt. Nicht nur die mächtige Festung hinter

Meranas Rücken, auch der Koloss des Untersberges in der Ferne zeugte von mittelalterlichem Geist. Im Innern des Berges soll, der Sage nach, Kaiser Karl der Große mit seinen Getreuen in riesigen Hallen warten, bis es Zeit wurde, aus dem Berg hervorzubrechen, um die letzte Schlacht aller Schlachten zu schlagen.

Mama, put my guns in the ground
I can't shoot them any more

Merana hätte sich gerne hingesetzt und mit den jungen Leuten in das Lied eingestimmt. Aber er musste weiter, er hatte einen Termin. Seine Armbanduhr zeigte 15.45 Uhr. Er zwinkerte der Gitarrespielerin zu, die schelmisch zurücklächelte. Dann eilte er weiter. *Benediktiner Frauenstift Nonnberg* war auf einer Steintafel an einer der Mauern zu lesen. Das Kloster war alt, gegründet im Jahr 711. Da war Karl der Große, der schlummernde Kaiser im Berg, noch nicht einmal geboren. Hinter den Klostermauern lag das in sich geschlossene Reich der Nonnen, eine Welt der Frauen, dem Himmel zugewandt.

Knock knock knockin' on heaven's door …

Merana atmete tief durch. Nicht wegen des steilen Weges, den er bisher gegangen war. Nein, aus Vorfreude. Denn gleich würde ihm ein nächster, den Herzschlag beschleunigender Anblick zuteil werden. Ein Rundbogen tauchte vor dem Kommissar auf, er bot Durchgang am Ende der Klostergebäude. Dahinter war ein Ausschnitt der Stadt und des Kapuzinerberges auszumachen. Der obere Teil einer mächtigen Kuppel schob sich unversehens ins Bild, als würde der riesige Helm eines U-Bootes aus dem Meer der

Dächer auftauchen. Diese Kuppel gehörte zur Kajetanerkirche. Hinter der Kirche erstreckte sich in einiger Entfernung das dunkle Band des Kapuzinerberges, mit den alten Wehrmauern und dem gelbfarbenen Klostergebäude mit den roten Dächern. Merana verlangsamte seinen Schritt. Er war diesen Weg schon oft gegangen. Er wusste, was ihn erwartete. Aber er ließ sich jedes Mal wieder aufs Neue von diesem sich ihm öffnenden Blick auf die Stadt faszinieren. Bei jedem Schritt, der ihn auf dem Weg durch den Torbogen weiter führte, vergrößerte sich das Bild der Stadt. Schon schoben sich auf der linken Seite die hohen Stadthäuser in den Blick, der Turm des alten Rathauses war zu erkennen, die Konturen der Franziskanerkirche, die mächtigen Kuppeln des Domes, die mehrfach geschwungene Zwiebelturmkappe von St. Peter, die steinernen Flanken des Mönchsberges. Was Merana sah, war ein einziges, wie in seiner Bewegung innehaltendes Meer aus Türmen und Häusern, dessen Dachlandschaftswogen im Licht der Nachmittagssonne glänzten. Und ganz in der Ferne, wie eine schmale längliche aufgerichtet Schachtel, ein weiterer extrem hoher quaderförmiger Turm, der sich gegen den diesig blauen Himmel abhob. Dieses Gebäude stammte nicht aus dem Barock, schon gar nicht aus dem Mittelalter, sondern aus den neunziger Jahren des 20. Jahrhunderts. Es war der Turm des Heizkraftwerkes Salzburg Mitte. Bis heute regen sich viele Salzburger über diesen ›häßlichen Quader‹ auf. Merana nicht. Er war überzeugt davon, dass für spätere Generationen dieser Turm genauso zum Wahrzeichen des Stadtbildes gehörte, wie die Festung und der Dom. Für ein paar Momente gönnte der Kommissar sich noch den Ausblick auf die Stadt unter ihm, dann eilte er weiter.

Ulrich Peterfels hatte als Treffpunkt die alten Linden im inneren Burghof vorgeschlagen. Er leitete derzeit ein mehrtägiges Seminar, das im Fürstenzimmer der Festung stattfand. Thema: *Symbolsprache des Mittelalters und ihre Reflexionen in den Methoden moderner Imagewerbung des 21. Jahrhunderts.* Das Pflaster des Burghofs strahlte Wärme ab. Die alten Steine hatten seit dem frühen Morgen die Hitze des Sommertages gespeichert. Auf den Bänken unter der größeren der beiden Linden saßen einige Touristen. Sie vertieften sich in ihre Stadtführer oder verspeisten ihre mitgebrachte Wegzehrung. Um die zweite Linde im Burghof hatte sich eine Gruppe von Leuten aufgestellt. Merana zählte zwölf Personen, sechs Männer und sechs Frauen. Sie standen in einem Abstand von mehreren Metern mit dem Rücken zum Baum. Die Augen hielten sie geschlossen, die Handflächen zeigten zu Boden. Ihre Gesichter wirkten entspannt und zugleich hoch konzentriert. Merana überlegte, was der Sinn dieser Übung rund um die Linde sein könnte. Auch einige der Burgbesucher waren auf die Gruppe aufmerksam geworden. Ein schlanker Mann, dem das wuschelige Haar unter seiner Baseballkappe hervorquoll, hob die Kamera und hielt das Geschehen im Bild fest.

»Einen schönen Nachmittag, Herr Kommissar.« Merana wandte sich von der Szene an der Linde ab. Ulrich Peterfels kam auf ihn zu in Begleitung einer schlanken hochgewachsenen Dame. Ihr graues Haar war kurz geschnitten. Eine Brille mit schillernden Bügeln baumelte an einer dünnen Kette auf ihrer lachsroten Bluse.

»Darf ich vorstellen, das ist meine Kollegin Isidora Stegenbaum, Professorin für Alte Geschichte und Kulturanthropologie mit Schwerpunkt Matriarchatsforschung. Sie ist eine der Hauptreferentinnen unseres Workshops. Ich bin überzeugt, Frau Professor Stegenbaum wird einige Ihrer Fragen fachlich noch profunder beantworten können als ich.« Der Händedruck der Frau im beigen Rock war fest. Bei ihrem Lächeln entstanden kleine Grübchen neben den Mundwinkeln. Merana hatte Peterfels am Vortag angerufen und um eine Unterredung gebeten. Er interessiere sich für die symbolische und mythologische Bedeutung von Drachen, weil das Wissen darum bei seinen aktuellen Ermittlungen eventuell eine Rolle spielen könnte.

»Nun, mein lieber Kommissar«, begann der Professor, während er sich mit einem Taschentuch den Schweiß von der Stirn wischte, »wenn man es genau betrachtet, dann ist Ihnen auch schon bei Ihrem letzten Fall ein Drache untergekommen. Sie erinnern sich? Am Beginn der *Zauberflöte* wird Prinz Tamino von einem Ungeheuer verfolgt, von einer großen Schlange.« Der Gelehrte bezog sich auf Meranas Ermittlungen vom vergangenen Sommer. Die Darstellerin der Königin der Nacht war bei der Opernpremiere der *Zauberflöte* im Großen Festspielhaus zu Tode gekommen. »Nebenbei bemerkt freut es mich natürlich sehr, dass Ihnen damals auch Aspekte meines Vortrages über die kulturgeschichtlichen Wesenszüge der *Zauberflöte** geholfen haben, den Fall zu lösen.«

Die Züge seines eher hageren Professorengesichts gingen bei dieser Bemerkung, verbunden mit einem Lächeln, in die Breite. »Es ist schon erstaunlich, wie oft einem auch in unserer Zeit Drachengestalten und Drachenphänomene unterkommen. Wenn Sie so wollen, Herr Kommissar, dann stehen wir derzeit auch auf dem Kopf eines Drachens.«

Unwillkürlich blickte Merana zu Boden. Er sah nur das mittelalterliche Pflaster des Burghofs und wusste nicht, was Peterfels meinte. Der Professor führte ihn zusammen mit seiner Begleiterin zur Mauerbrüstung am Rande des Burg-

* siehe Manfred Baumann, *Zauberflötenrache*

hofs. Von dort konnte man große Teile der Stadt überblicken, die sich zu ihren Füßen ausbreitete.

»Von hier ist es nicht so eindeutig auszumachen. Aber wenn Sie sich das nächste Mal auf der gegenüberliegenden Salzachseite am Kapuzinerberg befinden, dann betrachten Sie einmal von dort aus aufmerksam die Form des Mönchsberges. Dieser hebt an bei der Müllner Kirche.« Peterfels deutete mit der Hand auf das Gotteshaus, dessen schlanker Turm in der Ferne sichtbar war. »Wenn wir bei unserem Bild bleiben, dann markiert die Kirche das Ende des Drachenschwanzes. Von da aus zieht sich der Berg wie ein langgestreckter Körper bis hierher. Das Ende des Mönchsberges, zugleich Festungsberg der Burg, auf dem wir jetzt stehen, ist somit das Haupt dieses Landschaftsdrachens.« Auf diese Weise hatte Merana den Mönchsberg noch nie betrachtet. Topografische Auffälligkeiten beschrieben als Fabelwesen?

Sie verließen die Brüstung und begaben sich wieder ins Innere des Hofs. Dort angekommen bemerkte der Universitätsgelehrte: »Leider bin ich in der Geomantie und dem Symbolgehalt landschaftlicher Phänomene nicht sonderlich beschlagen. Da müssten Sie sich eher an diese Herrschaften wenden.«

Er wies mit der Hand auf die Gruppe an der Linde. Die Frauen und Männer standen immer noch mit geschlossenen Augen und nach innen gewandter Haltung um den Baum.

»Ein wirklich hochinteressanter Zeuge für die Besonderheit des Ortes, an dem wir uns befinden, ist dieser Brunnen.« Der Professor wies auf die große Zisterne, die in der Mitte des Burghofs ruhte. Sie gingen hinüber. Der Brunnen hatte eine achteckige Einfassung aus Marmor. Darüber thronte eine Abdeckung mit hohen, feinziselierten Gittern, abgeschlossen von einem flachen kuppelförmigen

Dach. Die Steinplatten der Umrahmung trugen tief eingekerbte Verzierungen.

»Wofür würden Sie das halten, Herr Kommissar?« Peterfels war neben den Brunnenreliefs in die Hocke gegangen und deutete auf zwei seltsame Wesen in der Darstellung. Merana war sich nicht sicher. Diese Fabeltiere sahen aus wie urtümliche Fische. Sie hatten lange spitze Zähne und eine fast rüsselartig geformte Nase. Ihre mächtigen Schwänze strebten nach oben und gingen über in allerlei Blattwerk. Blumen und andere Pflanzen waren erkennbar. Merana beugte sich ebenfalls zum Relief und ließ seine Finger über die beschuppten Körper der Tiere und die Pflanzenornamente gleiten. »Was immer es ist: Ich finde die kunstvolle Ausgestaltung beeindruckend.«

Der Professor richtete sich wieder auf. »Die Reliefs an diesem Brunnen sind rund 500 Jahre alt. Die auf den ersten Blick rätselhaften Tiere kann man als Drachenfische bezeichnen. Sie können diese mythologischen Wesen auch anders nennen. Der Name spielt nicht die entscheidende Rolle. Die Darstellungen solcher Gestalten unterscheiden sich im Lauf der Jahrtausende. Aber das Phänomen, das dahintersteckt, ist immer dasselbe. Es geht um die Urkraft der Erde.«

Dass Drachen auch als Symbole für die Energie der Erde standen, hatte Merana schon gehört. Der Gelehrte deutete wieder auf den Brunnen.

»Dieses Relief ist wie ein Kosmogramm. Es sagt etwas über die Qualität dieses Ortes aus. Ein Geomant würde es vermutlich so ausdrücken: Der Festungsberg von Salzburg ist eine besondere Stelle innerhalb der Stadtlandschaft. Hier wird die Urkraft der Erde in Lebenskraft transformiert. Und das Symbol für diesen Wandel ist der Drache. Diese drachenartigen geschuppten Wesen stehen für die Kraft der Erde, das Blätterwerk symbolisiert die lebendige Vielfalt der Natur.«

Merana ließ seinen Blick zur Linde wandern.

»Und die Menschen, die dort in Meditation versunken rings um den Baum stehen, versuchen wohl, den besonderen Kräften an diesem Ort nachzuspüren?«

Ulrich Peterfels lachte. »Trefflich kombiniert, Herr Kommissar. Aber wie gesagt, Geomantie ist nicht mein Spezialgebiet. Dafür sind andere zuständig.« Wieder wischte er sich über die Stirn. Die Spätnachmittagssonne schickte immer noch viel Wärme auf den Platz. »Ich schlage vor, wir setzen uns in die Burgschenke. Dort ist es kühler. Außerdem pflegt man in dieser gastlichen Stätte einen ausgezeichneten Roten Veltliner auszuschenken. Den wollen wir uns gönnen. Dabei kann Ihnen meine Kollegin noch einige bemerkenswerte Details zur Drachensymbolik vermitteln.«

Sie wandten sich nach links und folgten dem leicht abschüssigen Weg entlang der Burgmauer. Nach wenigen Schritten war die Burgtaverne erreicht.

Peterfels hatte gleich eine ganze Flasche des wirklich vortrefflichen Weißweins bestellt. Sie stießen an und tranken.

»Kollege Peterfels hat mir von Ihrem aktuellen Fall am Krimmler Wasserfall erzählt. Ich hatte heute in der Mittagspause auch Gelegenheit, die Sage von der Drachenjungfrau im Internet nachzulesen.« Merana war froh. Dann sparte er sich eine längere Erklärung. Er war gespannt auf die Ausführungen der Universitätsprofessorin mit Schwerpunkt Matriarchatsforschung. Isidora Stegenbaum griff in ihre Tasche, zog ein Buch hervor und schlug es an einer markierten Stelle auf.

»Was sehen Sie da?« Er betrachtete das Bild auf der Seite. Die Zeichnung war in einfachen Strichen ausgeführt. Aus einem Grund in Wellenlinienform erhoben sich drei Pflanzen, die auf ihren Köpfen einen Korb balancierten. Darin saß eine hoch aufgerichtete Schlange, die an eine Kobra erinnerte.

»Das ist die ägyptische Fruchtbarkeitsgöttin Uto in Schlangengestalt. Schlangen spielen in den meisten Schöpfungsgeschichten dieser Erde eine zentrale Rolle. Und in der Folge auch in Mythen und Märchen. Die Form der schlangenartigen Wesen ändert sich im Lauf der Zeit. Ob nun Drache, Lindwurm oder fischartige Meeresungeheuer wie der biblische Leviathan, spielt wenig Rolle. Sie alle sind nur Varianten ein und desselben Bildes: der Urschlange als Begleiterin der Schöpfungsgöttin. Die Anfänge der menschlichen Kultur waren matriarchale Lebensformen. Die Frauen waren und sind es bis heute, die Leben hervorbringen so wie die Erde selbst. Deshalb war die Erde für die frühe Menschheit weiblich und die Gottheit, die alles schuf, auch. Die Schlange selbst ist die Ur-Muttergöttin. Später bekam diese Göttin in der Darstellung menschliche Züge, und die Schlange wurde zu ihrer Begleiterin, zu ihrem Symbol.«

Das war faszinierend. Merana dachte an das vorhin gesehene Bild der drachenartigen Urfische mit den Pflanzenschwänzen. »Warum die Schlange? Warum kein anderes Tier?« Die Wissenschaftlerin lächelte und nippte an ihrem Glas. »Was fällt Ihnen zu Schlangen ein, Herr Kommissar?« Merana dachte nach. »Viele Leute haben Angst vor ihnen. Manche sind giftig und damit extrem gefährlich. Sie haben keine Beine, können sich nur kriechend fortbewegen.«

»Das ist richtig, ist aber noch nicht alles, was Schlangen auszeichnet. Unsere frühen Vorfahren sahen das Leben nicht so linear wie wir heute. Sie lebten mit den Zyklen der Natur. Sie sahen die Sonne, die jeden Tag auf- und untergeht. Die Blumen, die ihre Blüten öffnen und wieder schließen. Die Jahreszeiten, die immer in derselben Abfolge wiederkehren. Die Pflanzen, die im Herbst absterben, sich in den Boden zurückziehen und im Frühjahr wieder wachsen. Den Mond, der in prägnanter Regelmäßigkeit seine Phasen wechselt. Die Dinge verschwinden und tauchen wieder auf. Genau wie die Schlangen. Sie ziehen sich in den Bauch der Erde zurück und werden Monate später wieder gesehen. Schlangen können ihre Haut abwerfen und sich damit gleichsam selbst erneuern. Schlangen symbolisieren durch ihr Verhalten die Zyklen von Leben, Tod und Auferstehung.«

So hatte Merana das noch nie gesehen. Für ihn waren Schlangen Tiere, denen man besser aus dem Weg ging. Wann wurde dann im Lauf der Zeit aus der ehemals ›guten‹ Schlange, dem Symbol des Lebens, dem Tier der Muttergöttin, die ›böse‹ Schlange aus dem Paradies?

Als wäre Isidora Stegenbaum seinem Gedankengang gefolgt, sagte sie: »Und dann kam der Bruch.« Um die Dramatik der Schnittstelle in der Entwicklung der Menschheit zu unterstreichen, ließ sie die rechte Hand mit Schwung auf das Buch fallen. »Dieser Wandel ereignete sich natürlich nicht von einem Tag auf den anderen. Der Prozess zog sich über viele Tausend Jahre hin und bestimmt das Leben auf dieser Welt bis heute. Die frühen matriarchalen Kulturen waren geprägt von Ehrfurcht gegenüber der Schöpfung, der Natur. Das Wissen um die Geheimnisse des Lebens wurde von den Frauen weiter gegeben. Mit dem Aufkommen des Patriarchats wurde das Weibliche immer mehr zurückgedrängt, in der Lebensrealität genau so wie auch in den Mythen und Religionen. Die schlimmsten Formen dieses Prozesses kennen wir: Frauen, die immer noch viel von den Kräften der Natur wussten, wurden als Hexen verbrannt. Ihre weiblichen Eigenschaften, ihre Sexualität, ihre von der Natur gegebene Fähigkeit, Leben zu gebären, wurde in einer zunehmend von Männern beherrschten Welt mit Verachtung gestraft, verdammt, als sündhaft gebrandmarkt. Im Grunde hat sich an der Einstellung dem Weiblichen gegenüber bis heute nicht allzuviel verändert, wenn sie allein die Entwicklung in der katholischen Kirche oder die Frauenfeindlichkeit im Islam betrachten. Von der Tatsache ganz zu schweigen, dass Frauen auch außerhalb religiöser Gemeinschaften weltweit unterdrückt werden. Selbst in unserer aufgeklärten Zivilisation werden sie nicht selten als Menschen zweiter Klasse behandelt, vom mangelnden Schutz gegen gewaltbereite Männer bis zur schlechteren Bezahlung im Job.«

Merana war erstaunt, welch weiten Bogen die Universitätsprofessorin gezogen hatte. Er hatte bei seinen Nachforschungen lediglich mehr über die Hintergründe zum Bild des Drachen in Sagen und Legenden wissen wollen. Und diese Frau schlug eine Kurve von den Schöpfungsmythen der Menschheit bis zur gesellschaftlichen Realität der Gegenwart. Er griff zum Glas und nahm einen großen Schluck vom Weißwein. Auf dem Tisch lag immer noch das geöffnete Buch mit der alten Grafik. Über den mit schlichten Strichen skizzierten Pflanzen als Symbol für das Wachstum thronte nach wie vor Uto, die ägyptische Fruchtbarkeitsgöttin in Schlangengestalt.

»Aber gänzlich auszurotten waren Spuren der alten weiblich geprägten Kulturen nicht.« Isidora Stegenbaum setzte ihre Ausführungen mit ruhiger Stimme fort. »Die Zeichen dieser Kultur leben weiter als oft schwer zu erkennende, meist auch umgedeutete und verunstaltete Details in Bildern, Mythen, Märchen und Bräuchen. Überall, wo die Vertreter von Kirche und patriarchaler Macht die Vorstellungen matriarchalen Lebens nicht zerstören konnten, hat man versucht, die Phänomene ganz einfach selbst zu besetzen. Man hat sich der Bilder und Symbole bemächtigt, sie als abschreckendes Beispiel ins Gegenteil verkehrt oder auch in die eigene neue Darstellung integriert. Bisweilen geschah das auf sehr skurrile Weise.«

Sie griff wieder in ihre Tasche, kramte darin herum und beförderte einen Beutel aus weichem Samt zutage. Daraus zog sie eine Art Kette hervor und gab diese Merana in die Hand. Es war ein Rosenkranz. Die verschiedenen hellen Perlen hatten nicht alle dieselbe Form. Merana konnte kleine Unregelmäßigkeiten in der Ausführung feststellen.

»Den hat mir meine Großmutter vermacht. Die kam aus dem Allgäu. Der Rosenkranz ist aus Schlangenwirbeln hergestellt.«

Unwillkürlich zuckte der Kommissar mit der Hand. Als lebte in den Gliedern des Kranzes noch etwas von der toten Schlange. Er hatte noch nie eine Gebetskette in dieser Art gesehen. Auch Ulrich Peterfels zeigte sich erstaunt über das Material. Die Lachgrübchen an Isidora Stegenbaums Mund wuchsen für einen Moment an, dann wurde die Vortragende wieder ernst.

»Schlangen als Botinnen der alten Göttin galten im Volksglauben weiterhin als zauberkräftige Tiere. Das finden Sie auch in vielen Sagen. Dieser Rosenkranz ist die perfekte Verbindung zweier unterschiedlicher kultureller Vorstellungen, die Verkettung der neuen ›christlichen‹ mit der älteren ›heidnischen‹ Religion.«

Der Kommissar gab ihr den Kranz zurück, sie legte ihn auf das Buch. Merana fiel Vroni Lohnstätter mit ihren heidnischen Amuletten und christlichen Heiligenstatuen ein. Die Pinzgauer Hausbesitzerin pflegte sich auch nach allen Seiten abzusichern.

»Und damit sind wir schon bei Ihrer Sage von der Drachenjungfrau. Übrigens ein wunderbares Beispiel von nicht vollständig gelungener Verunstaltung.«

Merana war neugierig, was sie mit dieser Bemerkung meinte.

»Wir sind auf unserem Weg vom Burghof zur Taverne an einer kleinen Kirche vorbei gekommen, die dem Heiligen Georg geweiht ist.«

Merana hatte das Gebäude mit dem Satteldach und dem spitzen Glockentürmchen bemerkt.

»Im Lauf des langen Prozesses, die Symbole des Weiblichen zu zerstören, tauchen schon sehr bald die Drachentöter auf. Einer der ersten ist Marduk. Er tötet bereits in der babylonischen Schöpfungsgeschichte die Ur-Mutter Tiamat, die in Drachengestalt auftritt. Ziel dieser Umdeutung war es, die Große Göttin zu ermorden, damit an ihre Stelle eine männliche Gottheit treten kann. Marduks Nachfolger sind zahlreich in den verschiedenen Märchen, Mythen und Heiligenlegenden vertreten. Das reicht vom Heiligen Georg der christlichen Tradition über Siegfried aus dem Nibelungenlied bis zu Drachentötern in modernen Fantasyfilmen. Die Sage vom Krimmler Wasserfall ist reich an versteckten Botschaften. Das ursprünglich weibliche Gute wird auch hier ins Gegenteil verkehrt. Die ›Jungfrau‹, die keinen Namen trägt, ist als Abbild der Göttin nur mehr schwer zu erkennen. Als Vertreterin des Weiblichen muss durch Verunstaltung diese Frauenfigur in der Sage schlecht gemacht werden. Sie ist hoffärtig, eingebildet, ungehorsam. Darauf folgt in der Geschichte die Bestrafung. Die Frau wird in ein Untier verwandelt. Aber zur ›Erlösung‹ durch den Mann kommt es in dieser Geschichte nicht. In vielen anderen ähnlichen Legenden ist das jedoch der Fall. Dort triumphieren männliche Protagonisten als Erlöser oder Vernichter.

In der Sage vom Krimmler Wasserfall versagt der Jäger in seiner Aufgabe und stürzt ab. Ich möchte auch noch darauf hinweisen, die Verwandlung in der Krimmler Sage genau zu betrachten. Die Frau wird nicht zu einem kompletten Drachen verformt. Ihr weiblicher Ursprung ist nach wie vor präsent. Sie wird zur Drachenjungfrau. Ich werte das als gutes Zeichen. In dieser Geschichte schimmert noch die Botschaft durch, dass die alte Göttin Widerstand leistet und sich doch nicht ganz unterkriegen lässt.« Für ein paar Momente sprach keiner am Tisch. Merana ließ das Gesagte in sich wirken. Er war immer noch verblüfft, welches Netz aus Botschaften und Beziehungen zwischen Mythologie und realem Leben sich aus den Erklärungen der Wissenschaftlerin ergeben hatten.

»Auf die Göttin!«, rief Ulrich Peterfels schließlich lachend und erhob sein Glas. »Darauf stoße ich gerne mit Ihnen an, Herr Kollege.« Isidora Stegenbaum zwinkerte ihrem Gegenüber zu. Auch Merana griff zum Glas. Die Professorin steckte den Rosenkranz ihrer Großmutter wieder in den Samtbeutel. Dann nahm sie das Buch, blätterte zu einer bestimmten Stelle und zeigte Merana ein weiteres Bild. Auf der mittelalterlich anmutenden Darstellung war ein einfach skizzierter Baum zu erkennen, an dessen Stamm sich ein Schlangenleib hochwand, der in Oberkörper und Kopf einer Frau mündete. Das Schlangenwesen reichte einer jungen nackten Frau einen Apfel. An deren Seite stand ein Mann, ebenfalls nackt. Das Bild war nicht schwer zu deuten. Das war eine Szene aus der Bibel: Adam und Eva im Paradies. Eva bekommt von der Schlange den von Gott verbotenen Apfel überreicht.

»Es kommt immer darauf an, wie man eine Darstellung betrachtet, Herr Kommissar. Die Interpretation der Kirche, die eine bestimmte Ideologie verfolgt, wäre wohl: ›Sündenfall‹. Was darauf folgt, ist, wie allseits bekannt: Strafe und Vertreibung. Zieht man das in Betracht, was ich Ihnen in aller Kürze zu vermitteln versuchte, dann kann man das Bild auch völlig anders sehen: Die alte Göttin, dargestellt durch die Schlange mit dem Frauenkopf, gibt in Form eines Apfels, Symbol für Fruchtbarkeit, ihre Weisheit, ihre Fähigkeit, Leben hervorzubringen, an die junge Göttin weiter. Diese überträgt das Geschenk auf die Menschheit, die hier durch die Figur des Mannes verdeutlicht ist. Das Geschenk der Göttin macht die Menschen reicher, gibt ihnen Nahrung, Wohlstand und Glück. Die Frau bietet die Kräfte ihrer Natur an, dazu gehört auch ihre Sexualität, zur Freude und zum Fortbestand des Lebens.«

Und Männer vergreifen sich an dieser weiblichen Natur oft auf brutale Weise, ergänzte Merana in Gedanken. Die Berichte über Vergewaltigungen und Sexualmorde füllten Berge an Polizeiakten.

Die Ausführungen der Matriarchatsforscherin schwangen immer noch in ihm nach, als er sich wieder auf den Rückweg machte. Die Erläuterungen waren faszinierend gewesen. Aber würden sie ihm in irgendeiner Form helfen, bei seinen Ermittlungen weiter zu kommen? Spielte es eine Rolle, dass die verschwundene Kette einen Anhänger in Drachengestalt aufwies? Oder war ganz einfach ein Accessoire abhanden gekommen, und die spezielle Drachenform des Schmuckstücks hatte nicht die geringste Bedeutung. Die Krimmler Wasserfälle waren ein besonderer Ort, kein Zweifel. Und dass sich um diesen urtümlichen Platz verschiedene Sagen rankten, war leicht nachvollziehbar. Aber was hatte das mit Lenas Tod zu tun? Wäre sie auch getötet worden, wenn sie ihrem Mörder an einer anderen Stelle begegnet wäre? So sehr er sich auch bemühte, er konnte keine plausible Verbindung zwischen dem Drachenphänomen und dem Tod des Mädchens erkennen. Dass Frauen auch in Schöpfungsmythen und Märchen getötet wurden, damit ein Mann an ihre Stelle treten konnte, das war ihm als Vergleich doch zu weit hergeholt. Er war Kriminalist. Er hatte sich an Fakten und Beweise zu halten.

Auf der Rückfahrt rief er Thomas Brunner an. Der hatte schon von Kollegin Heilmayer erfahren, dass Alma Striegler auf der Liste der Gegenstände in Lenas Handtasche den Pfefferspray vermisste. »Wir haben keinen Spray am Wasserfall gefunden, Martin. Vielleicht hat das Mädchen ihn anderswo verloren oder einfach vergessen, ihn einzustecken.«

»Wie weit seid ihr mit dem Abgleich der DNA-Spuren vom Tatort?«

»Das Ergebnis habe ich vor zehn Minuten an dich weitergeleitet. Wir haben auf der Handtasche zahlreiche Abdrücke gefunden. Zwei davon passen zu Bürgermeister Erlinger und dessen Sohn. Das muss nichts bedeuten. Diese Tasche können viele Menschen in die Hand genommen haben, um sie von einem Stuhl zu räumen, sie aufzuheben, sie kurz zu halten. Aber die Bewertung der Spuren obliegt natürlich dem Ermittlungsleiter.« Merana bedankte sich für die Information. Thomas Brunner hatte mit seiner Anmerkung recht. Gründe für mögliche DNA-Spuren auf Lenas Handtasche gab es viele. Aber eine Tatsache war dennoch nicht zu leugnen:

Die Tasche wies Spuren sowohl von Gottfried als auch von Joachim Erlinger auf. Und genau diese Tasche war auch am Tatort gewesen. Er beschloss, zuerst nach Krimml zu fahren, bevor er in das Haus der Großmutter zurückkehrte. Er wollte noch einmal Lenas Grab besuchen.

3

Die Grube war inzwischen zugeschüttet. Ein einfaches Holzkreuz mit einem Foto von Lena markierte die Stelle, wo das tote Mädchen in der Erde lag. Einen Teil der Kränze hatte man weggeräumt. Nur einige Bouquets und Blumensträuße zierten den frisch aufgeschütteten Hügel. Es war schon dämmrig, als Merana vor dem Grab der jungen Frau stand. Bilder aus seinem Traum tauchten plötzlich auf: Der helle Sarg in der dunklen Grube. Die zuckenden blutigen Hühnerleiber. Die stürzende Großmutter mit den Alpenveilchen. Er drängte die Bilder zurück, versuchte, sich auf Lena und deren gewaltsamen Tod zu konzentrieren. Was hast du nur spätnachts am Wasserfall getan? Er schaute auf das Grab. Wolltest du einfach nach einem hektischen Tag mit Fotoshooting und Sponsorenparty ein wenig Ruhe an deinem Lieblingsplatz genießen? Oder warst du mit jemandem verabredet? Und was hat den nächtlichen Besucher veranlasst, nach einem Stein zu greifen, um dich damit zu töten? Er starrte auf den frischen Erdhügel, als erwarte er eine Antwort. An der Friedhofsmauer stand eine mächtige Trauerweide. Unter ihren herabhängenden Ästen entdeckte er eine Bank. Er ging hinüber und ließ sich darauf nieder. Erst jetzt bemerkte er, dass ganz in der Nähe vor einem der Gräber eine Frau stand. Sie entzündete eine Kerze in der Laterne. Ein zweite Frau näherte sich langsam.

»Hallo, Mama, ich habe es nicht früher geschafft. Der Chef wollte wieder einmal, dass ich Überstunden mache.« Merana war sicher, dass ihn die beiden Frauen in der einsetzenden Dunkelheit unter der Weide nicht sahen. Er konnte die Stimmen der beiden gut hören.

»Wie war das Begräbnis heute Vormittag?«

»Traurig.«

Die jüngere der beiden blickte hinüber zum Grab von Lena Striegler.

»Die arme Lena. Hat auch einiges mitgemacht. Zuerst der Autounfall des Vaters, dann eine Schwester mit Behinderung und jetzt auch noch dieser grausige Tod.«

»Es ist nicht sicher, ob der Engelbert tatsächlich der Vater von der Lena war!«

Selbst in der Dunkelheit konnte Merana an der Reaktion der jüngeren Frau ausmachen, dass sie überrascht war.

»Wie meinst du das, Mama?«

»Ich sage nur das, was man so hört. Aber im Grunde ist es nicht mehr wichtig. Jetzt sind sie beide tot, die Lena und der Engelbert. Und am meisten leid tut mir die Alma.« Die beiden blieben noch ein wenig stehen, dann gingen sie hinüber zu Lenas Grabhügel. Die Bemerkung der Frau hatte auch Merana nachdenklich gemacht. War die Andeutung einer möglichen falschen Vaterschaft nur übliches Dorfgetratsche oder steckte mehr dahinter? Sollte er Alma darauf ansprechen? Er wusste es nicht. Vielleicht ergab sich ja bald eine Möglichkeit dazu. Er schaute noch einmal hinüber zu Lenas Grab. In der zunehmenden Dunkelheit konnte er nur mehr schwach die Umrisse des Kreuzes erahnen. Wieder beschlich ihn die Ahnung, dass die Zeit drängte. Wieder konnte er sich nicht erklären, woher dieses Gefühl kam.

Die Großmutter trug schon Bademantel und Nachthemd, als er ankam. Dennoch verschob sie das Zubettgehen und überredete ihn zu einer Kartenpartie. Wie meistens hatte er keine Chance gegen sie. Er schaffte es gerade einmal, eine einzige läppische Partie zu gewinnen, während sie fünf Mal erfolgreich war. »Das freut eine alte Frau. Mit dem Triumph des Sieges lässt es sich viel besser schlafen.« Sie zwinkerte ihm von der Stiege aus zu und stapfte dann nach oben in ihr Zimmer.

Er holte sich eine Tasse Tee aus der Küche und setzte sich in den Lehnsessel am Fenster. Die steinernen Drachenfische des Brunnenreliefs auf der Festung fielen ihm ein. Und andere Details aus dem Gespräch mit den beiden Wissenschaftlern. Er hatte bereits zwei Schalen Tee getrunken, als sein Handy läutete. Die Anruferin war Jutta Ploch.

»Hallo, Martin, ich komme eben aus dem Konzert einer sensationellen jungen Pianistin und muss noch in die Redaktion, meine Nachtkritik für die Online-Ausgabe schreiben. Deshalb in aller Kürze: Dein guter Erlinger hat Schulden, und zwar nicht wenig! Er dürfte da seine Provinzbank mit der Wall Street verwechselt haben. Seine Spekulationsgeschäfte sind nicht am Krimmler Wasserfall abgesoffen, sondern irgendwo in der Karibik. Wenn man dem Gemunkel glauben darf, dann hat der Herr Ortsvorsteher auch Gemeindegelder für seine Zocker-Ambitionen abgezweigt! Am möglichen finanziellen Erfolg seines Trachtenmädchenspektakels ist er mit viel Einsatz beteiligt. Das ist seine letzte Chance. Wenn die Show den Bach runtergeht, dann kann er schon vor Silvester anfangen, Bleikugeln zu gießen und sich eine Pistole zu suchen. Ciao, mein Lieber. Ich melde mich wieder, wenn ich Genaueres weiß.«

Die Decke, die bisher über den Machenschaften des Bürgermeisters gelegen war, hatte also durch Juttas Hartnäckigkeit die ersten Duftspuren herausgelassen. Aber wenn Erlinger in so drastischer Weise vom Gelingen seines Marketenderinnen-Events abhängig war, warum sollte er dann den Erfolg gefährden, indem er sein ›bestes Pferd‹, wie er das ausdrückte, durch einen Akt der Gewalt aus dem Rennen nahm? Vielleicht hatte die Postenkommandantin inzwischen über andere Kanäle mehr zu dieser Angelegenheit herausbekommen. Er sah auf die Uhr. Es ging auf elf zu. Schon ziemlich spät. Er wollte seine Mitarbeiter nicht dauernd außerhalb ihrer Dienstzeit stören. Da fiel ihm eine bessere Möglichkeit ein. Hatte Ulla Heilmayer ihn nicht eingeladen, jederzeit auf ein Glas Wein vorbei zu kommen? Jetzt war eine gute Gelegenheit dazu. Er griff nach den Autoschlüsseln und verließ das Haus.

Er parkte den Wagen in der Nähe eines Gebäudes, an dessen Wand ein Bild prangte. Ein Mann mit markigen Gesichtszügen und einem großen Hut schaute ihn im Schein der Wegbeleuchtung an. Das war Anton Wallner, Schützenhauptmann und Freiheitskämpfer gegen Franzosen und Bayern vor 200 Jahren. Wallner stammte aus Krimml. Sein Name und Konterfei zierten auch das Bräustüberl, in dem verschiedene Anton-Wallner-Biere ausgeschenkt wurden. Merana hatte bisher noch keine Gelegenheit gehabt, davon zu kosten.

Das Haus Nummer 29 war das letzte des Weges und lag am Ortsrand. An den Fenstern der Vorderseite waren die Vorhänge zugezogen. Vielleicht war Ulla Heilmayer schon zu Bett gegangen. Merana wollte wieder umkehren, da bemerkte er ein seltsames Flackern an der Rückseite des Hauses. Brach da Feuer aus? Rasch ging er am Gartenzaun an der Längsseite des Gebäudes entlang. Er traf auf dichte Bäume und Sträucher. Vorsichtig beugte er sich über den Zaun und schob einige der Äste beiseite. Der Anblick war so überraschend, dass er zurückprallte. Tatsächlich brannte im Garten ein Feuer aus übereinander geschichteten Holzscheiten. Dahinter saß, mit dem Rücken zur Terrassentür, Ulla Heilmayer. Sie war nackt. Wie kleine Zungen tanzten die vom brennenden Holz geworfenen roten Lichtstreifen auf der glänzenden Haut. Der massige Körper der Frau mit festen Brüsten und weit gespreizten Beinen erinnerte an die Statue einer Urzeitgöttin. Sie hatte die Augen geschlossen und die Hände auf die Knie gestützt.

Merana entschloss sich, leicht beschämt den Rückzug anzutreten, als er bemerkte, wie sich die Terrassentür hinter der Gruppeninspektorin öffnete. Eine weitere Frau trat ins flackernde Licht. Auch sie war völlig nackt. Merana kannte sie. Das war Milena, die slowakische Kellnerin aus dem Dorfcafé. Sie bückte sich, nahm eine Handvoll Kräuter aus einer Schale und warf sie ins Feuer. Das leichte Knistern war bis zum Zaun zu hören. Dann setzte Milena sich neben Ulla Heilmayer. Die beiden begannen, ihre Oberkörper langsam hin und her zu wiegen. Merana war bewusst, dass er sich zurückziehen sollte, aber der Anblick der zwei nackten Frauen, die sich mit schimmernder Haut im Schein des Feuers bewegten, übte eine starke Faszination auf ihn aus. Waren die beiden ein Paar? Passte Peter Ankerl deshalb nicht in das Beuteschema der Gruppeninspektorin, weil sie lesbisch war? Das ging ihn absolut nichts an. Er ließ vorsichtig die Zweige los. Es fiel ihm schwer, sich vom Anblick der beiden nackten Frauen zu lösen. Das Bild strahlte nicht nur Erotik aus, es hatte auch etwas Beruhigendes. Doch es wäre ihm zutiefst peinlich gewesen, hätten ihn die beiden entdeckt. Leise schlich er zurück zum Weg, der ihn wieder ins Dorf führte. Er war ungewollt zum zufälligen Zaungast einer intimen nächtlichen Szene geworden. Er fühlte sich nicht als Voyeur, aber es war gut, nicht länger geblieben zu sein.

»Guten Abend, Herr Kommissar. Zu so später Stunde noch unterwegs auf Mördersuche?«

Er wirbelte herum. Vor ihm stand Cilli Krumpner. Das

Dirndlkleid, das sie heute trug, hatte ein andere Farbe, aber es war ihr ebenfalls viel zu eng. Sollte er die Gelegenheit beim berühmten Schopf packen und die Nachrichtenchefin des Ortes ein wenig über die Machenschaften des Gemeindeoberhauptes aushorchen? Vielleicht war Ulla Heilmayer ohnehin noch nicht dazu gekommen, die Dorftratsche diesbezüglich zu befragen.

»Guten Abend, Frau Krumpner. Schön, dass ich Sie hier auf der Straße treffe. Da spare ich mir einen Weg. Ich hätte noch ein paar Fragen an Sie.«

Die Frau, die zwei Köpfe kleiner war als er, sah den Kommissar verschmitzt von unten her an. »Ich war gerade am Überlegen, ob ich schnurstracks nach Hause gehen oder mir beim Kirchenwirt noch ein Schnapserl genehmigen soll.«

»Na, das halte ich für eine hervorragende Idee. Darf ich Sie dazu einladen?«

Mögliche Auskunftspersonen bei guter Laune zu halten, gehörte zum Einmaleins jedes Ermittlers. Als sie in der Gaststube angekommen waren, bestellte Cilli Krumpner zur Sicherheit gleich einmal einen Doppelten. Sie schnalzte mit der Zunge, als sie das scharfe Getränk in einem Guss hinuntergeleert hatte. Merana nahm mit einem Achtel Weißwein und einem Espresso vorlieb. Bevor er seine erste Frage stellen konnte, nahm ihn die Frau schon in Beschlag. Wie denn der Stand der Ermittlung sei, wollte sie wissen. Ob es schon Verdächtige gebe, und wenn ja, ob diese aus dem Ort stammten. »Haben Sie die vielen Leute heute beim Begräbnis gesehen, Herr Kommissar? Ich habe Rotz und Wasser geheult. Am meisten tut mir ja die Alma leid. Hat ihre Tochter quasi ohne Vater aufgezogen. Der Engelbert war ja ein Taugenichts und meistens besoffen obendrein. Und dann wäre sie heute auch noch beinahe ins offene Grab gestürzt. Schrecklich!« Sie winkte der Kellnerin und bestellte noch einen Schnaps. Das Gespräch der beiden Frauen am Friedhof fiel Merana ein. Vielleicht sollte er da zunächst einmal nachhaken, bevor er auf den Bürgermeister zu sprechen kam. »Können Sie sich noch daran erinnern, wie Lena geboren wurde? Ich habe Gerüchte gehört, dass Engelbert vielleicht gar nicht der Vater war.« Sie fragte ihn nicht, von welcher Seite ihm diese Vermutung zugetragen worden war. Dass Austausch von getuschelten Informationen hinter vorgehaltener Hand passierte, davon ging eine örtliche Geheimdienstchefin einfach aus. »Ja, Herr Kommissar, die Umstände sind wirklich merkwürdig. Also wenn Sie meine Meinung interessiert, dann sage ich: Es war nicht der Engelbert. Das geht sich ja nie und nimmer aus. Die Alma und er haben sich kaum ein halbes Jahr gekannt, da wurde die Lena schon geboren. Die Frage ist nur, von wem stammt das Kind dann? Die Alma war erst kurz zuvor aus dem Ausland zurück gekommen. Vielleicht war sie da schon schwanger. Denn dass sie nach ihrer Rückkehr mit einem anderen Mann herumgemacht hätte, davon ist mir nichts bekannt.«

Merana durchfuhr es plötzlich siedend heiß. In seinem Kopf rasselten die Jahreszahlen durcheinander. War Alma öfter im Ausland gewesen? »Von wo kam Alma damals zurück?« Seine Stimme klang mit einem Mal belegt.

»Aus Schweden.«

Er schluckte.

»Ist Ihnen nicht gut, Herr Kommissar?« Sie rief in die Gaststube. »Tatjana, einen Schnaps für den Herrn Merana.« Er winkte ab, stand auf und legte einen Geldschein auf den Tisch. »Entschuldigen Sie, Frau Krumpner, ich habe dringend etwas zu erledigen.« Er wandte sich zum Ausgang.

»Was wollten Sie mich eigentlich fragen, Herr Kommissar?«

»Das hat Zeit bis morgen, ich muss jetzt weg.« Er winkte ihr kurz zu und eilte aus dem Gasthaus. Das Blut pochte ihm in den Schläfen. Konnte das sein? Hätte Alma es ihm gesagt? Er verspürte das dringende Verlangen, auf der Stelle hinzufahren und sie danach zu fragen. Aber vielleicht war das Getratsche im Dorf eben wirklich nur dummes Gerede? Es war ihm gar nicht aufgefallen, dass er unwillkürlich den Weg zum Friedhof eingeschlagen hatte. Er ging weiter. Sein Herz pochte bis zum Hals, als er am Grab stand. Er sah Almas Gesicht vor sich, erhellt von den zuckenden Blitzen der Gewitternacht, und die aufflammende Lust in ihren weit aufgerissenen Augen, als sie sich im nassen Gras wälzten. Darüber schob sich das entstellte Antlitz von Lena, der erstarrte Blick. Stand er hier vor dem Grab seiner Tochter? War er vor fünf Tagen am Wasserfall auf die Leiche seines eigenen Kindes gestoßen, ohne es zu wissen? Der Gedanke machte ihn taumeln. Er setzte sich auf den weichen Boden neben der aufgehäuften Erde. Ihn fröstelte. Er zog die Knie an, ließ seinen Kopf darauf sinken. Wer war die junge Frau, die zwei Meter unter ihm in einem Sarg lag? Was hatte sie mit ihm zu tun? Er wusste nicht, wie lange er so verharrt hatte. Hin und wieder waren die Schläge der Turmuhr bis zu ihm gedrungen, aber er hatte nicht mitgezählt. Irgendwann sprang er auf. Seine eingeschlafenen Beine schmerzten. Er brauchte Gewissheit. Mit steifen Fingern angelte er das Handy aus seiner Jackentasche und wählte die Nummer von Richard Zeller. Es dauerte eine knappe Minute, dann hörte er die vertraute, aber verschlafene Stimme. »Hallo, Martin, wenn du mich um halb vier Uhr früh aus dem Bett holst, dann muss es sehr wichtig sein.«

»Richard, ich bitte dich um einen Freundschaftsdienst.« Vielleicht war es das falsche Wort, denn Merana hatte im Grunde keine Freunde, nur Kollegen. Er erklärte es ihm.

Der Polizeiarzt hörte aufmerksam zu. Er fragte nicht nach, sagte nur: »Du kannst dich auf mich verlassen, aber du weißt, wie lange das dauert.« Er wusste es, mindestens 20 Stunden, vielleicht auch länger. Er trottete wie in Trance zurück zu seinem Wagen. Dann fuhr er heim zur Großmutter. Schlafen wollte er nicht mehr. Er hatte Angst vor seinen Träumen.

Der Rabe war unruhig. Arthur Thaler kniete auf dem felsigen Boden. Er nahm behutsam einen Stein und legte ihn auf einen zweiten. Eine Figur entstand, ein Steinmännchen. Ab und zu tauschte er einen der Bauteile aus, probierte mehrere Steine in verschiedenen Farben und Größen, bis er zufrieden war. Der Steinmann wuchs an, direkt neben den Blumen, den Briefen und Bildern, an der Stelle, wo Lenas Leiche am Wasserfall gelegen war. Der Rabe stieß ein Krächzen aus. Doch der alte Mann war vertieft in seine Arbeit. Der schwarze Vogel drehte den Kopf in Richtung Weg. Aus einem Gebüsch blitzte das polierte Ende eines Nachtsichtfernglases.

DONNERSTAG

1

Die Großmutter bemerkte seine große Unruhe beim Frühstück. Unter seinen Augen hatten sich tiefe dunkle Ringe gebildet. Er war unrasiert, machte den Eindruck, als hätte er nicht geschlafen. Sie zog ein sorgenvolles Gesicht, sagte aber nichts. Er trank nicht einmal seinen Kaffee aus, machte sich rasch auf den Weg. Sollte er zu Alma fahren? Oder war es klüger, zu warten, bis Richard Zeller anrief? Vielleicht wäre es besser, gleich mit der Arbeit zu beginnen. Er wollte Ulla Heilmayer fragen, was sie über die Umtriebe des Bürgermeisters herausgefunden hatte. Er parkte das Auto neben dem Gemeindeamt. Auf dem Dorfplatz standen etliche Leute in kleinen Gruppen zusammen und diskutierten. Allgemeine Verwunderung und Kopfschütteln waren zu bemerken. Merana entdeckte die Gruppeninspektorin. Sie stand auch auf dem Platz, unterhielt sich mit einem schlaksigen Mann im dunklen T-Shirt. Ulla Heilmayer hatte Meranas Ankunft bemerkt und kam herüber.

»Was ist los? Worüber reden die Leute?«

Sie gab ihm die Hand. Er nahm sie und hoffte, dass er nicht rot wurde dabei. Es war ein hübscher Anblick gewesen, den bemerkenswerten Körper dieser Frau nackt zu sehen, aber die Erinnerung an den vergangenen Abend am Gartenzaun war ihm immer noch peinlich.

»Die Leute sind erstaunt darüber, dass Albert Dengler jetzt plötzlich doch sein Haus verkauft.« Er verstand nicht gleich, was sie meinte. »Finanziell potente Ausländer kaufen seit Jahren hier in der Gegend Grundstücke und Häuser auf. Aber es ist schwierig, selbst für lokal versierte Immobilienmakler, geeignete Objekte aufzutreiben, weil die meisten Einheimischen Gott sei Dank nicht verkaufen wollen.

Aber Camilla Raffler ist es offenbar gelungen, Albert Dengler doch noch herumzukriegen. Sein Anwesen gehört zu den teuersten in der Gemeinde.«

»Vielleicht ist die Maklerin mit dem Preis hoch genug hinaufgegangen.«

»Wahrscheinlich. Denglers Frau soll aber strikt gegen den Verkauf gewesen sein, wie mir Reinhold Uferer vorhin erzählt hat. Aber die hat in dieser Ehe nicht viel mitzureden. Als der Krottenbauer vor einem Jahr sein Anwesen ohne Ankündigung verkaufte, hat auch halb Krimml den Kopf darüber geschüttelt.« Merana fiel ein, dass auch Alma daran gedacht hatte, ihr Haus zu verkaufen. Und schon war er wieder bei dem drängenden Problem, ob er als möglicher Vater von Lena infrage käme. Er wischte den Gedanken beiseite und versuchte, den Kopf klar zu bekommen.

»Meine Quelle hat mir gestern Interessantes über das ehrenwerte Gemeindeoberhaupt erzählt.« Merana fasste zusammen, was er von Jutta Ploch bisher erfahren hatte. »Und wie sieht es mit Ihren investigativen Erfolgen bei der dirndlkleidtragenden Geheimdienstchefin aus? So wie Sie mir Cilli Krumpner geschildert haben, weiß die mehr als die NSA.« Ulla Heilmayer lachte aus vollem Hals. »Ja, normalerweise können auch die amerikanischen Lauschangreifer von der guten Cilli noch manches lernen.« Sie blies sich eine Haarlocke aus dem Gesicht. »Ich habe ihr auch schon auf den Zahn gefühlt. Zunächst hat sie sich einmal eine halbe Stunde darüber ausgelassen, wie der Erlinger sie im Gemeindeamt abservierte, weil sie sich selbst als Nachfolgekandidatin für die tote Lena empfohlen hatte.« Merana stellte sich die Szene vor. Er empfand wenig Sympathie für den Bürgermeister. Aber in diesem Fall hatte der sein Mitgefühl. »Deshalb muss man auch ein wenig vorsichtig sein bei dem, was Cilli Krumpner an Informationen liefert. Die würde dem Erlinger liebend gern etwas anhängen. Sie erinnert sich, dass eine vor drei Jahren in die Frühpension verabschiedete Gemeindebedienstete einmal ihr gegenüber eine seltsame Andeutung gemacht hatte. Dem werde sie nachgehen.«

»Welcher Art war die Andeutung?«

»Das weiß ich nicht. Das werden wir erst erfahren, wenn der örtliche Nachrichtendienst Ergebnisse liefert.«

Sie betraten das Gemeindeamt und begaben sich in ihren Besprechungsraum im ersten Stock. Keine zwei Minuten später kam der Anruf von Thomas Brunner.

»Martin, ich muss dir sagen, es ist eine Panne passiert.«

Merana legte sein Handy auf den Tisch und aktivierte den Lautsprecher, damit die Gruppeninspektorin mithören konnte.

»Was ist los, Thomas?«

»Es fehlen insgesamt sieben Plastikbeutel mit Spurenträgern vom Tatort.«

»Seit wann?«

»Das ist es ja, was mich stutzig macht. Wir haben unter den fast 200 Objekten, die wir vom Tatort mitgebracht haben, das Fehlen dieser sieben erst gestern bemerkt. Wir haben extra noch einmal alles duchgecheckt, ob uns nicht ein Fehler bei der Registrierung unterlaufen ist. Aber feststeht: Diese Proben sind in Salzburg nie angekommen. Sie sind jedoch auf der Asservatenliste, die wir direkt am Tatort anlegten, vermerkt.«

»Das heißt, sie könnten auf dem Weg vom Tatort bis zum Einsatzraum im Gemeindeamt abhanden gekommen sein.«

»Möglich, aber ich halte das für äußerst unwahrscheinlich.«

»Oder sie sind hier aus einer der Boxen verschwunden,

bevor ihr mit dem Zeug am Sonntag nach Salzburg gefahren seid.«

»Das halte ich für die plausibelste Variante.«

»Ich auch. Was war in den sieben Beuteln? Waren es unterschiedliche Fundstücke?«

»Nein, es war sieben Objekte derselben Art, gefunden an verschiedenen Stellen am Tatort.«

»Welche Objekte?«

»Zigarettenkippen.« Die Tür öffnete sich, Revierinspektor Peter Ankerl kam ins Zimmer. Merana bedankte sich beim Chef der Spurensicherung. »Wir werden das auf der Stelle überprüfen, Thomas. Du bekommst Bescheid.«

Merana setzte den jungen Kollegen über das Verschwinden der Tatortfunde in Kenntnis. Der Revierinspektor überlegte. »Ich habe zusammen mit Kollegin Gordon die ersten Boxen am Samstag gegen 13 Uhr vom Wasserfall herüber gebracht.«

»Die nächste Ladung kam am Samstagabend. Die letzten Proben vom Sonntag haben Brunners Leute direkt mitgenommen«, ergänzte Merana.

»Das heißt also«, setzte Ankerl fort, »die Objekte in den Boxen aus den ersten beiden Ladungen waren von Samstagabend bis Sonntagmittag hier in diesem Raum. Und der war abgeschlossen bis zur Einsatzbesprechung.«

Den Schlüssel hatte Ulla Heilmayer verwahrt. »Konnte sonst noch jemand in den Raum?«

Beide nickten. »Jeder, der den Generalschlüssel benützte.«

»Und wo wird der aufbewahrt?«

»Im Büro des Bürgermeisters.«

»Wer wusste davon?«

Ulla Heilmayer lachte. »Ich will nicht eben sagen, der halbe Ort, aber sicher jeder, der im Umfeld der Gemeinde zu tun hat. Und das sind eine Menge Leute. Das ist hier nicht Fort Knox. Das ist nur die simple Amtsstube einer kleinen Provinzgemeinde.«

In der Regel war das auch kein Problem. Denn im Normalfall lagen hier keine ermordeten jungen Frauen am Wasserfall. Doch jetzt war das anders. Jetzt hatten sie hier eine Leiche. Viele Leute standen mit der Toten in Beziehung. Jetzt gab es hier einen Tatort. Und von dem fehlten Beweisstücke. Sieben Zigarettenkippen.

»Auch wenn es schwierig ist: Wir müssen versuchen, einen Überblick zu bekommen, welche Personen von Samstag ab 13 Uhr bis Sonntagmittag im Gemeindeamt zu tun hatten. Von zufällig Vorbeigekommenen bis zum Bürgermeister.«

»Wer soll das übernehmen?«

Merana schaute den jungen Beamten an. »Kollege Ankerl, könnten Sie dem nachgehen?« Der lächelte. Offenbar freute er sich, dass ihm der Kommissar aus der Stadt mehr Aufgaben anvertraute als seine direkte Vorgesetzte. Er verließ das Zimmer, um sich an die Arbeit zu machen. Merana stellte sich vor die große Tafel, auf der die Bilder vom Tatort hingen neben einigen anderen Aufnahmen von Lena. Mit prüfendem Blick betrachtete er das Gesicht des Mädchens. Er versuchte, an bestimmten Details zu erkennen, ob sie ihm vielleicht ähnlich sah.

»Sie war wirklich eine Schönheit.«

Er zuckte zusammen. Er hatte ganz vergessen, dass die Gruppeninspektorin immer noch im Raum war. Er räusperte sich kräftig. »Haben Ihre Nachforschungen über die beiden Rowdies etwas ergeben?«

Sie griff zu ihrem Handy, öffnete eine Datei. »Die beiden heißen Oliver Mieslich und Gustav Bräuner, beide waren damals 16 Jahre alt. Mieslich sitzt seit Tagen in U-Haft wegen Beteiligung an einem Einbruch. Der andere wohnt in einer WG in Salzburg Taxham. Theoretisch könnte Bräuner am vergangenen Freitag in Krimml gewesen sein. Ich halte das zwar eher für unwahrscheinlich, lasse aber sein Alibi durch die Kollegen in der Stadt noch einmal wasserdicht abklopfen.«

Merana teilte ihre Einschätzung. Diese Spur würde nichts ergeben. »Wenn Sie sonst keine dringliche Aufgabe für mich haben, Herr Kommissar, würde ich mich gerne für ein paar Stunden ausklinken. Ich habe seit Tagen liegengebliebenen Bürokram aufzuarbeiten und danach anderes zu erledigen.« Er nickte und schaute noch eine Weile zur Tür, durch die sie den Raum verlassen hatte. Würde sie nach dem Bürokram hinüber ins Dorfcafé gehen, um ihre Geliebte zu treffen? Verabredeten sich die beiden wieder zu einer heißen Nacht in Heilmayers Garten? Merana, das geht dich nichts an!, schalt er sich selber. Irgendwie konnte er sich nicht vorstellen, dass Ulla Heilmayer auf Frauen stand. So wie sie manchmal Männern nachsah, wie sie auch ihn ab und zu anschaute, war das schwer zu glauben. Wie schauen Lesben auf andere Personen? Er kannte keine. Er hatte keinen blassen Schimmer, wie lesbische Frauen lebten. Er schien generell wenig Ahnung von anderen Menschen zu haben. Dieser Gedanke machte ihn zornig. Bisher hatte er sich immer für einen guten Ermittler und Menschenkenner gehalten.

Und jetzt wusste er nicht einmal, ob er eine Tochter gehabt hatte, die erschlagen im Sarg unter der Erde auf dem Friedhof lag. Er wandte sich von der Tür ab und setzte sich wieder vor die Fotos. Ja, sie war eine Schönheit gewesen. Jung, strahlend, ein sonniges Wesen. Aus ihren graublauen Augen funkelte die Freude am Leben, leuchtete das Vertrauen, der Welt jederzeit ins Gesicht zu lachen. Als gäbe es kein Heute, nur ein glanzvolles Morgen. Er spürte, wie ihm unvermittelt die Tränen kamen. Schlecht für einen professionellen Ermittler. Er versuchte, dagegen anzukämpfen, schaffte es aber nicht ganz. Wäre er stolz darauf, so eine Tochter zu haben? Er schaute nicht auf die tote Lena, ließ seinen Blick auf jenen Bildern ruhen, die eine lachende junge Frau in Dirndlbluse am Wasserfall zeigten. Welcher Vater wäre nicht stolz auf eine hübsche Tochter wie Lena? Aber er wusste nichts von diesem Mädchen. Absolut nichts. Er wusste auch kaum etwas von ihrer Mutter. Und mit einem Mal war er da. Wie ein Drache wälzte er sich aus der Tiefe seines Körpers herauf und biss sich im Hirn fest, dieser Was-wäre-wenn-Gedanke. Was wäre, wenn er damals nach der Liebesnacht mit Alma nicht Hals über Kopf abgehauen wäre? Hätte er das schlechte Gewissen seiner toten Frau gegenüber so abdämpfen können, dass Platz gewesen wäre für eine neue Beziehung? Wäre dann alles anders gekommen? Vielleicht hätte er nicht als getriebener Workoholic Karriere gemacht, als Polizist, der sich in jedem Kriminalfall mit Härte und Ausdauer so lange festbiss, bis er die endgültige Lösung gefunden hatte. Dann wäre möglicherweise aus ihm auch nicht der berühmte Kommissar Merana geworden, der selbst nicht einmal wusste, *welch guten Ruf er innerhalb und außerhalb der Polizei genoss.* Dann hätte er jetzt vielleicht eine Familie mit einer ebenso leidenschaftlichen wie attraktiven Frau, die manchmal ihren geschmeidigen Hals in die Höhe reckte wie ein märchenhaft schöner schwarzer Schwan. Er hätte Freunde, würde sich womöglich in einem Gefühl von Geborgenheit wiegen. Und er hätte vielleicht eine Tochter … Wieder schoss ihm das Wasser in die Augen, tropfte über die Wangen. Er wehrte sich nicht mehr dagegen, ließ die Tränen einfach laufen. Er schaute zur Tafel. Mit von Tränen getrübtem Blick sah er das verschwommene Bild der fröhlichen Lena und daneben das bleiche, entstellte Gesicht der Toten. »Ich hätte auf dich aufgepasst.« Er war überrascht von seinem eigenen Flüstern. Hätte er sie wirklich schützen können? Konnte man die eigenen Kinder vor allen Gefahren … Er hielt inne. Der Gedanke war absurd. Er wusste nicht einmal, ob das tote Mädchen, dessen Bild auf der Ermittlungstafel vor ihm hing, tatsächlich seine Tochter gewesen war. Er drängte den Was-wäre-wenn-Drachen zurück, klatschte die offenen Handflächen auf seine Knie. Entschlossen stand er auf. Er konnte jetzt nur eines tun: Lenas Mörder fassen. Oder ihre Mörderin. Er fuhr sich mit den Händen übers Gesicht, wischte die Tränen fort. Dann öffnete er die Tür und suchte die Toilette auf. Am Waschbecken spritzte er sich kaltes Wasser ins Gesicht. Er schaute auf, musste unwillkürlich schmunzeln. Jemand hatte auf den Spiegel oberhalb des Beckens die Karikatur einer lustigen Himbeere geklebt. Die Farbe der Frucht mit dem lachenden Gesicht passte gut zur Rötung seiner Augen. Die Lider waren vom Weinen leicht geschwollen. Zum ersten Mal beneidete er Kollegen Ankerl um dessen schwarze Sonnenbrille. Die würde auch ihm jetzt gut zu Gesicht stehen. Er versuchte es noch einmal mit Wasser, ließ es rinnen, bis sich der Strahl eiskalt anfühlte. Nach fünf Minuten kehrte er zurück in den Einsatzraum. Er sah auf die Uhr. Fünf vor zwölf. Wenn Richard Zeller wie gewöhnlich um acht Uhr begonnen hatte, dann war er gerade einmal vier Stunden am Werk. Er musste etwas gegen seine Unruhe tun. Zu Hause hätte er seine Laufschuhe gepackt, doch die hatte er nicht dabei. Er wollte zum Wasserfall hinüber gehen, den steilen Pfad hochsteigen. Vielleicht sogar ganz hinauf, bis zum Eingang des Achentals. Das tosende Wasser und die Majestät der Jahrtausende alten Felsen würden ihm gut tun.

Er hatte den ganzen Nachmittag an den Wasserfällen verbracht. Er war tatsächlich bis ganz nach oben gestiegen und sogar ein gehöriges Stück ins Achental hineingewandert. Bis zum Tauernhaus hatte er es nicht geschafft, aber immerhin bis zur Hölzlahneralm. Die stattlichen Holzhäuser des kleinen Anwesens gefielen ihm. Ein paar Schafe weideten auf dem sanft ansteigenden Almboden. Das helle Lachen von Kindern war vom Spielplatz neben den Holzhäusern an sein Ohr gedrungen. Den ganzen Weg über hatte er das mächtige Massiv der Krimmler Tauern im Blick. Dahinter lag das Ahrntal, das zu Südtirol gehörte, der Heimat seiner Großmutter. Wieder bekräftigte er in sich den Entschluss, am nächsten *Alpine Peace Crossing* teilzunehmen. Auf dem Rückweg nahm er sich Zeit, um am Ufer der Ache ein Steinmännchen zu errichten. Sein Werk aus Felsbrocken war nicht das einzige. Immer wieder traf man auf solche Figuren entlang des Weges. Vor dem Abstieg am Wasserfall setzte er sich in den *Alpengasthof* und ließ sich ein *Anton-Wallner-Bier* bringen. Der Wirt stellte ihm das Glas auf den Tisch. »Sind Sie der Kriminalpolizist aus der Stadt?« Merana bejahte. »Das freut mich, dass Sie bei all ihrer traurigen Arbeit auch Zeit finden, bei uns ein Bier zu trinken, die Aussicht zu genießen und ein bissl Kraft am Wasserfall zu tanken.«

»Ja, die Magie dieses Ortes ist schon einmalig.«

Der Mann mit dem kleinen Schnauzbart sah ihn lachend an. »Nix Magie. Das Mystische hat schon seinen Platz hier. Aber das Wasser unseres Falls ist vor allem auch gesundheitsfördernd. Das wussten die Leute schon vor 200 Jahren. *Unnachahmlich sind die Grade des Spritzbades in Krimml: Vom feinsten Staub des Wassers bis zum allgewaltigen Strom, vom lieblichen Lüftchen bis zum Sturmwind gibt es die verschiedensten Stufen der Stärke und Wirkung*, schrieb ein Salzburger Arzt damals. Und wissenschaftliche Untersuchungen der letzten Jahre haben eindeutig bestätigt, dass der Sprühregen unseres Wassers hier das Immunsystem stärkt. Bei asthmakranken Kindern zeigt sich nach einem längeren Aufenthalt in Krimml eine erstaunliche Verbesserung ihres Zustandes.«

Davon hatte Merana noch nie gehört. »Da, zum Mitnehmen.« Der Wirt langte zu einem der Nebentische und drückte Merana einen Folder in die Hand. *Ergebnisse Studie ›Splash Camp Krimml‹* war als Überschrift zu lesen. Die Fotos zeigten jubelnde Kinder vor den Wasserfällen. Er bedankte sich, steckte den Folder ein und trank sein Bier aus. Dann verlangte er die Rechnung. »Passt schon. Geht aufs Haus. Fangen Sie endlich den Falotten, der der Kleinen das angetan hat. Dann trinken wir beim nächsten Mal bei mir da heroben einen Schnaps. Aber einen, den nur ganz spezielle Gäste bekommen.« Sein Händedruck war fest. So wie der Blick, mit dem er Merana verabschiedete. Auf dem Weg nach unten kam der Kommissar an einer Passage vorbei, die er beim Aufstieg gar nicht beachtet hatte. *Jagasprung* stand auf einer Hinweistafel. Und darunter *Nicht auf die Geländer setzen*. Das hatte Merana auch nicht vor. Ihm genügte der respekteinflößende Blick in die Tiefe. Ob das die Stelle war, an der laut Sage der erschrockene Jäger zu Tode stürzte? Er fand an der Tafel keinen Hinweis auf die alte Geschichte. Wäre er Regisseur, würde er bei einer Verfilmung des Stoffs den spektakulären Sturz mit Sicherheit an dieser Stelle drehen. Er schaute noch einmal kurz nach unten, dann setzte er den Abstieg fort.

2

Der Anruf kam am Abend gegen 22 Uhr. Und er brachte möglicherweise eine Wende in diesem Fall. Merana saß gerade mit Ulla Heilmayer im Einsatzbesprechungsraum. Sie gingen wie so oft die spärlichen Ergebnisse der bisherigen Ermittlungen durch, kontrollierten die Zeitprofile, verglichen die Aussagen. Alleine was Frau Lohnstätters Katze betraf, hatten sie Hinweise von zehn verschiedenen Leuten bekommen, die alle felsenfest behaupteten, den streunenden Kater gesehen zu haben. Nur zu den angegebenen Zeitpunkten weilte der bedauernswerte Peterle schon längst im Katzenhimmel. Dabei hatte Lohnstätters Kater einen markanten hellen Fleck über dem linken Auge. Das Tier hätte man gar nicht verwechseln können. Sie kontrollierten auch die Liste, die Revierinspektor Ankerl laut Zeugenbefragung und eigenen Beobachtungen erstellt hatte. Nahezu alle, die bei diesem Fall eine Rolle spielen könnten, waren irgendwann einmal im fraglichen Zeitraum im Gemeindeamt gewesen: der Bürgermeister, sein Sohn, der Kapellmeister, der Fotograf, der Stage-Manager, der Obmann des Tourismusverbandes, die Hostessen und eine ganze Reihe anderer Leute. Sogar Cilli Krumpners Name tauchte in der Liste zweimal auf. Im Grunde könnte jeder in einem unbeobachteten Augenblick den Generalschlüssel geholt und die Tatortproben entwendet haben. Doch wer hatte einen Grund dafür? Das war die entscheidende Frage. Merana hörte das laute Seufzen der Gruppeninspektorin. Sie steckten fest. Es zeigte sich nicht einmal das schwache Glimmen einer Lichtfunsel am Ende des Tunnels.

Das änderte sich erst mit dem Anruf. Der kam von Raimund Kail. Das war der uniformierte Kollege, der versucht hatte, mehr über Lenas Ex-Freund herauszubekommen. Merana stellte das Handy wieder auf Außenlautsprecher.

»Stellen Sie sich vor, Herr Kommissar. Der Max ist gar nicht in Italien. Ich meine, die Nachbarn haben nicht gelogen. Die haben nur weitererzählt, was ihnen die Mutter vorgemacht hat. Der Bursche hat vor gut einer Woche einen Selbstmordversuch unternommen. Schlaftabletten, Abschiedsbrief, alles nach Schema. Aus Kummer, weil ihn die Lena versetzt hat. Die Mutter dürfte ihren Sohn rechtzeitig gefunden haben. Man hat dem Jungen im Krankenhaus den Magen ausgepumpt. Ein befreundeter Arzt vermittelte der Mutter dann weitere Hilfe. Max Stangler ist seit sieben Tagen in einer Spezialklinik in Graz. Eine abgeschottete Einrichtung mit Therapieangeboten für Suizidgefährdete.«

»Danke, Herr Kollege. Sehr gute Arbeit. Damit können wir den Exfreund von der Liste der Verdächtigen streichen.«

»Den Max schon, Herr Kommissar.« Merana und Heilmayer horchten auf. Was kam noch? »Die Eltern sind seit acht Jahren geschieden. Die Mutter wohnt mit Max in Saalfelden. Die Schwester blieb bis zu ihrem 19. Lebensjahr beim Vater, trägt dessen Namen und wohnt jetzt in einer eigenen Garconniere.«

»Und wie heißt die Schwester?«

»Vanessa Hinterschattinger.« Für ein paar Sekunden herrschte Stille. In den Köpfen der beiden Polizisten im Ermittlungsraum purzelten die Mosaiksteine durcheinander und begannen sich zu einem möglichen neuen Bild zu formieren.

»Und wo ist Vanessa jetzt?«

»Das weiß ich nicht. Ich habe mehrmals versucht, sie zu erreichen. Es kann sein, dass sie zu ihrem Bruder in die Klinik nach Graz gefahren ist und keine Anrufe entgegennimmt. Denn eines haben mir Leute, die beide Geschwister kennen, versichert: Manche halten Vanessa zwar für eine eher durchtriebene junge Dame, die sehr auf ihren Vorteil bedacht ist. Aber sie hat auch eine äußerst positive Eigenschaft - sie liebt ihren jüngeren Bruder über alles.«

Das Gespräch war beendet. Keiner im Raum sprach es aus, aber beide Polizisten dachten dasselbe: Lena zeigt vor drei Wochen dem andauernd eifersüchtigen Freund die kalte Schulter und beendet die Beziehung. Der gekränkte Max will sich aus Verzweiflung das Leben nehmen. Die Schwester, alarmiert durch die Mutter, erfährt natürlich davon. Und aus Vanessas Sicht stellt sich die Schuldfrage ganz einfach dar: Was Lena ihrem geliebten Bruder angetan hat, übertrifft noch bei Weitem die Schmach, die sie selbst durch die Ausbootung beim Marketenderinnen-Bewerb erlitten hat.

»Wir müssen Vanessa so schnell wie möglich finden und mit ihr reden.« Die Gruppeninspektorin überlegte. »Vielleicht kommt sie ja morgen in den Lungau zum nächsten Bewerb der Castingshow.« Merana nickte entschlossen. »Dann werden wir beide morgen auch dort sein.«

Als sie das Gemeindeamt verließen, frischte es auf. Blitze leuchteten in der Ferne über den Kitzbüheler Alpen. Eine Gewitternacht kündigte sich an. Die Gruppeninspektorin musste sich abrupt an den Kopf fassen. Beinahe hatte ihr eine Sturmböe die Dienstkappe herunter gefegt. »Ich schau noch auf einen Absacker im Dorfcafé vorbei. Kommen Sie mit?« Der Kommissar zögerte kurz. Dann lehnte er dankend ab. »Sie sind mir noch einen Besuch bei mir zu Hause schuldig. Der Südtiroler Wein wartet.« Sie hob die Hand zum Gruß und überquerte den Platz. Er schaute ihr nach, bis ihre eindrucksvolle Gestalt hinter der nächsten Hausecke verschwand.

3

Etwas hatte Clara aufgeweckt. Sie wusste nicht, was. Sie hörte ein Klappern. Es kam von draußen. Die Tür am Schuppen war aufgesprungen. Der Wind riss sie auf und zu. Dann krachte es. *Der Liebe Gott spielt Kegelscheiben*. Das sagte der Großvater manchmal, wenn es donnerte. Wieder sprang die Tür der Hütte auf. Jemand lief auf den Schuppen zu. Die Gestalt hatte sich ein Tuch über den Kopf geworfen. Das war Mami. Beruhigt schaute Clara zu. Ihre Mutter stemmte sich mit der Schulter gegen die Tür und drückte sie zu. Dann schloss sie den Riegel. Gleich darauf hörte Clara die Haustür. Mami kam zurück. Sie lief vom Fenster weg und schlüpfte wieder unter ihre Decke. Der Kasperl war auch munter. Nur Kosibold grunzelte vor sich hin. Drachen brauchten viel Schlaf. Das wusste Clara. Und Kosibold war ja noch klein. Gut, dass sie munter geworden war. Da konnte sie sich noch einmal fest vornehmen, ja nicht auf das Krokodil zu vergessen. Sie schärfte es auch dem Kasperl noch einmal ein. Sie waren heute wieder dort gewesen. Dieses Mal hatten sie auch den Krokodilmann gesehen. Der hatte eine Schatztruhe. Clara hatte es ganz genau beobachtet. Der Krokodilmann hatte die Truhe geöffnet und bald darauf wieder fest verschlossen. Aber Clara wusste, wo er den Schlüssel aufbewahrte. Fast hätte er sie entdeckt. Zum Glück konnten sie sich noch rechtzeitig verstecken. Der Kasperl hatte gut auf sie aufgepasst und Kosibold ebenfalls. Und natürlich Odo. Der war die ganze Zeit über ihr am Himmel gekreist. Sie war schon neugierig, was der Krokodilmann alles in seiner Schatztruhe verborgen hielt.

FREITAG

erzählerin: sehet die drachenjungfrau. im sonnenlicht blitzen die schätze rings um ihren leib.

erster zwerg: wird er kommen?

drachenjungfrau: er wird kommen.

zweiter zwerg: wird ihm der anstieg gelingen?

drachenjungfrau: er wird ihm gelingen.

erster riese: wird er den letzten der felsen nicht scheuen?

drachenjungfrau: er wird ihn nicht scheuen.

zweiter riese: wird sein auge den anblick ertragen?

drachenjungfrau: es wird ihn ertragen.

erster zwerg: wird sein herz sich mit liebe füllen, den kuss zu geben?

drachenjungfrau schweigt

(›Die Drachenjungfrau von Krimml‹, nach einer alten Handschrift.
Felsen, nahe dem Wasserfall)

1

Die Decke hatte sich um ein weiteres Stück gelüftet. Der Gestank hatte zugenommen. Cilli Krumpner war noch am gestrigen Abend mit Roswitha Haller zusammen gesessen. Anfangs wollte die ehemalige Gemeindebedienstete nicht so recht mit ihrem Wissen herausrücken. Aber fünf doppelte Marillenschnäpse und Krumpners ausgeprägtes Naturtalent, auch die verschlossenste Auster Millimeter für Millimeter zu öffnen, hatten dazu beigetragen, dass die Frühpensionistin nach und nach über die Umstände sprach, die damals zu ihrer Verabschiedung geführt hatten. Der heilige Eid, den die Chefin des örtlichen Nachrichtendienstes gegenüber Roswitha Haller dabei ablegte, nie und nimmer auch nur zu irgendeinem Menschen ein Sterbenswörtchen zu sagen, wurde mit einer weiteren Runde Marillenschnaps besiegelt. Polizisten fielen für Krumpner ohnehin nicht in die Kategorie *normale Menschen*, das waren Staatsorgane. Und mit diesen sich auf guten Fuß zu stellen, gehörte zu Cilli Krumpners Erfolgsprinzipien. Gleich am Morgen war sie mit ihrem neuen Wissen bei Ulla Heilmayer in deren Büro aufgetaucht. Die Gruppeninspektorin hatte daraufhin den Kommissar verständigt. Merana wollte sich noch absichern und die Rechercheergebnisse der gemeindeeigenen Spionageabteilung durch die nicht minder professionelle Nachforschung einer kompetenten Journalistin untermauern. Jutta Ploch war wie immer schnell in ihrer Arbeit, nachdem sie wusste, in welche Richtung sie nachzustoßen hatte. Kurz nach elf Uhr rief sie Merana an. Ein halbe Stunde später saß der Kommissar mit Gruppeninspektorin Heilmayer im Ermittlungsraum. Die beiden verglichen die Ergebnisse aus der jeweiligen Informationsquelle. Sie ergänzten Cilli Krumpners Aussagen mit Details aus den Rechercheresultaten der Journalistin. Somit ergab sich folgendes Bild:

Bürgermeister Gottfried Erlinger stand vor drei Jahren offenbar im Verdacht, sich an einer minderjährigen Praktikantin vergriffen zu haben. Die Rede war von ›schweren sexuellen Übergriffen‹ in zwei Fällen. Es kam zu keiner Anzeige. Die Sache wurde gleich im Anfangsstadium auf höchst professionelle Weise vertuscht, sodass selbst die Polizeipostenkommandantin der Gemeinde damals nichts mitbekommen hatte. Freunde der Landespartei hatten mitgeholfen, eine schalldichte Decke des Schweigens über den Vorfall zu breiten. An die Eltern war angeblich ziemlich viel Geld geflossen. Dem Mädchen wurde ein Stipendium aus einem parteiinternen Sonderfonds für ein Studium in den USA in Aussicht gestellt. Die Gemeindebedienstete Roswitha Haller wurde in die Frühpension entlassen, nicht ohne ihr vorher eine äußerst großzügig bemessene Abfindung in Aussicht zu stellen.

»Weißt, Cilli«, hatte die Frau am Vorabend nach dem dritten Marillenschnaps erzählt, »ich hab die beiden halt einmal erwischt. Sie ist mit hochgeschobenem Rock auf dem Schreibtisch gehockt und er ist mit heruntergelassener Hose davor gestanden. Und die Tür zu seinem Büro hat der geile Bock vergessen abzuschließen. Ich will den Erlinger nicht in Schutz nehmen, aber so ganz unschuldiges Opfer, wie das Dirndl danach getan hat, war die Jessica vielleicht auch nicht. Aber eine Sauerei vom Bürgermeister war es trotzdem.« Dass es vielleicht auch eine Sauerei war, den Mund zu halten und dafür die fette Abfindung zu nehmen, der Gedanke hatte sie offenbar nicht einmal gestreift.

»Was halten Sie von der Sache?« Merana sah die Gruppeninspektorin an, deren Kopf hatte sich gerötet.

»Ich finde es eine Schweinerei, dass der Erlinger damals so ungeschoren davongekommen ist. Und im Nachhinein ist ihm wohl auch kein Strick mehr daraus zu drehen. Die werden alle schön brav weiterhin den Mund halten. Noch dazu, wo das Wegschauen sich für einige offenbar rentiert hat. Ich finde auch das Verhalten der Eltern skandalös. Aber die Frage, mit der wir uns auseinandersetzen müssen, lautet: Was bedeutet der Übergriff von damals für unseren Fall? Offenbar liebt es der saubere Herr Bürgermeister, sich mit jungen Frauen auf eine Art und Weise einzulassen, die weit über ungustiöses Grapschen hinausgeht.«

Merana stand auf und stellte sich vor die Tafel mit den Fotos.

»Was könnte Freitagnacht passiert sein? Stellen wir uns einmal das Geschehen auf dem Fest vor.«

»Erlinger war in guter Stimmung. Der Wettbewerb und die groß aufgezogene Sponsorenparty liefen prächtig.«

»Lena war sicher auch gut gelaunt. Sie hatte eben die Vorausscheidung gewonnen und war aussichtsreiche Kandidatin für den Gesamtsieg.«

»Der Bürgermeister, der seine Triebe offenbar schwer unter Kontrolle hat, wollte vielleicht das allgemeine Hochgefühl ausnützen. Alkohol war sicher auch genug im Spiel. Er könnte versucht haben, seinen Star, der ihm ja so viel zu verdanken hatte, zu bedrängen. Lena wollte das aber partout nicht und hat sich gewehrt.«

»Diese Szene könnte die kleine Clara mitbekommen haben.« *Er hat der Lena wehgetan.*

»Aber dann muss das vor 22 Uhr passiert sein, denn danach ist Clara mit ihrer Familie heim gegangen.« Der Einwurf kam von der Gruppeninspektorin.

»Und es muss im näheren Umfeld des Gasthauses gewesen sein«, ergänzte Merana.

Heilmayer überlegte. »Die große Terrasse und die daran anschließende Laube waren Teil des Festes. Die Kleine könnte die beiden nur im Hallenbad oder in der Keller-Sauna beobachtet haben. Oder vor dem Haus auf der Straße.«

»Was liegt an der Rückseite des Gasthauses?«

»Ein Spielplatz.«

Sie würden den Bürgermeister höchstpersönlich dazu befragen. Die vertuschte Sache mit dem sexuellen Übergriff auf eine Minderjährige vor drei Jahren ließ ihn in einem ganz anderen Licht dastehen. Offen war auch die Frage nach den Zeiträumen.

Wenn Clara beim Fest einen Übergriff des Gemeindeoberhauptes an ihrer Schwester mitbekommen hatte, dann war das vor 22 Uhr gewesen. Warum hatte Lena Gottfried Erlinger nicht gleich an Ort und Stelle eine öffentliche Szene gemacht? Es waren genug wichtige Leute bei der Party anwesend. Hatte sie ihm nur gedroht? Wollte der Bürgermeister auf Nummer sicher gehen und folgte ihr später zum Wasserfall? Es war Zeit, aufzubrechen. Jetzt hatten sie schon zwei gute Gründe, möglichst rasch zum Marketenderinnenfest in den Lungau zu kommen. Sie würden Vanessa Hinterschattinger und Gottfried Erlinger ein paar brisante Fragen stellen.

2

Der umtriebige Bürgermeister hatte seine Veranstaltungspartner nach langer Überredung dazu gebracht, die Lungau-Ausscheidung zum *Marketenderinnen Award* mit einem großen Fest in mehreren Gemeinden zu verbinden. Der Lungau war der südlichste Bezirk des Landes Salzburg, ein Hochplateau, eingerahmt von den Hohen und Niederen Tauern im Norden und Westen sowie von den sanftkuppigen Nockbergen im Süden. Eine kleine Welt der großen Gegensätze. Lange Zeit war der Lungau aufgrund seiner exponierten Lage hinter den Bergen nur schwer zu erreichen gewesen. Als ›ärmste Region im Land Salzburg‹ wurde die Gegend Ende des 19. Jahrhunderts noch bezeichnet. Die Lebensverhältnisse für die Bewohner verbesserten sich nur schrittweise. Mit der Errichtung der Murtalbahn 1894 fand man endlich Anschluss an das nationale Eisenbahnnetz. Und mit dem Bau der Tauernautobahn in den 1970er Jahren war der Lungau erstmals auch per Auto leicht zu erreichen. Die Fahrt durch Tauern- und Katschbergtunnel war vor allem im Winter eine weitaus bequemere Passage als der mühsame Weg über die alten Passstraßen, die schon im Mittelalter als Handelsrouten gedient hatten. Das lange Abgeschottetsein und die Armut der Region hatten auch Vorteile mit sich gebracht. Im Lungau wurde nicht wie in anderen Gebirgsgegenden Österreichs Tal um Tal mit gigantischen Hotelburgen verschandelt. Hier gab es keinen Kahlschlag riesiger Waldflächen, die kilometerlangen Schiliften weichen mussten und sich im Sommer als klaffende Wunden in der Landschaft zeigten. Im Lungau fand man noch viel beinahe unversehrte Natur. Hier gab es wunderbare Täler, romantische kleine Bergseen, viele Landstriche, die zum Wandern und Radfahren einluden. Die Fremdenverkehrsmanager der Region freuten sich, dass sie Gäste mit dem Schlagwort vom ›sanften Tourismus‹ gewinnen konnten, der sich diesen Namen auch wirklich verdiente. Andererseits machte die Zeit hektisch wachsender Wirtschaft auch vor dem Lungau nicht Halt. Betoneinkaufszentren, hässliche Billigläden und architektonisch fragwürdige Wohnbauten prägten auch hier zunehmend das Bild mancher Orte. Nach wie vor kämpfte die Region um Arbeitsplätze. Immer noch mussten viele Lungauer nach auswärts pendeln. Junge, gut ausgebildete Menschen hatten wenig Chance auf attraktive Jobs und zogen weg. Diese Welt der Gegensätze spiegelte sich auch im öffentlichen Leben. Es war bemerkenswert, welche kulturelle Bandbreite an Ereignissen dieser Bezirk mit nur rund 20.000 Einwohnern zu bieten hatte.

Da gab es eine aufgeweckte Kulturszene, getragen von einer kleinen rührigen Truppe, die erstaunliche Veranstaltungen aus dem Boden stampfte: Konzerte, Ausstellungen, außergewöhnliche Theaterproduktionen, immer unter Einbindung von Menschen aus der Region. Diese engagierten Kulturkämpfer ließen sich auch nicht entmutigen, als den Lungauern von ihren eigenen kurzsichtigen Kirchturmpolitikern ein schon zugesagtes und weitgehend geplantes Kulturhaus im letzten Moment wieder gestrichen wurde. Diese kleine Region hatte eine ganze Reihe aufgeschlossener Künstler hervorgebracht: Die Lungauer Musikgruppe Querschläger war mit ihren aufsässigen Liedern und berührenden Balladen weit über die Grenzen des Landes hinaus bekannt. Eine eigene Bigband wurde im Lungau aus der Taufe gehoben. Der Anteil an gut ausgebildeten Musikern war weitaus höher als in vergleichbaren Gegenden. Flankiert wurde die kleine lebendige Welt der engagierten Kulturszene von einem kulturellen Rahmen traditioneller Bräuche, die ebenfalls durch außergewöhnliche Besonderheiten auffielen. Es gab nicht mehr viele Regionen in den Alpen, wo im April dem Heiligen Georg ein *Sauhaxenopfer* dargebracht wurde, wie es im Lungauer Thomatal geschah. Dieses uralte Ritual erinnerte an die keltische Vorstellung des Winters, der als Wildschwein in Gestalt eines Ebers dem kommenden Frühling weichen muss. An die 50.000 frisch gepflückte Blumen schmückten im Juni die sogenannten Prangstangen in den Orten Zederhaus und Muhr. Diese bis zu acht Meter hohen Prunkstücke wurden bei Prozessionen mitgeführt. Mit dem Tragen der Prangstangen hatte sich ein Ritual erhalten, dessen Wurzeln bis ins Mittelalter zurück reichten. Das prägendste Bild der vielgestaltigen traditionellen Kultur im Lungau war aber der *Samson*. Mehr als die Hälfte aller Gemeinden des Bezirks hatte ihre eigenen Riesenfiguren, die vor allem im Sommer bei großen Festen ausrückten, um ihre überlieferten Tänze vorzuführen.

Gottfried Erlinger stand auf dem Marktplatz von Tamsweg, dem Lungauer Hauptort, fünf aufgebrachten Samsonvertretern und einem händeringenden Tourismuschef gegenüber. »Vertrag ist Vertrag!«, polterte der Krimmler Bürgermeister zum wiederholten Mal und hielt den aufmüpfigen Männern ein Konvolut unterschriebener Blätter vor die Nasen.

»Ja, das habe ich den Verantwortlichen natürlich auch versucht, klarzumachen. Aber andererseits muss man auch auf die sensible Haltung der Leute zu unserem ureigensten *Samsonbrauch* Rücksicht nehmen.« Der Touristiker war ein groß gewachsener Mann um die 40. Die viele Zeit, die er im Fitnessstudio und auf seinem Mountainbike verbrachte, war seinem durchtrainierten Körper deutlich anzusehen. Der verzagte Gesichtsausdruck, den er während der

Unterredung zur Schau stellte, passte allerdings nicht zu seiner Herkulesstatur.

»Was heißt sensible Haltung? Wollt ihr mich alle verarschen? Vertraglich vereinbart ist, dass alle Lungauer *Samsone* heute Abend zur Aufzeichnung der Fernseh-Show hier auf dem Marktplatz von Tamsweg aufmarschieren. Als Kulisse für die Open-Air-Veranstaltung.«

»Moment, Moment!« Einer aus der Gruppe der *Samson*-Abordnung löste sich von den übrigen und pflanzte sich vor dem Bürgermeister auf. Erlinger wusste nicht mehr, ob das der bärenstarke Träger des *Samson* aus dem Ort St. Margarethen oder aus Ramingstein war. Es spielte auch keine Rolle. Wer gewohnt war, ganz allein eine 90 Kilogramm schwere Riesenfigur auf seinen Schultern zu halten und sich damit auch noch minutenlang im Kreis zu drehen, der erweckte bei seinem Gegenüber ohnehin nicht das Gefühl, als ließe er sich einschüchtern. Egal, ob er aus St. Margarethen, Ramingstein, Muhr, Tamsweg oder einer anderen Lungauer Gemeinde kam. Erlinger versuchte dennoch, seinen Körper zu straffen. Immerhin wusste er das Recht auf seiner Seite. »Soll ich euch die entsprechende Passage aus dem Vertrag noch einmal laut und deutlich vorlesen?« So schnell konnte der Krimmler Bürgermeister gar nicht schauen, da wand ihm sein Gegenüber den Vertrag aus der Hand, riss das Papier in der Mitte durch und ließ die Teile zu Boden flattern.

»Jetzt hör einmal genau zu, Bürgermeister. Und ich spreche hier im Namen von uns allen. Die Lungauer *Samsone* werden bei deiner scheiß Show heute Abend sicher nicht auftreten.«

»Doch, sie werden. Andernfalls kostet euch das laut Vertrag ein derart saftiges Pönale, dass ihr gleich die Hälfte eures Tourismus-Jahresbudgets in der Mur versenken könnt.« Der Werbechef stöhnte auf. Er sah vor seinem geistigen Auge dicke Bündel von Eurobanknoten den Lungauer Hauptfluss hinunterschwimmen. Er wollte etwas einwenden. Aber der Samsonträger, dessen Muskeln nicht im Fitnessstudio, sondern bei der Holzarbeit gewachsen waren, schob ihn einfach beiseite. Er stapfte einen weiteren Schritt auf den Bürgermeister zu, stand nun bedrohlich nahe vor diesem. Zu Erlingers Ehrenrettung muss angeführt werden, dass der Bürgermeister keinen Zentimeter zurück wich. Im Gegenteil. Er reckte mutig das bartstoppelige Kinn seines Oberpinzgauer Schädels nach vorn.

»Wir Lungauer haben Handschlagqualität. Darauf kann man sich auch ohne Vertrag verlassen. Was ausgemacht ist, hält. Aber du, Bürgermeister, hast dich nicht an die Vereinbarung gehalten.«

»Was soll das heißen?«

»Du hast uns bei der ersten und einzigen Besprechung vor einem halben Jahr versichert, deine Marketenderinnenshow sei eine Veranstaltung, bei der es sich um Werte wie Tradition, Bodenständigkeit und Verbundenheit zur überlieferten Kultur in der Heimat handelt. Wir haben uns den ersten Wettbewerb im Fernsehen angeschaut. Jetzt erklär mir einmal, was das mit traditionellen Werten zu tun hat, wenn die Marketenderinnen halbnackert im Badeanzug auf dieser sonderbaren Holzpritsche herumhüpfen? Mir ist das Speiben gekommen. Nicht wegen den Dirndln. Die waren für einen Mann eh knackig anzuschauen. Aber wegen dem ganzen verlogenen Drumherum. Zu diesem Mist wollen wir mit unserem altehrwürdigen Samsonbrauch nicht beitragen. Es bleibt dabei: ohne uns!« Mehr sagte er nicht mehr, machte kehrt und stellte sich wieder zu den anderen. Erlinger schnaufte durch. Diesen alpinen Sturschädeln würde er es schon zeigen. So leicht ließ sich ein Oberpinzgauer Bürgermeister nicht abkanzeln. Er drehte sich mit entschlossener Miene wieder der schwitzenden Visage des Touristikers zu. Jock, der die ganze Zeit über schweigend neben dem Vater gestanden war, bückte sich und klaubte mit einem Anflug von Lächeln auf den Lippen die zerrissenen Vertragsseiten vom Pflaster des Tamsweger Marktplatzes.

Der Verkehr auf der Tauernautobahn war dicht. Viele Urlauber mit Wohnwägen und Campingbussen waren auf dem Weg in den Süden. Dennoch kamen sie einigermaßen zügig voran. Notfalls würde die Gruppeninspektorin auch nicht davor zurückscheuen, Blaulicht und Sirene zu aktivieren. Merana hatte während der gesamten Fahrt, wie auch schon am frühen Morgen, in regelmäßigen Abständen das Display seines Handys kontrolliert. Bisher war keine Nachricht von Richard Zeller eingelangt. Die Ungeduld des Kommissars war spürbar. Dennoch wollte er den Polizeiarzt nicht anrufen. Vielleicht war dem Kollegen auch eine andere dringend zu erledigende Aufgabe dazwischen gekommen. Ulla Heilmayer hatte die Unruhe ihres Beifahrers bemerkt, äußerte sich aber nicht dazu. Als sie den Tauerntunnel passiert hatten und sich, umgeben von hässlichen Lärmschutzwänden, der Mautstelle näherten, wurde Merana wieder einmal bewusst, wie stark diese Nord-Süd-Transitstrecke sich in die Landschaft des Lungaus gefressen hatte. Angeschlossen sein an die übrige Welt war offenbar Segen und Fluch zugleich. In St. Michael bogen sie von der Autobahn ab und fuhren in Richtung Osten weiter.

Seit dem Sommer 2012 trug der Lungau zusammen mit den Kärntner Nockbergen die UNESCO-Auszeichnung *Biosphärenpark-Modellregion für nachhaltige Entwicklung*. Der Lungau stand damit auf einer Stufe mit der spanischen Kanaren-Insel La Gomera oder dem Flussbett der

Dordogne in Frankreich. Anerkannte Biosphärenparks mussten einen bestimmten Anteil an Landschaftsschutzgebieten aufweisen. Von St. Michael aus erstreckte sich das breite Becken des Hochplateaus ostwärts bis Tamsweg. Bald dahinter begann die Steiermark. Die Gemeinden der Hochebene und die vielen Orte in den verschiedenen Tälern bargen eine ganze Reihe von landschaftlichen und kulturellen Schätzen. Hier konnte man auch noch viele urtümliche Bauernhäuser bewundern, die zusammen mit ihren alten reich verzierten Getreidespeichern, den *Troadkästen*, das Erscheinungsbild prägten.

»Wir kommen jetzt gleich auf den Lungauer Highway«, erklärte die Gruppeninspektorin schmunzelnd, als sie St. Michael passiert hatten.

Dem Kommissar fiel wieder ein, dass seine Chauffeurin ja hier aus der Gegend kam.

In der Ferne erkannte er die pyramidenförmigen Dächer der Türme von Schloss Moosham. Davor führte die einzige längere kurvenfreie Strecke des gesamten Lungauer Straßennetzes nach Unternberg und Tamsweg. Diese Gerade bezeichneten die Einheimischen gerne selbstbewusst als ihren *Highway*. Der beeindruckende Schlossbau aus dem 12. Jahrhundert war schon öfter Schauplatz für zahlreiche Filmaufnahmen gewesen. Eine Folge des Fernsehdreiteilers *Die Wanderhure* wurde hier gedreht, genauso wie *Götz von Berlichingen* mit Raimund Harmstorf.

Merana konnte sich noch gut an seinen ersten Besuch auf Schloss Moosham erinnern. Er war damals zehn Jahre alt. Obwohl eine Fahrt vom Oberpinzgau in den Lungau damals einer halben Weltreise gleichkam, hatte er die Großmutter nicht lange drängen müssen. Auch sie liebte den Anblick mittelalterlicher Burgen. Und davon gab es in der Region einige. Für viele Einheimische war der Blick auf Schloss Moosham, das mit seinen Türmen, Mauern und Gebäuden auf einer bewaldeten Kuppe über der Ebene thront, so etwas wie das Wahrzeichen des Lungaus. Merana erinnerte sich auch an die Sage vom *Schörgen-Toni*, die ihm die Großmutter erzählt hatte. Der war hier auf Schloss Moosham vom Teufel geholt worden. Hinter der Sagengestalt des *Schörgen-Toni* steht eine reale historische Figur. Anton Heilmayer war Gerichtsdiener, also *Scherge*, im Dienst des Salzburger Erzbischofs. Den Aufzeichnungen nach war er ein gefürchteter Leuteschinder und besonders brutaler Exekutor bei Prozessen gewesen. Sein Name war auch mit der Hinrichtung der Staudinger-Hexe Mitte des 18. Jahrhunderts verbunden. Die Kammer in Schloss Moosham zeigte die grausamen Folterwerkzeuge, mit der Frauen wie die Staudinger auf unvorstellbar qualvolle Weise zum Ablegen ihrer Geständnisse gezwungen worden waren. Merana hatte damals als Kind Gänsehaut bekommen, als er bei der Führung durch die Anlage in der *Schörgen-Toni-Kammer*, der blutigen Wirkungsstätte von Anton Heilmayer, gestanden war. *Heilmayer*? Merana wandte seinen Blick vom Schloss ab, an dem sie eben vorbei kamen und schaute auf seine Begleiterin. Die Gruppeninspektorin hieß mit Nachnamen auch Heilmayer. »Haben Sie etwas mit dem legendären *Schörgen-Toni* zu tun?«

Sie blickte zu ihm herüber. »Was glauben Sie, wie oft ich das im Lungau schon gefragt wurde?« Das hätte er sich denken können. »Ich hoffe nicht. Aber wenn, dann kann ich es auch nicht ändern. Hätte ich vor 250 Jahren hier gelebt, wäre ich wohl auch auf dem Scheiterhaufen gelandet.« Merana musste an das nächtliche Feuer im Garten von Ulla Heilmayers Haus denken. An den Widerschein der Flammen, die sich auf ihrer glänzenden Haut gespiegelt hatten. Hatte er ein lesbisches Paar bei einer Liebesnacht beobachtet oder eher zwei moderne Hexen am Feuer? Vielleicht schloss das eine das andere auch gar nicht aus.

»Aber mit dem *Schörgen-Toni* ist das so eine Sache, Herr Kollege. Es gibt Historiker, die schwächen das brutale Bild des Folterers ab. Nach deren Forschung war der gute Anton Heilmayer bei der Bevölkerung deswegen so verhasst, weil er Dienstboten-Liebespaare ausspähte und zur Anzeige brachte. Einen Großteil des Bußgeldes streifte er selber ein. Liebe unter Dienstleuten war verboten. Er hat die Menschen *verschürgt*. Das ist ein alter Lungauer Ausdruck für ›denunzieren‹. Daher kommt wohl eher der Name, meinen diese Wissenschaftler.«

Auch nicht schlecht, überlegte Merana. Der saubere Herr Gerichtsdiener hat bedauernswerte arme Teufel, die nicht viel mehr hatten als wenigstens ein bisschen gemeinsame Zuneigung, an den Pranger gestellt, und dafür auch noch in die eigene Tasche kassiert.

»Wir sind gleich da, Herr Kommissar!« Sie riss ihn aus seinen Betrachtungen. Sie konnten nicht im Zentrum von Tamsweg parken. Die Ortsmitte war gesperrt wegen der Aufbauarbeiten zur Fernsehshow. Im Tourismusbüro erhielten sie die Auskunft, dass Bürgermeister Erlinger zusammen mit den anderen Herrschaften schon vor einer Stunde nach Mauterndorf aufgebrochen wäre. Sie hätten sich den Weg nach Tamsweg ersparen können.

Auch der Anblick von Mauterndorf wurde geprägt durch eine weithin sichtbare Burg, kleiner zwar als jene von Moosham, aber nicht minder beeindruckend. Schon zur Zeit der Römer stand hier ein Kastell an der Handelsstraße, die über den Radstädter Tauern führte. Der Ort war im Mittelalter Mautstelle und der wichtigste Handelsplatz im Lungau. Mauterndorf hatte sich viel von seinem alten Charakter erhalten. Vor der Szenerie der Häuser mit den typischen mittelalterlichen Verzierungen bejubelten heute viele Tausend Besucher die Teilnehmer am großen Festumzug. Zehn Blasmusikkapellen zogen durch die alte Marktgemeinde, darunter auch jene aus Krimml als Gastkapelle. Erlinger hatte sich mit seinen Lungauer Veranstaltungspartnern auf dem Hauptplatz in Tamsweg zunächst einmal auf einen Kompromiss geeinigt. Es war ohnehin vorgesehen gewesen, dass die einzelnen Fernsehteams Aufnahmen vom großen *Samsonfest* in Mauterndorf für Dokumentationszwecke machten. Einen Zusammenschnitt der Highlights der hier präsentierten Darbietungen könnte man am Abend als Zuspielung vor Beginn des eigentlichen Wettbewerbs zeigen. Ob die mächtigen *Samsonfiguren* dann auch, wie ursprünglich vorgesehen, live in der Show auftraten, würden sie am Abend nach erneuter Abstimmung unter den Samsonvertretern entscheiden. Erlinger hatte auch Jimmy Tschernitz, den Regisseur der Sendung, von dieser Änderung in Kenntnis gesetzt. Der war alles andere als erbaut über die unvorhergesehenen Schwierigkeiten gewesen. Zur Sicherheit hatte er zwei zusätzliche Fernsehteams losgeschickt, um in Mauterndorf nur ja keine entscheidende Szene zu verpassen.

Die Samsonträger hatten sich längst zu ihren Gruppen begeben. Sie würden sich gleich mit ihren Riesenfiguren in den Festzug einordnen. Erlinger hatte seine Einsatztruppen außerhalb des Ortes am extra angelegten Parkplatz versammelt, um sie über die neue Situation zu informieren. Seine Gereiztheit, die ihn seit Tagen begleitete, wurde auch nicht geringer, als er die Tussi aus dem Pongau zusammen mit ihrem Sponsorpapa über den Parkplatz auf sich zu kommen sah. Er entließ seine Truppe mit ein paar letzten Anweisungen und wandte sich an die beiden Neuankömmlinge. Er breitete mit einer Geste des Bedauerns die Arme aus. Es sei leider immer noch zu keiner Entscheidung gekommen, ob man die abgebrochene Pongauer Vorausscheidung in irgendeiner Form nachholen könne. Derzeit schaue es eher schlecht aus. Das Mädchen verschränkte die Arme und postierte sich vor dem Bürgermeister. »Ich heiße Messalina Poppaea Fiala. Ich bin gleich nach mehreren römischen Kaiserinnen benannt. Und ich pflege zu bekommen, was ich mir vornehme.« Die aufgerichtete Haltung, die sie dabei einnahm, sollte gewiss den Eindruck von majestätischer Erhabenheit vermitteln, erinnerte aber eher an eine pummelige Barbiepuppe mit schief aufgesetztemKopf. Um dem berechtigten Anliegen seiner Tochter Nachdruck zu verleihen, holte der einflussreiche Baumeister und Marketenderin-Papa die Sponsorunterlagen aus seiner Tasche. Da hätte Erlinger am liebsten den Samsonträger zurückgeholt, mit der Bitte, diesen aufgeblasenen Wichtigtuer samt seinem Vertrag über die alten Dächer des mittelalterlichen Marktes zu schmeißen. Es war höchste Zeit, die beiden lästigen Störenfriede loszuwerden und eine Zeit lang anderwärtig zu beschäftigen. »Ich habe beim heutigen Frühmeeting mit dem Regisseur der Show in einer äußerst intensiven Diskussion folgende Variante erörtert: Wir könnten eventuell morgen einen zusätzlichen Produktionstag anhängen und den abgebrochenen Pongauer Bewerb hier in Mauterndorf nachholen.« Er beobachtete, welche Wirkung seine eben spontan geborene Lüge zeigte. »Da wir das gesamte Equipment schon hier im Lungau haben, müsste nicht alles noch einmal nach Goldegg transportiert werden. Das wäre logistisch und kostentechnisch von enormem Vorteil.« Dann machte er der Namensträgerin zahlreicher römischer Kaiserinnen den Vorschlag, sich zusammen mit dem Herrn Papa gleich einmal die angedachte Location auf der Burg anzuschauen. Danach könnte man ja weiterreden. Messalina Poppaea Fiala bedachte den Bürgermeister mit einem von Skepsis getragenen Blick, zog aber mit ihrem Erzeuger im Schlepptau von dannen.

Erlinger atmete durch. Na also, wer sagt's denn. Er überlegte, ob er zu seinem Team stoßen oder sich vorher aufmachen sollte, um den Trachtensponsor zu treffen. Fabian Loderer wollte ihn dringend sprechen und wartete in einem der Gasthäuser im Ortszentrum. Er kam zu keiner Entscheidung, denn er sah in diesem Moment ein Auto auf den Parkplatz einbiegen, das ihm gut bekannt war.

Vanessa Hinterschattinger stieg aus dem Wagen und hielt direkt auf ihn zu. Der Gradmesser seiner üblen Laune stieg nach oben. »Warum hast du dich in den letzten Tagen nicht gemeldet?« Dem Mädchen gleich einmal mit Vorwurf zu begegnen, schien ihm eine gute Taktik. »Ich habe mehrmals versucht, dich anzurufen. Wo, zum Teufel, warst du?« Sie blieb direkt vor ihm stehen. »Das geht dich nichts an!« Ihr Gesichtsausdruck war hart. »Hast du es dir überlegt? Bin ich im Finale des Bewerbes?«

»Ein Bürgermeister Erlinger lässt sich von niemandem erpressen! Schon gar nicht von einer kleinen Marketenderin!«

Sie zuckte kaum merklich mit den Mundwinkeln. »Gut.« Ihre Stimme klang kalt. Sie wandte sich ab. »Dann werde ich der Polizei eine nette kleine Geschichte erzählen.«

Er rief ihr hinterher. »Pass nur auf, dass es dir nicht ergeht wie der Vroni ihrer Katze.«

Sie reagierte nicht, sondern ging weiter. Doch plötzlich blieb sie abrupt stehen und drehte sich mit einem Ruck um. »Was ist mit Vronis Katze?«

Er grinste. »Das wirst wohl auch du mitbekommen haben?«

»Nein, ich war einige Tage fort. Bin direkt aus der Steiermark hierher gefahren. Also, was ist mit der Katze?«

»Die hat jemand mit vier großen Nägeln an Vronis Haustür genagelt und dem Vieh anschließend die Kehle durchgeschnitten.«

Sie stand starr. Nach ihrem Gesichtsausdruck zu schließen, arbeitete es heftig hinter ihrer Stirn. »Wo ist der Jock?«

»Was willst du von dem?«

»Wo ist er?« Ihre Stimme überschlug sich.

»Oben im Ort bei den anderen aus der Truppe. Unser Sammelpunkt ist der Infostand im Burghof.« Sie machte auf ihren hohen Absätzen kehrt und stürmte davon. Sie konnte gerade noch dem Mann ausweichen, der mit großen Schritten auf den Parkplatz eilte. Sie sah ihn nicht einmal an, sondern rannte einfach weiter. Kapellmeister Christoph Hornklang sah seiner davonpreschenden Marketenderin erstaunt nach.

»Was ist mit der Vanessa los?«

»Keine Ahnung.«

Der Musiker trat zum Bürgermeister. »Was hast du zu ihr gesagt, dass sie so aufgeregt ist?« Erlinger zuckte mit der Schulter. »Nichts. Ich habe ihr nur von Vronis toter Katze erzählt. Was machst du hier auf dem Parkplatz? Solltest du nicht bei deiner Kapelle sein?«

Hornklang öffnete mit dem Autoschlüssel seinen abgestellten Wagen.

»Ich habe die Noten für die neue Festhymne vergessen.« Er holte eine kleine Mappe aus dem Kofferraum. Der Bürgermeister stapfte voraus. Auf dem Gesicht des Kapellmeisters zeigten sich Sorgenfalten. Vanessa Hinterschattinger war heute Morgen nicht mit ihnen im Bus nach Mauterndorf gekommen. Wo war sie gewesen? Und was hatte sie vorhin so aufgebracht? Er musste dringend mit ihr reden.

3

Als Merana und Heilmayer am Ortsrand von Mauterndorf ankamen, war das Fest auf den Straßen des mittelalterlichen Marktes schon voll im Gang. Aus der Ferne drangen die wuchtigen Schläge einer Trommel bis zu ihnen. Gleich darauf setzte Marschmusik ein. Die Besucher am Rand des Weges, der ins Ortszentrum führte, jubelten den Musikanten zu.

»Hallo, Ulla, grüß Gott, Herr Kommissar!« Der große Beamte in Uniform im Rang eines Oberleutnants streckte ihnen die Hand entgegen. Das war David Weisspriacher vom Bezirkspolizeikommando Tamsweg. *Goliath* hätte als Vorname wohl besser zu diesem Mann gepasst als *David*. Der bärtige Oberleutnant überragte den auch nicht gerade klein gewachsenen Martin Merana noch um Haupteslänge. Von seinen Kollegen wurde Weisspriacher deshalb auch gerne *Samson von Göriach* genannt. Er brauchte innerhalb seiner Heimatgemeinde keine Konkurrenz zu fürchten. Denn Göriach hatte keinen eigenen *Samson*. Nicht in allen 15 Lungauer Gemeinden waren die Riesenfiguren beheimatet. »Wie viele meiner Beamten brauchen Sie zur Unterstützung?«

»Ich denke, zwei werden genügen. So groß ist Mauterndorf auch wieder nicht. Wir werden Bürgermeister Erlinger bald finden.«

Das dröhnende Lachen des *Samson von Göriach* passte zu seiner imposanten Erscheinung. »Unterschätzen Sie den Besucherandrang zum Fest nicht, Herr Kommissar. Wenn Sie nicht gerade eine sechs Meter hohe Riesenfigur auf ihren Schultern balancieren oder in der Blasmusik mitmarschieren, dann wird es schwer sein, durchzukommen. Ich gebe Ihnen vier Kollegen mit.«

Merana besprach mit den Beamten die Vorgehensweise. Sie bildeten drei Zweiergruppen. Die Kommunikation würde über Funk passieren. Der Kommissar und die Gruppeninspektorin nahmen die Hauptstraße, die mit einer leichten Steigung ins Zentrum führte. Das Bild, das sich ihnen bot, war überwältigend. Links und rechts standen Hunderte ausgelassen winkende Menschen, die sich in dichten Trauben gegen die Mauern drückten, um den Akteuren auf der nicht eben breiten Straße Platz zu machen. Die schräg einfallende Nachmittagssonne ließ die Fahnen, Wimpel, Girlanden und Blumen, mit denen die hohen alten Häuser geschmückt waren, leuchten. Wie leicht schwankende Leuchttürme ragten die Riesenfiguren aus dem Meer der Zuschauer und Festzugteilnehmer. Fünf Samsonfiguren konnte Merana ausmachen, die in einer Reihe mit gehörigem Zwischenabstand durch den für ihn einsehbaren Teil des Ortes zogen.

»Insgesamt sind heute alle zwölf *Samsone* aus der Region unterwegs.« Die Gruppeninspektorin musste schreien, um sich gegen das schwere Blech der Mauterndorfer Bürgermusik durchzusetzen. »Die anderen werden schon weiter oben sein in Richtung Burg.« Oberleutnant Weisspriacher hatte recht gehabt. Bei diesen Besuchermassen war ein Durchkommen schwierig. Sie reckten die Hälse, betrachteten aufmerksam die Gesichter der Umstehenden. Aber Gottfried Erlinger hatten sie bisher noch nicht ausgemacht.

»Da vorne ist der *Samson* aus Moagreatn!« Ulla Heilmayer deutete auf einen der Riesen. Ihre Augen bekamen ein Glänzen wie bei einem Kind, das die Lieblingspuppe unter dem Weihnachtsbaum entdeckt hat. So viel verstand Merana von den Eigenheiten des Lungauer Dialekts, dass er wusste, mit *Moagreatn* war die Gemeinde *St. Margarethen* gemeint. Der Riese aus diesem Ort erinnerte den Kommissar mit seinem bärtigen Antlitz an das Gesicht des Bezirkspolizeikommandanten. Den Kopf des *Samson* aus St. Margarethen zierte ein goldglänzender Helm mit weißem Federbusch. Auf der Brust der silbrigen Rüstung prangte das Wappen der Gemeinde, ein Steinbock auf schwarzem Feld und darunter ein Drache. Schon wieder dieses Fabelwesen! Merana musste an die Ausführungen der Matriarchatsforscherin und an die Drachenfische auf der Festung denken. Selbst hier im Festzug fand er das Symbol der alten Muttergöttin in Drachenform als besonderen Wappenschmuck auf der Brust eines Giganten. Mit der rechten Hand hielt der *Samson* aus St. Margarethen einen Speer an seinen Körper gedrückt, mit der abgewinkelten linken umklammerte er einen riesigen Eselsbacken. Merana war bekannt, dass all diese Riesenfiguren auf die alttestamentarische Gestalt von *Samson* verwiesen. Dieser auserwählte biblische Held hatte laut Überlieferung mit der Kinnlade eines Esels Tausende Philister erschlagen. Der Samsonbrauch im Lungau ging zurück auf die Zeit der Gegenreformation im 17. und 18. Jahrhundert. Damals zeigte man der Bevölkerung zur Belehrung bei großen Prozessionen Figuren, die Szenen aus der biblischen Geschichte darstellten.

»Die Burschen aus Moagreatn haben mich ihren *Samson* einmal halten lassen!«

Das lockenumrahmte Gesicht der Gruppeninspektorin zeigte immer noch freudiges Leuchten. »Und das ist ein

Privileg, Herr Kommissar. Denn normalerweise werden die Riesen nur von Männern getragen.« Merana konnte sich die Szene gut vorstellen. Der Kraftakt der ehemaligen Speerwerferin hatte den Männern wohl auch gehörigen Respekt abverlangt. Denn mit einer Höhe von über sechs Metern und einem Gewicht von 95 Kilo gehörte der Riese aus dieser Lungauer Gemeinde zu den schwersten.

Sie hatten es geschafft, die erste Biegung zu erreichen, an der sich die Straße zur Andeutung eines Platzes öffnete. Dort schickte sich der *Samson* aus St. Michael eben an, den Umstehenden seine Reverenz zu erweisen. Diese Figur gehörte mit rund viereinhalb Metern Höhe zu den kleineren aus der Gilde der Lungauer Giganten. Merana betrachtete ihn aus der Ferne. Mit den buschigen Augenbrauen, dem auffälligen Schnauzbart, dem gebräunten Gesicht und den bunten Federn auf dem flachen Helm erinnerte diese Gestalt eher an einen englischen Kolonialoffizier als an den biblischen Philisterschlächter. Der Riese aus St. Michael war der älteste unter seinen Samsonkollegen. Er stammte aus der Barockzeit.

Das Rauschen eines Funkspruchs war zu hören. Der erste der beiden Suchtrupps meldete sich. Die Kollegen hatten sich außen herum auf den Weg zur Burg gemacht. Am Marketenderinnen-Event-Stand im Burghof wusste niemand, wo Gottfried Erlinger sich derzeit aufhielt. Die Gruppeninspektorin dankte für die Meldung und ersuchte die Beamten, unter den Schaulustigen im oberen Bereich des Ortes weiter zu suchen. Merana hatte den Funkspruch mitgehört. Plötzlich verspürte er einen Stoß gegen seine Schulter. »Platz da!« Etwas rüde drängte sich ein Kameramann an ihnen vorbei, um den besten Blick auf den tanzenden *Samson* einzufangen. Merana verkniff es sich, dem Fernsehmitarbeiter für dessen ungehobeltes Benehmen die Meinung zu sagen. Der Mann hatte die Straßenmitte erreicht und schwirrte mit geschulterter Kamera im Rückwärtsgang um den sich drehenden *Samson* herum. Der Kommissar und seine Begleiterin drückten sich an der Hausmauer entlang, um vorwärts zu kommen. Natürlich hätten sie den Weg auch schneller schaffen können. Dem Kommissar wäre es auch ein Leichtes gewesen, den Festzug zu stoppen. Dann hätten sie Erlinger wohl rasch gefunden. Doch Merana hatte anders entschieden. Auch wenn sich die Verdachtsmomente gegen Erlinger verdichtet hatten, schien ihm die Vorgangsweise, das Fest komplett zu stören, als übertrieben. Er wollte Erlinger allerdings auch nicht auf dessen Handy anrufen, um ihn vorzuwarnen. Sie würden den Krimmler Bürgermeister auch so bald finden. Außerdem war es ihm ganz recht, sich in dieses Getümmel zu drängen. Es machte ihm einfach Spaß, das prächtige Spektakel ganz aus der Nähe zu bestaunen. Und für Ulla Heilmayer war die Begegnung mit den Riesen ihrer Heimat ohnehin wie ein großes Familienfest. Alle zwölf Figuren in einem Umzug zu erleben, dazu hatte man nur selten Gelegenheit. Zehn Minuten später waren sie ebenfalls im oberen Bereich des Ortes angelangt. Da erreichte sie per Funk die Meldung des zweiten Suchtrupps. Die Kollegen hatten den Bürgermeister gefunden. Er saß im *Gasthof Neuwirt* am Tisch des Trachtensponsors. Bevor sie sich auf den Weg dorthin machten, blieben sie noch einmal kurz stehen. Denn der größte unter den Giganten, der *Samson* aus Mariapfarr, setzte eben zum Tanz an. Diese Figur maß fast sieben Meter. Mit dem Helm, der über Ohren und Nacken führte, dem fest unters Kinn geschnallten Lederband, dem starren Blick und dem gestutzten Schnauzer hatte dieser Riese etwas vom strengen Gehabe eines Motorradstreifenpolizisten. Die Musik setzte ein. Mit leichtem Schwanken begann sich die mächtige Gestalt im Dreivierteltakt des Walzers zu drehen. Wie bei allen anderen Riesen, so achteten auch hier einige Männer darauf, dass der Träger des *Samson* nicht etwa durch das Gewicht der Figur ins Stolpern kam oder gar von einer Windböe aus dem Gleichgewicht gerissen wurde. In diesem Fall würden sie sofort einschreiten. Dieser Trupp war auch dafür verantwortlich, die Samsonträger beim Hochheben der Figur zu unterstützen. Bei Pausen halfen sie durch Anpacken mit, die Last für den Tänzer zu erleichtern. Doch dieses Mal war kein Einschreiten nötig. Die Beine des Trägers aus Mariapfarr, die unter dem langen Gewand der Samsonfigur sichtbar waren, bewegten sich kraftvoll und mit einer gewissen Eleganz über das Pflaster. Zwei zusätzliche Figuren drehten sich ebenfalls zur Musik im Kreis. Nicht alle Lungauer *Samsone* hatten Begleiter. In Mariapfarr allerdings marschierten zwei mannshohe Puppen, in denen ebenfalls Träger steckten, an der Seite ihres Riesen. Sie waren als Mann und Frau in Lungauer Tracht ausgeführt. Die im Vergleich zum Körper riesigen Köpfe mit den schwarzen Hüten verliehen den Gestalten ein skurriles Aussehen.

»Mir sind ja die Zwerge mindestens so lieb wie die Riesen.« Die Gruppeninspektorin deutete auf die tanzenden Samsonbegleiter. »Meist schaut man ja nur auf die spektakuläre große Figur. Man sollte die Kleinen im Schatten der Giganten viel mehr beachten.« Merana sah sie mit leichter Verwunderung an. Das sagte ausgerechnet diese stattliche Frau, die einen 100 Kilo-Körper durch die Welt bewegte. Der Riese aus Mariapfarr und die tanzenden Zwerge beendeten unter großem Applaus der Zuschauer ihre Darbietung. Der Stabführer der dazugehörigen Musikkapelle hob seinen girlandenumwundenen, in der Sonne funkelnden Tambourstock und gab den Einsatz zum nächsten Marsch. Merana und Heilmayer umkurvten zwei südländisch aussehende Frauen, die ihre Handykameras gezückt hatten. Es war Zeit, sich dem Erfinder des Marketenderinnen-Spektakels zu widmen.

»Darf ich fragen, was das soll?« Erlinger war aufgebracht. Er hatte sich mit Fabian Loderer zur Besprechung in ein Extrazimmer des Gasthauses zurückgezogen, als ihn die Beamten aufgriffen. Merana blieb gelassen. »Herr Bürgermeister, ich habe Anweisung, Sie nach Salzburg zu einer Befragung seitens der Staatsanwaltschaft mitzunehmen.«

»Was?« Der Ruf kam aus dem Mund des Trachenmodenchefs. »Wie darf man das verstehen?« Er schaute mit Verwunderung auf den Krimmler Bürgermeister. In Erlingers Gesicht spiegelten sich zugleich Schrecken und Wut. »Sag einmal, Martin, bist du jetzt völlig übergeschnappt? Ich habe in wenigen Stunden hier eine Fernseh-Sendung zu absolvieren, die Lungau-Vorausscheidung des *Austrias Marketenderinnen Award.* Wie kommst du nur auf die Schnapsidee, ich würde mit dir nach Salzburg fahren? Mir reicht dieses Theater, ich habe zu arbeiten.« Er versuchte, sich an ihnen vorbeizudrängen. Die ehemalige Speerwurf-Landesmeisterin stellte sich ihm in den Weg. Auch die beiden uniformierten Beamten reagierten und griffen nach Erlingers Armen. Merana hob zur Beschwichtigung die Hand. »Wir wollen uns doch hier wie zivilisierte Menschen benehmen, Herr Bürgermeister. Gewaltanwendung unsererseits wird hoffentlich nicht nötig sein.«

Der Trachtenchef starrte auf den bleich gewordenen Eventmanager der von ihm finanzierten Show. Den Blick, mit dem er ihn nun musterte, hatte er sich offenbar aus einem Tierfilm von einer Anakonda abgeschaut, die eben dabei ist, ein Hängebauchschwein zu verschlingen.

»Herr Kommissar, Ihnen ist ganz gewiss die Brisanz unserer Situation bewusst«, wandte er sich an den Einsatzleiter dieses Unternehmens. »Wir brauchen den Herrn Bürgermeister unter allen Umständen für den reibungslosen Ablauf der Show. Womit ist denn die Dringlichkeit begründet, Herrn Erlinger auf der Stelle mitzunehmen?«

»Ich sehe keine Veranlassung, das hier vor Ihnen zu erörtern.«

»Aber ich möchte das auch gerne wissen!« Der Bürgermeister, der immer noch von einem der Beamten am Arm gehalten wurde, hatte sich wieder ein wenig gefangen.

»Ich bin sicher, es kann sich nur um ein Missverständnis handeln.« Er versuchte, die Hand abzuschütteln, um seinen Arm freizubekommen. Aber der Beamte wich nicht von seiner Seite. Vielleicht konnte es nicht schaden, wenn der Trachtenfirmenchef eine Ahnung davon bekam, mit wem er hier Geschäfte machte. Merana versuchte, seiner Stimme die der Situation angemessene Klarheit zu verleihen.

»Herr Bürgermeister Gottfried Erlinger steht im dringenden Verdacht, sich vor drei Jahren an einem minderjährigen Mädchen vergangen zu haben. Ähnliches scheint auch jetzt im Fall der Ermordung von Lena Striegler vorgefallen zu sein. Zudem fanden sich Fingerabdrücke des Verdächtigen am Tatort.« Genaugenommen befanden sich diese Abdrücke auf einer Handtasche, die am Tatort gefunden worden war, aber für derartige Nuancen im Bewerten der Spuren war jetzt nicht der passende Moment.

»Das ist eine Verleumdung!« Erlingers Stimme kippte. »Der ungeheuerliche Vorwurf hat sich schon vor drei Jahren als völlig haltlos erwiesen. Und das Gerede der geistig beschränkten Strieglertochter wird doch wohl keiner ernst nehmen!« Merana hatte die Nase voll. Er wandte sich an die beiden Lungauer Polizisten. »Bringen Sie Herrn Erlinger bitte umgehend zum Wagen. Ich komme gleich nach.« Noch ehe der Bürgermeister zu einem weiteren Protest ansetzen konnte, wurde er schon nach draußen geführt. Der Anakondablick im Gesicht des Sponsors war einem Ausdruck von Entsetzen gewichen. Der Firmenchef ließ sich auf einen Stuhl fallen und tastete nach seinem Handy, das auf dem Tisch lag. »Entschuldigen Sie«, murmelte er, immer noch bleich um die Nase, und wählte die Nummer des Fernsehregisseurs. Merana und Heilmayer gingen ebenfalls nach draußen. Der Festumzug war immer noch voll im Gang. »War es das?« Die Gruppeninspektorin richtete ihren fragenden Blick auf den Kommissar. Der zuckte mit den Schultern.

»Vielleicht. Wir werden sehen, was bei der Befragung herauskommt. Ich kann nicht abschätzen, wie lange der Bürgermeister Widerstand leistet. Ich hoffe, wir können die Schlagkraft unserer Indizienkette durch zusätzliche Beweise erhöhen. Ich mache mich jedenfalls jetzt auf den Weg in die Stadt.«

Ulla Heilmayer sollte in den Pinzgau zurückkehren. Es galt, zusammen mit Peter Ankerl und den anderen Kollegen weiterhin nach möglichen Zeugen zu suchen, die sich bisher vielleicht noch nicht gemeldet hatten. Auch war man im Fall der toten Katze noch keinen Schritt weiter gekommen. »Ich rufe Sie am Abend oder morgen Vormittag aus Salzburg an, Frau Kollegin. Je nachdem, wie lange sich die Sache mit Erlinger hinzieht.« Sie verabschiedeten sich. Merana machte sich auf den Weg zum Bezirkspolizeikommandanten. Dessen Beamte würden ihn zusammen mit dem Krimmler Bürgermeister im Streifenwagen nach Salzburg bringen.

»Na, Herr Kommissar, wie haben Ihnen die tanzenden Riesen des Lungau gefallen?« Der *Samson von Göriach* lachte über das ganze Gesicht.

»Ich hatte leider nicht viel Zeit, mir die biblischen langen Lulatsche genauer anzuschauen. Sonst wäre uns vielleicht der Möchtegernriese aus dem Oberpinzgau entwischt.« Wieder kam ein dröhnendes Gelächter aus dem Mund des Lungauer Polizeikommandanten. »Den haben meine Männer inzwischen ins Auto verfrachtet. 300 Meter in diese Richtung.« Er wies die Straße hinunter. Merana reichte dem Oberleutnant die Hand. »Also dann, vielen Dank für die Assistenzleistung.«

Plötzlich hörte er seinen Namen rufen. Erstaunt wandte er sich um. Ein ziemlich aufgelöster Krimmler Kapellmeister kam mit offener Uniformjacke auf ihn zu gerannt.

»Herr Kommissar, einen Augenblick bitte.« Wollte der ihn etwa auch umstimmen, den sauberen Herrn Bürgermeister nicht nach Salzburg zu bringen, weil sie ihn hier brauchten? Atemlos blieb der Musiker vor ihm stehen. »Ich habe das mit dem Gottfried schon gehört. Deswegen bin ich nicht hier, Herr Kommissar. Ich mache mir große Sorgen um die Vanessa. Ich kann sie nirgends finden.« Merana war erstaunt. Vanessa Hinterschattinger war hier? Er hatte die Marketenderin nirgends gesehen.

»Ist sie nicht mit der Musikkapelle ausgerückt?« Christoph Hornklang schüttelte den Kopf und erzählte dem Kommissar von der seltsamen Begegnung auf dem Parkplatz.

»Und Sie haben keine Ahnung, warum die junge Dame sich so merkwürdig verhalten hat und einfach an Ihnen vorbeistürmte?« Der Kapellmeister verneinte, immer noch ein wenig nach Luft schnappend.

»Worüber hat Erlinger mit Vanessa gesprochen?«

»Im Detail weiß ich das nicht. Aber er hat ihr laut eigener Aussage von Vronis toter Katze erzählt.« Merana horchte auf. Bestand da ein Zusammenhang zwischen Vroni Lohnstätter und der Marketenderin? Was hatte Vanessa mit der Katze zu tun? Der Musiker drängte. »Herr Kommissar, ich mache mir wirklich große Sorgen. Ich habe das Gefühl, hier stimmt etwas nicht. Vanessa ist nicht jemand, der sich leicht aus der Ruhe bringen lässt. Ich muss sie finden. Bitte helfen Sie mir suchen.« Merana zögerte kurz. Sollte er Ulla Heilmayer zurück rufen? Nein, die Gruppeninspektorin wurde im Oberpinzgau dringender gebraucht. Er wollte die Besorgtheit des jungen Mannes ernst nehmen. Wenn sie Vanessa fanden, konnte er die junge Frau auch gleich zu ihrem Bruder Max befragen. Und zu ihrem möglichen Motiv, Lena etwas anzutun. Er erklärte dem Bezirkspolizeikommandanten rasch die Lage. Die Kollegen sollten mit Erlinger im Auto auf ihn warten. Er würde sich mit Christoph Hornklang auf die Suche machen. Andere Beamte mit einzubeziehen, hatte wenig Sinn, da diese ja Vanessa Hinterschattinger nicht kannten. Der Kommissar und der Kapellmeister liefen los. Wieder stürzte er sich ins Gewühl, wieder kamen sie nur schleppend voran. Auf Höhe der Pizzeria, die dem alten Stadtsaal gegenüber lag, stießen sie auf zwei Musikerinnen aus der Krimmler Kapelle. Da für die Festfanfare im Burghof nicht alle Mitglieder der Blasmusik gebraucht wurden, beteiligten sich einige an der Suche nach Vanessa. Merana fand es sinnvoll, wenn sie sich aufteilten. Er nannte den anderen seine Handynummer. Sie besprachen, wer welchen Sektor im Ortsgebiet übernahm, und setzten getrennt die Suche fort. Die Unruhe, die vom Kapellmeister und den besorgten Musikerinnen ausgegangen war, übertrug sich allmählich auch auf ihn. Vanessas Verschwinden musste nichts zu bedeuten haben.

Vielleicht hatte sie einen Bekannten getroffen. Vielleicht war sie mit der Marketenderin einer anderen Musikkapelle unterwegs. Es war schwer, sich bei der großen Menschenmenge einen Überblick zu verschaffen. Vanessas Auto stand jedenfalls noch auf dem Parkplatz. Das hatte Christoph Hornklang überprüft, bevor er auf den Kommissar gestoßen war. Sie hatten die Musikerinnen beauftragt, mit den anderen freien Mitgliedern aus der Kapelle den oberen Ortsteil und die Burg abzusuchen. Der Kapellmeister würde sich um die verschiedenen Lokale im Ortszentrum kümmern. Merana überprüfte die dichten Menschentrauben auf den Gehsteigen. Nach einer halben Stunde waren sie immer noch nicht fündig geworden. Keine Spur von Vanessa Hinterschattinger. Da läutete Meranas Handy. Er erkannte die dröhnende Stimme des Lungauer Polizeichefs. »Ich habe eine schlechte Nachricht, Herr Kollege. Besucher haben eine junge Frau mit blutendem Kopf auf dem Parkplatz 4 ganz am Ende der Straße gefunden. Es könnte sich um Ihre Marketenderin handeln. Der Notarzt wurde von mir bereits verständigt.« Merana rief den Kapellmeister an. Die anderen sollten weitersuchen, falls das Mädchen auf dem Parkplatz doch nicht Vanessa war. Er machte sich eilig auf den Weg. Nach ein paar Sekunden hatte ihn Christoph Hornklang eingeholt. Der junge Mann telefonierte im Laufen. Parkplatz 4 lag etwas weiter vom Ort entfernt als die übrigen Parkflächen. Der Kommissar und der Kapellmeister waren dennoch rasch dort. Ein Rotkreuzwagen verstellte die Straße an der Einfahrt. Ein uniformierter Beamter wies sie ein. »In diese Richtung, gleich nach den zwei großen Campingbussen.«

Sie erkannten schon von Weitem, dass die Frau, die neben dem Notarzt auf dem Asphalt lag, Vanessa Hinterschattinger war.

»Ist sie am Leben?« Der Notarzt blickte nur kurz auf.

»Ja, sie hat eine ziemlich große Wunde am Hinterkopf und ist bewusstlos. Sie hat viel Blut verloren. Der Puls ist schwach, aber stabil. Wir bringen sie gleich ins Krankenhaus.« Merana wies sich aus. »Ich muss dringend mit ihr reden. Glauben Sie, dass sie bald ansprechbar ist?«

»Das kann ich nicht sagen.«

Der Kommissar trat zur Seite, um den Sanitätern mit der mobilen Tragbahre Platz zu machen. Das Gesicht des Kapellmeisters war bleich wie ein frisch gestärktes Leintuch. »Was kann sie nur hier gewollt haben? Ihr Auto steht ganz wo anders.« Merana blickte sich um. Von der Straße her war diese Stelle aufgrund der beiden großen Wohnmobile schwer einzusehen. Der Fahrer des größeren Campingbusses hatte Vanessa gefunden. Merana wandte sich an ihn. Dem Mann mit dem offenen Sommerhemd stand der Schreck noch ins Gesicht geschrieben.

»Der Platz hinter Ihrem Wohnmobil ist jetzt frei. Erinnern Sie sich, ob da ein Auto gestanden hat?«

»Ja, da kann ich mich gut erinnern. Da stand ein weißer Nissan Juke. Meine Frau fährt auch so einen.« Dem Akzent nach dürfte die Wiege des Mannes irgendwo im Schwabenland gestanden sein. Der Kapellmeister stöhnte auf.

»Mein Gott, Herr Kommissar. Der Jock fährt einen weißen Nissan.«

Merana schaute ihn verblüfft an. Im Streifenwagen am Ortsrand saß der Krimmler Bürgermeister und wartete auf seine Vernehmung. Auf dem Parkplatz, an dem sie sich befanden, könnte das Auto von Jock Erlinger gestanden sein. Und auf der Tragbahre lag die schwer verletzte Vanessa Hinterschattinger. Wo könnte da eine Verbindung bestehen?

»Herr Kommissar!« Der Notarzt rief ihn vom Rettungswagen aus. Das Rotkreuzteam hatte das Mädchen inzwischen ins Auto verfrachtet. Merana eilte hinüber.

Vanessa war auf die Liege geschnallt. Sie trug einen großen Verband um den Kopf. Sie hatte die Augen einen Spaltweit geöffnet, wie Merana erleichtert feststellte. Er stieg in den Wagen und beugte sich über das Mädchen.

»Vanessa, können Sie mich hören?«

Sie gab keine Antwort, ihr Blick war glasig. Aber sie nickte.

»Was ist passiert?«

Sie bewegte die Lippen, es kostete sie sichtlich Mühe. Er beugte sein Ohr zu ihrem Mund.

Ihre Stimme war leise, aber er konnte jedes Wort verstehen.

»Freitag Abend ... der Jock hat die Katze eingefangen ...«

Er hob den Kopf, sah sie an.

»Vroni Lohnstätters Kater?«

Sie nickte. »Und Sie haben das gesehen?« Wieder ein schwaches Nicken. Sie hatte große Mühe, die Augen offen zu halten. Das Schmerzmittel, das ihr der Arzt gegeben hatte, begann zu wirken. »Was ist auf dem Parkplatz passiert? Hat Jock Sie geschlagen?« Sie schaffte es nicht mehr, ihm zu antworten. Ihre Augen blieben geschlossen.

»Sie muss schleunigst ins Krankenhaus.« Der Notarzt ersuchte den Kommissar eindringlich, das Auto zu verlassen. Merana stieg aus, der Krankenwagen fuhr davon mit Blaulicht und Sirene. In Meranas Kopf begann es zu arbeiten: Vanessa beobachtet am Freitagabend, wie Jock Vronis Katze einfängt. Eine vielleicht harmlose Szene. Sie denkt sich nichts dabei. Bald darauf verschwindet Vanessa für ein paar Tage. Vermutlich war sie in Graz bei ihrem Bruder. Sie bekommt nichts vom weiteren Geschehen in Krimml mit. Heute erfährt sie zufällig aus dem Mund des Bürgermeisters, dass die Katze von Vroni Lohnstätter auf grausame Weise getötet und an die Tür genagelt wurde. Das jagt ihr offenbar großen Schrecken ein. Sie sucht Jock und stellt ihn zur Rede.

»Wie war das Verhältnis zwischen Vanessa und Jock?« Er richtete die Frage an den Kapellmeister.

»Ich weiß es nicht, aber ich glaube, nicht besonders. Der Jock ist nicht sehr beliebt. Auch die Mädchen in meiner Musikkapelle gehen ihm lieber aus dem Weg.«

»Wurde er manchmal zudringlich? Ging er gar einen Schritt weiter?«

»Das glaube ich nicht. Aber die Mädchen mögen es halt nicht, wenn einer sie dauernd heimlich beobachtet und mit Fotoapparat oder Handykamera aufnimmt.«

»Der Jock macht heimlich Aufnahmen von den Mädchen?«

»Ja, haben sie mir zumindest erzählt. Meine Zweite Flötistin hat berichtet, ihr gegenüber habe der Jock sich aufgespielt, dass bald alle schauen werden, wenn er mit einem schnittigen Porsche durch Krimml donnert. Aber das glaubt ihm sowieso keiner. Er ist halt das kleine Würstel neben seinem übermächtigen Vater.«

In Merana erwachte ein Funke, der sich allmählich zu einem schwachen Licht formte. Die Bemerkung von Ulla Heilmayer fiel ihm ein. *Meist schaut man ja nur auf die spektakuläre große Figur. Man sollte die Kleinen im Schatten der Giganten viel mehr beachten.* Was wäre, wenn der Zwerg auch einmal ein Riese sein wollte? Er griff sich an den Kopf. Eine abenteuerlich anmutende Theorie stieg in seinem Gehirn auf. Er musste auf der Stelle zurück in den Pinzgau.

»Herr Hornklang, Sie fahren nach Tamsweg ins Krankenhaus zu Vanessa. Bleiben Sie bei ihr. Sie können mich jederzeit anrufen, wenn sich etwas Neues ergibt.« Er wartete gar nicht auf die Zustimmung des Kapellmeisters, sondern stürmte los. Zwei Minuten später hatte er Oberleutnant Weisspriacher erreicht. Er bat ihn, Erlinger einstweilen im Bezirkspolizeikommando in Tamsweg in Gewahrsam zu halten.

»Und, Herr Kollege, ich brauche dringend einen Ihrer Dienstwagen. Ich muss weg.«

Während er mit Blaulicht in Richtung Tauernautobahn raste, rief er Ulla Heilmayer an. Sie hatte den Oberpinzgau noch nicht erreicht, würde aber in einer knappen halben Stunde in Krimml eintreffen. Er schilderte ihr kurz das Vorgefallene.

»Ich bin auf dem Weg zu Ihnen. Ulla, versuchen Sie bitte inzwischen herauszubekommen, warum der Krottenbauer damals sein Haus verkaufte. Sie dürfen ruhig die inoffiziellen Quellen anzapfen. Gerüchte haben meist viel Wahrheitsgehalt.« Sie bestätigte den Auftrag. Er war gespannt, was bei der Nachfrage herauskommen würde. Zugleich war er sich ziemlich sicher, die Antwort ohnehin bereits zu kennen.

4

Die Bestätigung für seine Annahme erhielt Merana, als er eine Stunde später vor der Polizeinspektion Krimml eintraf. »In der Nachbarschaft munkelt man, sagt zumindest Cilli Krumpner, der Krottenbauer sei damals erpresst worden.«

So wie jetzt Albert Dengler, ergänzte Merana in Gedanken. Bei der abergläubischen Vroni Lohnstätter hatte man eine andere Methode gewählt. Er erklärte der Krimmler Postenkommandantin seine Theorie.

»Dann nichts wie los!« Die Gruppeninspektorin rannte zu ihrem Wagen, Merana nahm am Beifahrersitz Platz. Ulla Heilmayer verständigte ihre Kollegen über Funk, ordnete Straßensperren an und beorderte Ankerl zu Erlingers Haus. »Halten Sie sich lieber an, Herr Kommissar!« Sie nahm die nächste Kurve im dritten Gang und preschte über den Weg, der zum Bauernhof des Bürgermeisters führte. Auf Höhe einer kleinen Kapelle raste ihnen ein weißes Auto entgegen. »Das ist der Nissan vom Jock!«, rief die Gruppeninspektorin. Dahinter sahen sie den Streifenwagen mit Revierinspektor Ankerl. Der Nissan versuchte, nach rechts auszubrechen. Die Gruppeninspektorin schnitt ihm den Weg ab, musste aber scharf bremsen, um nicht mit dem Auto ihres Kollegen zu kollidieren. Der Motor des Nissan heulte auf. Der Fahrer riss das Lenkrad herum, versuchte erneut, auf die Straße zu kommen, die talabwärts führte. Wieder war Ulla Heilmayer schneller. Sie drängte den Wagen vom Weg ab. Der Nissan schoss mit quietschenden Reifen querfeldein. Die beiden Polizeiautos folgten ihm. »Wo will der hin?« Der Kommissar klammerte sich an den Haltegriff, um nicht gegen die Tür geschleudert zu werden.

»Auf dieser Straße kommt er nicht weit. Da stößt er bald auf unsere Sperre. Bleibt nur mehr der Weg zum Parkplatz des Wasserfalls.«

Das weiße Auto vor ihnen nahm an Tempo zu, der Abstand vergrößerte sich.

Was könnte Jock am Parkplatz wollen? Merana dachte an den steilen Anstieg entlang der Wasserfälle. Der Bürgermeistersohn wird doch nicht auf die wahnwitzige Idee verfallen, zu Fuß ins Krimmler Achental zu hetzen? Spielte Jock Erlinger tatsächlich mit dem Gedanken, über die Krimmler Tauern nach Südtirol zu fliehen? Merana kam das absurd vor. Andererseits konnte man auch nicht ahnen, was sich im wirren Kopf eines jungen Mannes abspielte, der tote Katzen an fremde Haustüren nagelte. Ulla Heilmayer versuchte verzweifelt, den Abstand zwischen ihnen und dem fliehenden Nissan nicht zu groß werden zu lassen. Aber der kleine sportliche Flitzer war den Polizeiwagen auf den schwierigen Bodenverhältnissen der Wiese überlegen. Erst als sie den nächsten Fahrweg erreicht hatten, konnten sie wieder etwas aufholen. Tatsächlich schoss das Auto vor ihnen auf den Parkplatz der Wasserfälle. Einige der Tagestouristen sprangen erschrocken zur Seite, als der weiße Wagen direkt neben ihnen abbremste. Die Schnauze des Nissan fegte dabei noch einen der Ständer mit Stofftieren um. Merana sah, wie Jock die Türe aufriss, eine Tasche vom Beifahrersitz zerrte und in Richtung Wasserfälle davonstürmte. Sie blieben knapp hinter dem Nissan stehen. »Ankerl, sichern Sie bitte das Fahrzeug!« Merana deutete auf Jocks Auto und lief los, die Gruppeninspektorin war dicht hinter ihm.

Almas Knöchel schmerzte. Aber sie wollte dennoch wenigstens ein paar Stufen entlang des Wasserfalls hochsteigen. Clara hatte es sich gewünscht. Sie war zusammen mit ihrer Tochter und ihrem Vater zu der Stelle gewandert, an der Lena gefunden worden war. Die Kleine hatte für ihre große Schwester eine Zeichnung hinterlegt. Alma selbst hatte drei weiße Rosen mitgebracht. Raphael war in der Schule bei den Proben zum Theaterstück. Clara war mit ihrem Großvater und dem Raben inzwischen voraus gestapft. Sie wollte unbedingt von weiter oben einen Blick auf das Meer von

Blumen werfen, das sich auf dem kleinen Platz vor dem untersten Wasserfall gebildet hatte. Mithilfe des Stocks kam Alma erstaunlich gut voran. Clara und Arthur waren schon ziemlich weit oben. Aber sie selbst hatte auch schon ein beträchtliches Stück geschafft und stand auf einem kleinen ausgebauten Aussichtsplatz, von dem aus man in die Tiefe sah. Plötzlich hörte sie Schreie hinter sich, so laut, dass sie sogar durch das Tosen des Falles bis zu ihr drangen. Sie drehte sich überrascht um. Ein Mann mit einer Tasche rannte den Weg entlang, der vom Eingangsbereich herführte. Er stieß Besucher beiseite, die ihm im Weg waren. Als er den felsigen Platz vor dem untersten Fall erreicht hatte, erkannte Alma ihn. Das war doch Jock Erlinger, der Sohn des Bürgermeisters. Dahinter sah sie Martin laufen, gefolgt von Ulla Heilmayer in Uniform. Wenn die Polizei hinter Jock her war, dann konnte das nur eines bedeuten …

Jock Erlinger hetzte die Stufen hoch, stieß zwei junge Frauen mit Rucksack brutal zur Seite. Eine davon kam ins Straucheln, rutschte über die glitschigen Stufen nach unten. Der Bürgermeistersohn war nur mehr wenige Stufen von Alma entfernt. Sie stellte sich ihm in den Weg. »Hast du meiner Lena etwas angetan?« Sie hob die Krücke. Wie eine griechische Rachegöttin stand sie mit hoch erhobenem Arm neben dem Geländer, hinter dem das Wasser mit lautem Dröhnen in die Tiefe stürzte.

»Lass mich vorbei, du blöde Kuh.« Er keuchte, stieß sie vor die Brust, sodass sie gegen den Felsen taumelte. Ein großer schwarzer Schatten tauchte plötzlich am Himmel über ihnen auf, begleitet von einem Schrei. Der Rabe setzte von oben zum Sturzflug an. Der Bürgermeistersohn riss die Faust nach oben und traf den Leib des Raben. Der nach unten zuckende Schnabel des Tieres riss ihm die halbe Wange auf. Odo kreischte, fing sich im Flug von Jocks

Attacke und setzte mit flatternden Schwingen erneut zum Angriff an. Alma drückte sich vom Felsen ab. Sie holte mit der Krücke aus. Die tiefe Trauer über den Tod ihrer Tochter und die aufgestaute Verzweiflung der letzten Jahre packte sie in den Schlag und ließ den Stock mit aller Kraft auf Jocks Kopf niederkrachen. Der wurde mit voller Wucht gegen das steile Geländer geschleudert, rutschte unter der Querplanke durch und kollerte entlang des felsigen Abgrundes mit einem Schrei in die Tiefe. Merana, aufgehalten durch die strauchelnde junge Frau, versuchte noch mit einem Hechtsprung, den Fuß des stürzenden jungen Mannes zu fassen. Aber er kam zu spät. Ein Aufstöhnen aus vielen Besucherkehlen begleitete den Sturz des Bürgermeistersohnes. Merana spähte über das Geländer in die Tiefe. Jock lag auf den Steinen am Rande des Falls im Wasser. Noch hatte ihn die Strömung nicht ganz mitgerissen, aber sein Körper begann bereits abzurutschen.

»Ulla, schnell, er liegt im Wasser!« Die Gruppeninspektorin war hinten geblieben, hatte sich der gestürzten Rucksackträgerin angenommen. Sie verstand Meranas Ruf. Die ehemalige Leichtathletin wuchtete ihren von jahrelangem Speerwurftraining gestählten Körper über das Geländer, ließ sich an den Wurzeln der steil aufragenden Bäume nach unten gleiten und rutschte die letzten Meter der felsigen Böschung hinab. Sie erreichte den Körper des hilflos im Wasser Treibenden gerade noch, ehe ihn die Strömung mitreißen konnte. Merana hatte sich schwer atmend auf einer der Stufen niedergelassen. Er blickte hoch zu Alma. »Bist du verletzt?« Die Frau schüttelte den Kopf. In ihrem Gesichtsausdruck mischten sich immer noch Wut und Angst. Sie tastete nach der Hand ihrer kleinen Tochter, die mit dem Großvater die letzten Stufen bis zu der kleinen Ausnehmung am Weg herabgestiegen war. Arthur nahm Odo auf seinen Arm und untersuchte vorsichtig die Schwingen des Vogels. Merana erhob sich. Er berührte Alma leicht an der Schulter. Sie ließ es geschehen. Er hatte die unermessliche Wut in Almas Blick gesehen, als sie mit der Krücke ausholte, um Jock am Kopf zu treffen. Diese Wut hatte ihm für einen Moment selbst Angst eingejagt. Ein wenig von dem Zorn und der Verzweiflung stand noch in Almas Gesicht. Er streichelte ihr sanft über den Oberarm. Sie sah ihn an. Er bemerkte, wie das Flackern der Wut sich langsam aus ihrem Blick schlich. Ganz hinten am Grund ihrer Augen flammte für einen Herzschlag lang ein Funke jenes Ausdruckes auf, den er vor vielen Jahren im Gesicht dieser Frau gesehen hatte, als sie sich verliebt in einer Gewitternacht über ihn beugte. Dann begann Alma ganz unvermittelt zu weinen. Der Stock fiel ihr aus der kraftlosen Hand.

Schon eine Viertelstunde später war das Rettungsteam zur Stelle. Zum zweiten Mal innerhalb weniger Stunden stand Merana neben dem Körper eines jungen Menschen, über den sich ein Notarzt beugte. Auch Jock war, ähnlich wie Vanessa, nicht bei Bewusstsein. Seine Verletzungen waren mit Sicherheit schwerer als jene der Marketenderin. Merana blickte den steilen Felsen hoch. Dass der junge Mann überhaupt noch lebte, verdankte er vermutlich dem Umstand, dass ein Baum knapp oberhalb der letzten Felskante seinen Sturz abgemildert hatte. Wie schwer der Bürgermeistersohn tatsächlich verletzt war und wie groß man seine Überlebenschancen einschätzen konnte, vermochte der Arzt nicht sagen. Sie hatten den Rettungshubschrauber angefordert, der den Schwerverletzten ins Krankenhaus fliegen würde. Heilmayer hatte Ankerl beauftragt, Jocks Wagen zur Polizeiinspektion bringen zu lassen. Das Team der Kriminaltechnik würde sich dann um alles Weitere kümmern, falls der Kommissar das für nötig hielt. Die ganze Zeit über war Clara reglos mit ihrer Mutter und Arthur neben den Blumen an Lenas Fundstelle gestanden und hatte beobachtet, wie das Notarztteam ankam, den Schwerverletzten versorgte und schließlich abtransportierte. Merana hatte Jocks Tasche an sich genommen und war ebenfalls geblieben. Ulla Heilmayer hatte sich schon auf den Weg gemacht. Sie musste dringend ihre nasse Uniform wechseln. Von der Wasserfallverwaltung waren zwei Mitarbeiterinnen geschickt worden, die mithalfen, die neugierigen Besucher in Richtung Ausgang zu führen. Das Rettungsteam hatte mit dem Verletzten den Schauplatz schon vor einer guten Viertelstunde verlassen. Immer noch stand die kleine Gruppe der Familie bei Lenas Blumenmeer. Alma weinte leise vor sich hin und hielt die Hand ihrer Tochter. Arthur hatte Odos Flügel eingehend untersucht. Der Rabe schien Jocks Faustschlag gut überstanden zu haben. Das Wasser tobte über ihren Köpfen in die Tiefe. Das mächtige Tosen verband sich mit ihrem Schweigen. Dann ließ Clara die Hand ihrer Mutter los und beugte sich zu Boden. Sie hob ein Blatt Papier auf. Sie wandte sich an Merana und sah zu ihm hoch. »Lena hat sich über mein Geschenk sehr gefreut. Aber ich glaube, sie braucht meine Zeichnung nicht mehr. Ich schenke sie dir.« Sie hielt ihm das Blatt hin. Er nahm es. »Danke, Clara, das ist sehr lieb von dir.« Der Kommissar betrachtete die Zeichnung. Sie war etwas ungelenk mit einfachen Buntstiften angefertigt. Er glaubte, ein kleines Mädchen darauf zu erkennen und dazu drei Gestalten: einen Kasperl, einen blauen Drachen und ein Krokodil. Die Kleine schaute ihn immer noch von unten her an. Er bedankte sich noch einmal, versprach, er würde die Zeichnung zu Hause aufhängen. Dann faltete er das Blatt in der Mitte säuberlich zusammen und steckte es in die Außentasche seiner Jacke. Clara nickte. Dann drehte sie sich zu ihrer Mutter. »Mami, ich glaube, Lena möchte, dass wir jetzt gehen.« Und so verließ gleich darauf eine seltsam anzusehende Gruppe den Platz vor dem Wasserfall. Voraus schritt langsam ein alter Mann mit einem großen schwarzen Raben auf seiner Schulter. Dahinter humpelte eine Frau, deren grazile Bewegungen manchmal immer noch an die elegante Haltung eines schwarzen Schwans erinnerten. In der einen Hand führte sie ihren Stock, an der anderen ihre kleine Tochter. Den Schluss der Gruppe bildete ein Kriminalkommissar, dem die Müdigkeit wie die Felsbrocken der Krimmler Tauern an den Schultern hing und der eine Tasche trug, die nicht ihm gehörte.

Am Parkplatz hatten sie sich verabschiedet. »Warum hat er das getan?« Die Wut in Almas Gesicht, die Verzweiflung und das kurze Aufflammen einer längst verloschenen Leidenschaft waren einem anderen Ausdruck gewichen: Kraftlosigkeit. Die ganze Frau vor ihm strahlte Müdigkeit aus, gähnende Tiefe schwarzer Erschöpfung. »Ich weiß es nicht, Alma.« Er hatte zwar eine Ahnung, was in der Mordnacht am Wasserfall passiert sein könnte, aber jetzt war nicht der rechte Zeitpunkt, das auszuführen. »Wenn es dir recht ist, komme ich in den nächsten Tagen vorbei, und wir reden darüber.« Sie sagte nichts, gab ihm auch nicht die Hand. Sie drehte sich zum großen Geländewagen, an dem Arthur Thaler stand und die Tür aufhielt. Als sie an ihm vorbeifuhren, glaubte er, ein Winken der Kleinen auszumachen. Vielleicht hatte er sich auch getäuscht. Der alte Mann hatte ihm angeboten, ihn bis zur Mitte des Dorfes mitzunehmen, aber er wollte lieber zu Fuß gehen.

Jocks weißer Wagen stand vor dem Gemeindeamt. Merana würde später Thomas Brunner anrufen. Er kroch müde die Stufen bis zum ersten Stock hoch. Eine frisch umgezogene Gruppeninspektorin erwartete ihn schon. Dann setzte der Kommissar sich mit der Staatsanwältin in Verbindung und informierte sie über die Ereignisse der letzten Stunden. Er überließ es ihrer Entscheidung, ob Gottfried Erlinger bei seiner Fernsehshow in Tamsweg bleiben konnte oder doch nach Salzburg überstellt wurde. Gleich darauf rief er den Lungauer Polizeichef an und ersuchte ihn, dem Krimmler Bürgermeister die Nachricht vom schweren Unfall seines Sohnes zu übermitteln. Darauf wählte er noch die Nummer von Christoph Hornklang. Er freute sich zu hören, dass die Verletzung an Vanessas Hinterkopf nicht so schwer war, wie im ersten Augenblick angenommen. Sie schlafe, es gehe ihr gut. Gesprochen habe der Kapellmeister mit seiner Marketenderin allerdings nicht mehr. Dafür wäre auch morgen Zeit, hatten die Ärzte gemeint. Merana bedankte sich und beendete das Telefonat. Es war immer noch nicht klar, wie Vanessa sich die Verletzung am Kopf zugezogen hatte. Es stand nicht fest, ob tatsächlich Jock dahinter steckte. Aber der Kommissar ging davon aus. Wahrscheinlich hatte Vanessa den Bürgermeistersohn nach langer Suche am Parkplatz erwischt und zur Rede gestellt. Ob Jock sie dann mit einem harten Gegenstand geschlagen hatte, oder ob sie nach einem Stoß unglücklich zu Boden gefallen war, und sich dabei verletzt hatte, wussten sie ebenfalls nicht. Doch sie würden morgen mehr erfahren, wenn Vanessa wieder ansprechbar war. Ob Jock Erlinger je wieder ihre Fragen beantworten konnte, war noch weniger klar. Heilmayer hatte mit dem Krankenhaus telefoniert. Doch der Schwerverletzte war gerade erst in den OP gebracht worden. Die Gruppeninspektorin hatte die Kamera und das Handy des jungen Mannes aus dem weißen Nissan mitgebracht. Merana öffnete die Tasche. Darin waren ein schwarz glänzendes Notebook und ein bunter Folder. Die Gruppeninspektorin brauchte zehn Minuten, dann war das Passwort geknackt. Zuerst hatte sie das übliche Verfahren mit Geburtsdaten, Hausnummern und Straßenbezeichnungen aus der Gegend angewandt. Als das zu keinem Ergebnis führte, hatte sie einfach den Vornamen des jungen Mannes mit der Bezeichnung für den Sportwagen kombiniert, dessen Bild ganz vorne auf dem Porsche-Folder aus der Tasche prangte. Diese Kombination ergab *Jock911*.

Die Bilddateien auf dem Laptop offenbarten das, was Merana erwartet hatte. Dennoch schockierten ihn die Fotos. Ein paar unscharfe, aber auch drei gestochen scharfe Aufnahmen zeigten einen Mann und ein nacktes kleines Mädchen auf einem Bett in einem Kinderzimmer, aufgenommen durch ein Fenster, dessen Vorhänge halb offen standen. Die Bilder zeigten Albert Dengler mit seiner Tochter. Die Szenen waren abstoßend und eindeutig. Die Aufnahmen würden noch heute an die Staatsanwaltschaft gehen. Auf den Bildern einer weiteren Serie waren jeweils ein Mann und eine Frau auszumachen. Sie schienen manchmal halb nackt zu sein, manchmal auch angezogen. Eine Aufnahme zeigte sie auf dem Rücksitz eines Autos. Die meisten Bilder waren aus großer Entfernung aufgenommen. Deshalb waren die beiden Personen schwer zu identifizieren.

»Da schau her.« Die Gruppeninspektorin pfiff durch die Zähne. »Wenn mich nicht alles täuscht, ist das die Kathi Bogner von der Wurstabteilung im Supermarkt. Ihn kann ich leider nicht deutlich genug erkennen.« Der Grund für all diese Aufnahmen schien klar. Mit den festgehaltenen Szenen konnte man Leute in große Schwierigkeiten bringen. »Und beim Dengler, diesem abstoßenden Perversling, hat es ja auch schon funktioniert. Der hat gestern unterschrieben. Vertragsunterzeichnung durch Erpressung.«

»So war vermutlich auch der Krottenbauer vor einigen Monaten dazu gebracht worden, sein Haus an potente ausländische Investoren zu verkaufen.« Nur bei Vroni Lohnstätter war man offenbar anders vorgegangen. Diese unscheinbare Frau konnte man wohl nicht heimlich mit der Kamera bei verbotenen Aktionen beobachten. Dafür war sie viel zu unbescholten. Hier hatte Jock Erlinger zu einer anderen Methode gegriffen. Die abergläubische Frau sollte durch den Anblick ihrer grausam zugerichteten Katze zu Tode erschreckt werden. Wie Merana sich erinnerte, hatte Frau Lohnstätter auch nach dem schrecklichen Erlebnis sofort betont, ihr Haus für immer verlassen zu wollen. Sie fanden auch Aufnahmen von der getöteten Katze unter den Bilddateien. Bevor dem Tier der Hals durchtrennt worden war und danach. In anderen Dateien auf dem Laptop entdeckten sie auch Informationen über finanzielle Transaktionen, Bankauszüge und Kontoeingänge. Damit würden sich Kollegen aus anderen Ermittlungsbereichen beschäftigen müssen.

»Wer steckt Ihrer Meinung nach mit Jock Erlinger hier unter einer Decke?« Der Kommissar schaute die Gruppeninspektorin an.

»Ich vermute Camilla Raffler. Sie ist die erfolgreichste Immobilienhändlerin in der Gegend. Sie hat damals auch den Verkauf des Krottenbauergutes über die Bühne gebracht.« Ob die Maklerin den Bürgermeistersohn zu den erpresserischen Aktionen angestiftet hatte, oder ob er von sich aus mit dieser ›Geschäftsidee‹ an sie herangetreten war, würde sich bei der Einvernahme noch zeigen. Sie schoben das Notebook beiseite und nahmen sich Kamera und Handy vor. Auf dem Fotoapparat waren nur Aufnahmen vom heutigen Fest in Mauterndorf gespeichert. Die meisten Bilder zeigten Gesichter von jungen Frauen. Doch die beiden Ermittler konnten bei erster Durchsicht der Dateien nichts Verdächtiges entdecken.

Beim Handy wurden sie hingegen bald fündig. Der Videoordner enthielt eine Aufnahme, bei der Jock offenbar festgehalten hatte, wie er dem getöteten Kater an der Haustür die Kehle durchschnitt. Das zähe Blut, das zu Boden tropfte, konnte man auch in Großaufnahme sehen.

Und gleich daneben fanden sie eine Videodatei, die eine Aufnahme von Lena zeigte. Leider war der Ton so gut wie nicht zu hören, und man konnte nicht erkennen, ob das schwache Rauschen vom Wasserfall kam oder von der schlechten Qualität der Aufnahme. Auch die Bildqualität entpuppte sich wegen der Dunkelheit der Szenerie als nicht besonders hilfreich. Aber sie genügte, um Lena eindeutig zu identifizieren. Offenbar hatte Jock sich von hinten an die junge Frau herangeschlichen und sie dabei erschreckt. Auf der Aufnahme war zu sehen, wie Lena mit entsetztem Gesicht herumwirbelte. Sie riss den Mund auf und schrie den Mann an der Kamera an. Dann stieß sie beide Arme nach vorn. Die Aufnahme begann abrupt zu wackeln. Man hatte den Eindruck, als sei das Handy zu Boden gefallen. Für den Bruchteil einer Sekunde war eine Hand auszumachen, die nach dem Smartphone griff. Unmittelbar darauf wurde der Bildschirm schwarz. Die Aufnahme war gestoppt worden. Doch die beiden Polizisten im Raum konnten sich das Geschehen auch so zusammenreimen.

»Jock lauert bei seinem nächtlichen Streifzug zunächst dem Kater von Vroni Lohnstätter auf. Er setzt seinen teuflichen Plan in die Tat um. Es reicht ihm dabei offenbar nicht, nur Fotos von der malträtierten Katze zu machen. Er muss zu seiner perversen Befriedigung auch noch das blutende tote Tier mit der Handykamera filmen. Später kommt er auf die Idee, Lena am Wasserfall aufzusuchen. Das heimliche Beobachten von Menschen und das Erschrecken junger Mädchen gehören ja zu seinen sonderbaren Leidenschaften. Also schleicht er sich mit aktivierter Kamerafunktion an Lena heran. Die erschrickt, dreht sich um und stößt Jock weg. Dabei fällt das Handy zu Boden.«

»Lena schnappt sich das Handy«, führte die Gruppeninspektorin weiter aus. »Sie öffnet die Dateien, um die eben gemachte Aufnahme zu löschen, und entdeckt dabei auch die Videoaufzeichnung der toten Katze.«

»Jock erfasst Panik. Er fürchtet zu Recht, dass nun seine ebenso perversen wie einträglichen Machenschaften auffliegen. Er greift zum nächstbesten Stein und schlägt zu.«

Als hätten sie sich abgesprochen, drehten beide nahezu gleichzeitig ihre Köpfe zur großen Tafel an der Wand. Zwei Gesichter von ein und derselben jungen Frau blickten ihnen entgegen. Ein fröhliches, voll Leben im Ausdruck, mit blitzendem Schalk in den Augen. Und ein bleiches, verkrustetes, erstarrtes. Bei Lenas Anblick durchzuckte Merana plötzlich eine schmerzhafte Erkenntnis: Er hatte seit Mittag nicht mehr daran gedacht, die eintreffenden Meldungen auf seinem Handy zu checken. Wegen der sich plötzlich überschlagenden Ereignisse war ihm völlig entgangen, ob Richard Zeller nicht längst eine Nachricht geschickt hatte. Doch er wollte in Gegenwart der Gruppeninspektorin nicht nachschauen. Ihm war lieber, er war allein, wenn er die Nachricht entdeckte.

»Sie schauen müde aus, Herr Kommissar.« Er fühlte sich, als wäre er auf Knien durch das gesamte Achental und über die Krimmler Tauern gekrochen. Er hatte seit fast 40 Stunden nicht mehr geschlafen. Und er fürchtete sich vor seinen Träumen. Würden sie ihn auch in dieser Nacht heimsuchen? Da waren die blutüberströmten zuckenden Hühnerleiber, doch er wollte sie nicht sehen. Da waren stürzende Särge und ein totes Mädchen am Wasserfall, das ihn mit großen Augen fragend anstarrte. Darüber schob sich Almas bleiches Gesicht. Grenzenlose Wut loderte aus ihrem Blick. Ihr Arm schnellte nach oben, hielt eine Krücke, größer als ein Baumstamm, während ein riesiger schwarzer Vogel mit seinem Schnabel auf den Kopf eines jungen Mannes einhackte, der eine blutende Katze im Arm hielt Ein Rütteln erfasste ihn, ein Beben an seiner Schulter …

»Herr Merana, ist Ihnen nicht gut?« Wie aus weiter Ferne drang eine Stimme zu ihm durch. Er spürte ein Klatschen auf seiner Wange. Sein Blick klärte sich. Eine große korpulente Frau in Uniform war mit besorgter Miene über ihn gebeugt und tätschelte sein Gesicht. Er fuhr in seinem Stuhl hoch. War er für einen Moment weggetreten?

»Entschuldigen Sie, Ulla.« Er stand auf, ließ sich von dem Schwindelgefühl nicht in die Knie zwingen und eilte zur Tür. Auf der Toilette spritzte er sich wie schon einmal eiskaltes Wasser ins Gesicht. Die lachende Himbeere klebte immer noch auf dem Spiegel. Heute waren seine Augen nicht geschwollen. Er hatte gar keine Augen. Nur stumpfe Glaskugeln, die ihn aus zwei schwarzen Höhlen anstarrten. Das bleiche, ausgezehrte Gesicht, das ihm aus dem Spiegel entgegenblickte, gehörte nicht ihm. Das gehörte zu einem Gespenst. Er klatschte sich noch einen Schwall Wasser auf Stirn und Wangen. Dann ging er zurück. Die Gruppeninspektorin beendete soeben ein Telefongespräch. »Das war die Klinik. Jock hat es überlebt. Er wurde an Kopf, Schultern und Beinen operiert. Die Verletzungen sind schwer, aber er dürfte außer Lebensgefahr sein. Wenn überhaupt, dann wird man ihn erst in drei bis vier Tagen vernehmen können.«

Er wusste nicht, wie er diese Nachricht aufnehmen sollte. Er freute sich für Alma. Auch wenn jedes Gericht dieser Welt die Auseinandersetzung am Wasserfall als Notwehr einstufen würde, konnte Merana nicht den zu allem entschlossenen verbitterten Ausdruck in Almas Augen vergessen, als sie mit der Krücke ausholte. So schlug nur jemand zu, der auslöschen will. Ihr vernichtender Schlag hatte Jock nicht das Leben gekostet. Aber er wusste auch nicht, was Alma empfand. Vielleicht würde sie den Mörder ihrer Tochter lieber erschlagen auf den Felsen liegen sehen als lebend in der Intensivstation des Krankenhauses.

»Ich danke Ihnen, Frau Kollegin, für die hervorragende Zusammenarbeit. Vielleicht helfen Sie mir morgen im Lauf des Tages, die Berichte für die Staatsanwaltschaft fertig zu machen. Wir werden Jock Erlingers Auto in jedem Fall zur Kriminaltechnischen Abteilung nach Salzburg überstellen lassen. Vielleicht findet Brunner mit seinem Team noch weitere brauchbare Hinweise.«

Auch das Gesicht der Gruppeninspektorin wirkte müde, aber sie versuchte ein aufmunterndes Lächeln.

»Herr Kommissar, machen Sie mir doch die Freude, mit Ihrer Großmutter morgen zu mir zum Mittagessen zu kommen. Sie sind mir noch einen Besuch schuldig, der Wein aus Südtirol wartet.« Er war überrascht, aber viel zu erschlagen, um weiter über diese Einladung nachzudenken. Er bedankte sich. Er würde seine Großmutter fragen.

Aber deren Antwort wusste er jetzt schon. Für ein genussvolles Essen mit sympathischen Leuten und einem guten Glas Wein war Kristina Merana immer zu haben. Sie verabschiedeten sich vor dem Gebäude. Merana wartete, bis die Frau außer Sichtweite war. Dann ging er langsam zum Friedhof hinüber. Keine Menschenseele war zu sehen. Er stellte sich vor den Erdhügel an Lenas Grab. Er versuchte, den Körper der Toten tief unter ihm zu spüren. Aber da war nichts, nur eine leere Hülle. Die nächtliche Begegnung fiel ihm ein, als er den Großvater des Mädchens am Wasserfall getroffen hatte. *Totenwache, Herr Kommissar?* Frische Blumen lagen auf dem Grab. Er griff mechanisch nach einer der hell glänzenden Rosen. Er hob sie hoch, zupfte langsam die Blütenblätter ab, legte behutsam jedes einzelne davon auf den Erdhügel. Dann verschränkte er die Hände vor dem Körper und blieb in dieser Haltung stehen. Er versuchte wahrzunehmen, wie sich der Wirbel aus all den Bildern der vergangenen Tage allmählich in ihm beruhigte, bis nur mehr eine einzige Erinnerung übrig blieb. Das strahlende Gesicht des fröhlichen Mädchens vom Wasserfall. Er wartete, bis dieses Bild sich völlig in ihm ausgebreitet hatte und ihn wärmte. Dann griff er in die Tasche und zog sein Handy hervor. Die Nachricht von Richard Zeller bestand nur aus einem einzigen Wort: *Nein*.

SAMSTAG

erzählerin: sehet den abgrund, die tosenden wasser. sehet den schützen, den bogen gespannt. sehet den pfeil, er zielt auf den hals des schuppigen leibes. sehet die jungfrau, ihr auge weint.

drachenjungfrau: stark ist dein arm, verwegen dein schritt, kühn dein trachten. doch dein herz ist erfüllt von furcht, nicht von liebe.

(›Die Drachenjungfrau von Krimml‹, nach einer alten Handschrift.
An dem Wasserfalle)

1

Sie brauchte lange, um sich zurecht zu finden. Ihr Kopf pochte, die Zunge fühlte sich pelzig an. Etwas Hartes steckte in der Beuge ihres Ellenbogens. Dann fiel es Vanessa wieder ein. Sie war auf der Tragbahre eines Rettungswagens gelegen. Später hatte man sie in einen Raum gebracht mit Glaskästen, Liegen und medizinischen Instrumenten. Sie öffnete die Augen. Im Raum war es ziemlich dunkel. Nur durch die matten Scheiben oberhalb der Tür schimmerte schwaches Neonlicht ins Zimmer. Sie tastete die Decke ab, dann den kleinen Kasten neben dem Bett. Schließlich fand sie den Lichtschalter in der Leiste über ihr. Sie lag in einem Krankenzimmer. Die schweren Vorhänge am Fenster waren zugezogen. Im Raum befand sich noch ein zweites Bett, es war leer. Ganz langsam stellte sich die Erinnerung ein, setzten sich die Puzzleteile der letzten Stunden in ihrem Kopf zusammen. Sie war auf Jock getroffen. Er hatte ihr einen Stoß versetzt. Sie war gegen ein großes Auto geschleudert worden und zu Boden gestürzt. Dann setzte ihre Erinnerung aus. Ihr Mund war trocken wie Sandpapier. Sollte sie eine Schwester rufen? Auf dem fahrbaren kleinen Nachtkasten neben dem Bett stand ein Glas Wasser. Sie trank es aus. Danach fühlte sie sich ein wenig besser. Wieder versuchte sie, sich an die Ereignisse der letzten Zeit zu erinnern. *Vronis Katze*! Sie hatte Jock wegen Vronis Katze gesucht. Sie war am Freitagabend gegen 23 Uhr vor die Tür des Gasthauses gegangen, um zu rauchen. Dabei hatte sie beobachtet, wie Jock den Kater mit einem Stück Wurst anlockte. Dann hatte er die Katze hochgehoben und war mit ihr verschwunden. Sie hatte sich nichts weiter dabei gedacht. Doch gestern hatte sie den Bürgermeister getroffen. Und Erlinger hatte ihr erzählt, dass die Katze tot und verstümmelt an Vronis Haustüre genagelt worden war. Sie wollte von Jock wissen, was er mit der Sache zu tun hatte. Jetzt fiel ihr wieder die aufflammende Panik in seinem Blick ein, als sie ihn damit konfrontiert hatte. Dann hatte Jock sie weggestoßen, und sie war gegen einen Campingbus gekracht. Offenbar hatte sie sich bei dem Sturz verletzt. Sie spürte das Pochen in ihrem Hinterkopf. Der ganze Schädel schmerzte. Vorsichtig tastete sie mit den Händen Stirn und Schädeldecke ab. Sie trug einen Verband. Vielleicht sollte sie aufstehen und im Badezimmer einen Blick in den Spiegel werfen. Aber ihr war übel, also ließ sie es bleiben. Hatte Jock die Rettung gerufen, oder war das Schwein einfach abgehauen? Ein Gesicht tauchte in ihrer Erinnerung auf. Ein Mann hatte sich über sie gebeugt, als sie im Rettungswagen lag. Auch er wollte etwas über Vronis Katze wissen. Aber sie hatte ja selbst keine Ahnung, wie die Ereignisse tatsächlich zusammenhingen. Sie konnte Jock nicht besonders leiden. Und jetzt nach dem Vorfall am Parkplatz schon gar nicht. Er war ein verklemmter Geilspecht, der dauernd den Mädels mit seiner doofen Kamera auflauerte. Sie traute dem Perversling auch zu, dass er eine Katze abmurkste und sie anschließend an eine Haustür nagelte. Aber wozu? Nur aus Spaß? Im Grunde war Jock genauso widerlich wie der alte Erlinger. Wieder tauchte ein Bild in ihrer Erinnerung auf. Der kreidebleiche Bürgermeister, der in der Garderobe im Goldegger Gasthaus saß, mit einer schmerzenden Schulter. Dort hatte ihn der Pfeil der kleinen Strieglertochter getroffen. Das hatte sie ihm vergönnt, dem Wüstling. *Er hat Lena wehgetan.* Das hatte die Kleine gerufen. Und Vanessa hatte den Vorfall auch beobachtet. Jetzt fiel ihr alles wieder ein. Sie war bei der Party mit dem Typen aus der

Marketingabteilung des Sponsors an der Bar gehockt. Er hatte sie angemacht. Sie hatte sich überlegt, ob sie mit ihm ins Bett gehen sollte. Sie machte schon ab und zu die Beine breit, wenn sie das Gefühl hatte, es würde ihr etwas bringen. Sie wollte weg aus dem Kaff, wollte nach oben kommen. Aber mit jedem schlief sie auch nicht. So viel Selbstachtung hatte sie schon. Und der Kerl an der Bar war ihr einfach zu ungustiös. Sie hatte irgendeine Ausrede gemurmelt und war nach draußen gegangen. Falls ihr der Typ folgen würde, wollte sie ihn auf keinen Fall treffen. Sie ging um das Haus herum. Als sie an der Hinterseite des Gasthofs war, hatte sie Stimmen gehört. Sie hatte sich in den Schatten eines Baums gestellt, um nicht gesehen zu werden. Lena saß auf der kleinen Schaukel am Spielplatz. Vor ihr stand breitbeinig der Bürgermeister mit einem Sektglas in der Hand. Auch Lena hielt ein Glas. Die beiden stießen an. Dabei verschüttete der Bürgermeister Sekt aus seinem Glas über Lenas Brust. Er tatschte mit seinen Fingern über Lenas Haut, um den Sekt abzuwischen, und griff ihr dabei ungeniert ins Dekolleté. Das Nächste, was Vanessa mitbekommen hatte, war ein heftiges Klatschen. Erlinger hatte aufgeschrien und sich die Wange gehalten. Dann hatte er ausgeholt und dem Mädchen eine geknallt, dass sie fast von der Schaukel gefallen wäre. Der aufgebrachte Ortsvorsteher hatte sich über Lena gebeugt und auf sie eingeredet. Leider hatte Vanessa nicht verstanden, was Erlinger sagte. Clara musste die Szene offenbar auch mitbekommen haben, auch wenn Vanessa sich nicht erinnern konnte, die Kleine gesehen zu haben. Dass Lena eine geknallt bekam, hatte Vanessa nicht sonderlich leid getan. Das Miststück hatte ihr die Teilnahme am Marketenderinnen Wettbewerb vermiest. Sie hatte nie verstanden, was Max an der eingebildeten Tussi fand. Als die Mutter ihr dann vom Versuch ihres kleinen

Bruders erzählt hatte, sich mit Tabletten aus dem Leben zu stehlen, da war sie wütend gewesen. Auf Max, auf Lena und am allermeisten auf sich selbst. Wegen ihrer eigenen Hilflosigkeit. Sie war froh gewesen, dass Lena die Beziehung zu Max abgebrochen hatte. Etwas Besseres hätte ihrem Bruder gar nicht passieren können. Und dann wollte sich der dumme Kerl ausgerechnet deswegen das Leben nehmen! Sie hätte in ihrer Verzweiflung darüber am liebsten Lena eine reingehauen. Das hatte dann offenbar jemand anderer erledigt, am Wasserfall. Doch dieses schreckliche Ende hatte sie bei Gott nicht gewollt. Dass Lena erschlagen auf den Felsen lag, das war furchtbar. Wer steckte wohl dahinter? Der Bürgermeister? Sie war zu müde, um noch weiter darüber nachzudenken. Das Pochen in ihrem Schädel war schlimmer geworden. Sie würde nach der Nachtschwester läuten. Die sollte ihr ein Schmerzmittel geben. Sie wollte nur mehr die Augen schließen und schlafen.

Meranas Schlaf war tief gewesen und traumlos. Vielleicht waren ihm in der Nacht auch Bilder gekommen, aber er konnte sich am Morgen nicht mehr daran erinnern.

Beim Frühstück hatte er der Großmutter von Ulla Heilmayers Einladung zum Mittagessen erzählt, und die wachen Augen der alten Frau hatten gefunkelt. Für einen Moment hatte er überlegt, ob er ihr erzählen sollte, dass Lena fast seine Tochter hätte sein können. Aber dann ließ er es. Richard Zeller hatte in aller Verschwiegenheit einen Abgleich gemacht. Es war von Vorteil, dass die Gerichtsmedizin die DNA aller Ermittler gespeichert hatte, um diese bei Spurenuntersuchungen vom Tatort von vornherein ausschließen zu können.

Die Anwort des Polizeiarztes war eindeutig gewesen: *Nein*. Merana hatte gewartet, bis er ein Gefühl der Erleichterung verspürte, aber es hatte sich nicht eingestellt. Die Nachricht hatte ihn auch nicht traurig gemacht. Alles, was er in sich spürte, war Leere. Womit sich diese Leere in den kommenden Tagen füllen würde, wusste er noch nicht. Nun saß er wieder im Ermittlungsraum vor den Fotos, Zeugenaussagen und Fakten, um sie für den Bericht an die Staatsanwaltschaft zu ordnen. Der weiße Nissan war auf dem Weg nach Salzburg, Thomas Brunner wusste Bescheid. Er hatte auch mit der Staatsanwältin und dem Polizeikommandanten in Tamsweg telefoniert. Die Marketenderinnenshow war gestern ohne den Krimmler Bürgermeister über die Bühne gegangen. Auch ohne die Lungauer *Samsone*, wie er nebenbei erfahren hatte. Erlinger war noch am Abend zu seinem Sohn ins Krankenhaus gefahren. Dort befand er sich immer noch. Merana hatte auch mit dem behandelnden Arzt gesprochen. Jock hatte die Nacht gut überstanden. Ob er tatsächlich über den Berg war, wusste man wohl erst morgen. Der Arzt hatte versprochen, sich zu melden, sobald Jock vernehmungsfähig war. Der Kommissar hoffte, dass dies bald der Fall war. Es gab noch viele offene Fragen. Er hatte auf Jocks Laptop noch weitere kompromittierende Fotos älteren Datums gefunden, die er nicht zuordnen konnte. Merana wollte auch wissen, wie der tödliche Zwischenfall am Wasser tatsächlich abgelaufen war. Thomas Brunner würde sich brennend dafür interessieren, bei welcher Gelegenheit der Bürgermeistersohn die Tatortproben mit den belastenden Zigarettenkippen aus dem Ermittlungsraum im Gemeindeamt geklaut hatte. Und Jock würde sich auch für die Attacke gegen Vanessa Hinterschattinger verantworten müssen. Der Kommissar griff zum Handy und telefonierte noch einmal mit der Bezirksstelle in Tamsweg. Er ersuchte die Kollegen, ihm eine Skype-Verbindung mit der verletzten Marketenderin im Krankenhaus herzustellen. Die Beamten im Lungau vesprachen, sich sofort darum zu kümmern.

Als er Lenas Fotos von der Tafel nahm, um sie in den Bericht einzuordnen, stellte er sich die Frage, ob an dem Gerücht wegen der zweifelhaften Vaterschaft etwas dran war. Er kam ja gemäß Richard Zellers Untersuchung nicht infrage. Hatte Alma tatsächlich noch einen anderen Liebhaber gehabt oder war, wie offiziell bekannt, doch Engelbert Lenas Vater? Es ging ihn nichts an. Er schloss die Akte.

Dann telefonierte er noch einmal mit der Staatsanwältin. Drei Kollegen, die in den Bereichen *Betrug*, *Erpressung* und *Sittlichkeitsdelikte* ermittelten, untersuchten schon die Vorgänge rund um die dubiosen Krimmler Immobilienverkäufe. Die Fotos, die Albert Dengler mit seiner Tochter zeigten, hatte Merana gesondert an die Staatsanwältin geschickt. Die würde höchstpersönlich dafür sorgen, dass diese Bilder keinesfalls an die Medien kamen. Die Kollegen aus Tamsweg meldeten sich. Merana schaltete seinen eigenen Laptop ein und öffnete die Verbindung. Auf dem Bildschirm erschien der bandagierte Kopf einer Frau. Im Hintergrund erkannte man das Gestänge eines Krankenbettes.

»Hallo, Vanessa. Wie geht es Ihnen?«

»Ganz gut. Ich habe einigermaßen geschlafen. Dennoch fühle ich mich schwach und müde.«

»Ich störe Sie auch nicht lange. Können Sie mir inzwischen berichten, was gestern auf dem Parkplatz vorgefallen ist?«

Sie nickte schwach, berichtete, woran sie sich erinnern konnte. »Hat Jock die Rettung verständigt?«

»Nein, das war der Fahrer des Campingbusses. Der hat Sie auf dem Parkplatz gefunden in einer Blutlache. Jock dürfte einfach abgehauen sein.«

»Dieses Schwein!« Ihre Stimme war kräftiger geworden. »Hat er Vronis Katze getötet und an die Tür genagelt?«

»Ja, dafür haben wir genug Beweise.« Dann erzählte er ihr, was gestern am Wasserfall vorgefallen war. Von den Fotos und Filmen, die sie auf dem Laptop entdeckt hatten, erwähnte er nur das Allernotwendigste. Er sah, wie sich die Augen der jungen Frau im Krankenbett im Lauf seiner Schilderung immer mehr weiteten.

»Jock hat die Lena umgebracht?«

»Ja, es sieht so aus.« Sie ließ den Kopf aufs Kissen zurücksinken. Merana sah nur mehr den oberen Teil mit dem Verband. Dann tauchte ihr Gesicht wieder auf.

»Wo ist der alte Erlinger?«

»Der ist bei seinem Sohn im Krankenhaus.« Merana bemerkte, dass Vanessa überlegte. »Möchten Sie mir etwas sagen?«

Sie zögerte. »Hat die kleine Strieglertochter nach dem Vorfall in Goldegg noch etwas erzählt?«

»Nein. Was wissen Sie darüber?« Wieder tauchte sie ab, ließ sich zurücksinken.

»Vanessa, wenn Sie etwas beobachtet haben, dann sagen Sie es mir!« Seine Stimme schwoll an. Er sah auf dem kleinen Screen seines Notebooks, dass sich die Frau im fernen Tamsweg von ihrem Kopfkissen erhob und wieder ins Bild kam.

»Es war am Abend der Sponsoren auf dem kleinen Spielplatz hinter dem Gasthaus.

Der Bürgermeister hat Lena begrapscht. Die hat ihm eine gedonnert, darauf hat er zurückgeschlagen. Das war es. Mehr weiß ich nicht.« Er spürte, wie ihm der Zorn in den Kopf schoss. Hatte diese junge Frau in ihrer Dummheit nicht bedacht, in welch großer Gefahr sich Clara befunden hatte? Wenn der Bürgermeister tatsächlich Lenas Mörder gewesen war, dann hätte er auch die kleine Zeugin aus dem

Weg räumen können. Er wollte zu einer scharfen Erwiderung ansetzen. Aber Vanessa drehte plötzlich den Kopf zur Seite, schaute auf etwas, das sich offenbar hinter der Kamera befand. Ihr müdes Gesicht begann zu strahlen. Dann schob sich ein riesiger Rosenstrauß ins Bild und verdeckte die Sicht. Gleich darauf wurden die Blumen wieder weggezogen und ein zweites Antlitz lachte in die Kamera, nahe am ersten.

»Hallo, Herr Kommissar.« Auch Christoph Hornklang erweckte den Eindruck, als habe er nicht viel geschlafen. »Ich muss mich um die rasche Genesung meiner Marketenderin kümmern.« Der Kapellmeister drückte Vanessa sanft einen Kuss auf den Verband. Das Strahlen im Gesicht der jungen Frau war nicht weniger geworden. Sie winkte kurz zum Abschied in die Kamera. Dann erlosch das Bild. Der Kommissar legte ein Gedächtnisprotokoll des Gesprächs an. Um das offizielle Protokoll von Vanessas Zeugenaussage würden sich die Kollegen in Tamsweg kümmern. Während der Niederschrift spürte er wieder den Unmut von vorhin. Hätte die Marketenderin ihr Wissen schon nach dem Vorfall in Goldegg mitgeteilt, wäre Clara in jedem Fall außerhalb jeder Gefahr gewesen.

2

Bei Tageslicht machte das helle Holzhaus einen weitaus freundlicheren Eindruck als in der Nacht. Es wirkte auch größer. Die Küche war so ausgebaut, dass darin auch Platz für einen großen Esstisch mit sechs Stühlen und eine hohe Truhe war, die gleichzeitig als Anrichte fungierte. Kristina Merana war begeistert. Sie liebte es, anderen beim Kochen zuzuschauen und dabei auch zu plaudern. Merana hatte die zwei Frauen bei ihrer Fachsimpelei über Kräuter und Gewürze kurz allein gelassen und sich in den Garten begeben. Die Terrasse war mit Terrakottafliesen ausgelegt. Daran schloss sich ein etwa zehn Meter langes Stück Rasen mit zwei Blumenbeeten und dichten Sträuchern entlang des Zauns. Merana bemerkte auch die improvisierte kleine Feuerstelle. Ein paar Steine waren im Kreis rund um verkohlte Holzstücke ausgelegt. Hatten Ulla und die Kellnerin in der vergangenen Nacht wieder ihre nackte Haut hier wärmen lassen? Er hörte seinen Namen rufen. Es war Zeit für den Salat. Die Köchin hatte kleine Avocadostücke und Mangoscheiben unter die verschiedenen heimischen Salatblätter gemischt. Das Kräuterdressing war mit Himbeeressig abgeschmeckt. Danach gab es eine köstliche kalte Gurken-Dill-Suppe. Die Großmutter kostete und schnalzte mit der Zunge. »Ich schmecke da die Nuance eines ganz besonderen Senfs. Wo haben Sie den her, Ulla?« Die korpulente Gastgeberin in ihrer weiten Leinenbluse lachte übers ganze Gesicht. »Den hat mir Milena aus Krupina mitgebracht. Ihr Großvater macht diesen Senf selber nach einem alten Rezept. Da sind auch Birnen mit verarbeitet.« Merana schaute auf die Kollegin. Sie erzählte ganz unbefangen von der jungen Slowakin.

»Kennen Sie die Kellnerin schon lange? Sind Sie mit ihr befreundet?«

»Ja, seit etwa drei Jahren. Wir haben viel gemeinsam. Milena ist auch eine alte Kräuterhexe. Wir lieben es, stundenlang in der Nacht am Feuer in meinem Garten zu sitzen. Da sollten Sie einmal dabei sein, Herr Kommissar.«

Er war schon dabei gewesen, aber darüber wollte er jetzt lieber nicht reden. Sie erhob sich, räumte die Suppenteller ab und begab sich wieder an den Herd. Die Tagliatelle mussten frisch zubereitet werden. Das Nudelwasser kochte bereits. »Herr Kommissar, darf ich Sie bitten, inzwischen den Rotwein einzuschenken?« Merana erhob sich und holte die Dekantierkaraffe von der Anrichte. Der Wein hatte die Farbe von barockem Samt.

Er roch daran. Wenn ihn seine Nase nicht täuschte, dann war das ein Lagrein.

Er füllte die bereitgestellten Gläser. Ulla Heilmayer hatte inzwischen die fertigen Tagliatelle kurz in Butter geschwenkt. Dann wurden die breiten Nudeln auf die vorgewärmten Teller gelegt und mit einer Sauce aus Rehfiletstücken, Karotten und Pilzen überhäuft. Schon der Duft, der von den schweren bemalten Keramiktellern aufstieg, ließ einem das Wasser im Mund zusammenlaufen. Die Gruppeninspektorin hob das Glas. »Ich freue mich sehr, heute zwei so liebenswerte Menschen als Gäste an meinem Tisch zu haben. Wir trinken auf uns!« Sie ließen die Gläser klingen und kosteten den Wein. Das Aroma ihrer alten Heimat breitete sich im Körper von Kristina Merana aus. Der Kommissar bemerkte, wie ein zartes feuchtes Schimmern in die Augen der Großmutter trat.

»Sie sind ein außergewöhnlicher Mensch, Ulla.« Die Großmutter stellte das Glas auf den Tisch und legte ihre kleine, schmale Hand auf die breiten Finger der Gastgeberin. »Ich spüre in Ihnen eine starke Persönlichkeit, die sich auch in der Männerberufswelt ihrer Umgebung gut behauptet, ohne dabei die Kräfte ihrer Weiblichkeit zu vergessen.« Merana war berührt. Die Großmuter neigte nicht zu großen Worten. Aber diese Sätze hatte sie mit Ergriffenheit gesagt. Ulla Heilmayer wuchtete ihren Hundertkiloleib aus dem Stuhl und umarmte die alte Frau. Kristina Meranas schmächtige Gestalt verschwand fast unter dem Muskelberg, der sie umhüllte. »Auf die starken Frauen!« Merana hob ebenfalls sein Glas. Er hatte das Gefühl, etwas einbringen zu müssen, und es war ihm nichts Besseres eingefallen. Doch seine beiden Tischnachbarinnen waren mit dem Toast offenbar zufrieden und stimmten mit ein. Dann widmeten sie sich wieder dem Essen. Die Tagliatelle waren al dente gekocht und fühlten sich immer noch knackig an. Die Steinpilz-Rehfiletsauce war ein Gedicht mit einem Hauch von Rosmarin. Der Großmutter schmeckte es. Wenn sie von einem besonderen Gericht angetan war, dann konnte diese kleine Frau Unmengen in sich hineinschaufeln wie die Holzfäller aus ihrer alten Heimat.

»Woher haben Sie diesen wunderbaren Wein, Ulla?« Der Kommissar füllte die Gläser nach. »Sind Sie auch manchmal in Südtirol oder haben Sie hier eine Quelle in der Region?«

Die Gruppeninspektorin schüttelte den Kopf. »Ich war eine Zeit lang mit einem Weinhändler liiert. Ehrlich gesagt, als Liebhaber habe ich keine guten Erinnerungen an den Mann. Aber zumindest ist mir ein gut gefüllter Weinkeller geblieben.«

Erinnerungen an den *Mann*? Das sagte eine Lesbe? Der Kommissar hätte sich fast verschluckt. Einen Weinhändler als Liebhaber? War Ulla Heilmayer bisexuell? Oder hatte er die nächtliche Szene im Garten mit den beiden nackten Frauen falsch gedeutet? Er stellte das Glas zurück auf den Tisch und stach mit der Gabel in ein zartes Stück Rehfilet. Plötzlich fiel der Großmutter das Messer aus der Hand, dann ließ sie auch die Gabel fallen. Mit beiden Händen klammerte sie sich an den Tisch. Ihr Gesicht wurde so weiß wie die Decke. Merana erschrak. War der Großmutter übel? Hatte sie doch zu viel von den Nudeln gegessen?

Drohte ein neuer Herzanfall? Er sprang auf. Auch Ulla Heilmayer reagierte und griff nach dem Wasserglas. Die alte Frau begann zu zittern. Sie hob den Kopf. Ihr Blick war abwesend, dennoch kamen ihre Worte klar und deutlich aus dem Mund. »Martin, die kleine Clara ist in großer Gefahr. Du musst sofort etwas unternehmen!« Er starrte verblüfft auf die alte Frau. »Wie meinen Sie das, Frau Merana?« Die Gruppeninspektorin rückte mit ihrem Stuhl näher und berührte die zitternde Großmutter an der Schulter.

»Ich weiß es nicht, aber Clara ist in Gefahr!«

Erinnerungsfetzen rasten durch Meranas Gehirn, Bruchstücke von Situationen aus seiner Kindheit, bei denen die Großmutter Dinge gespürt hatte, die anderen verborgen blieben. Das Zittern am Leib der alten Frau wurde stärker. Angst griff nach Merana. Er musste die Großmutter aus diesem Zustand reißen. Er fürchtete um ihre Gesundheit, um ihr Herz.

»Bitte, Oma, beruhige dich.« Er setzte sich neben sie. »Nimm das Wasserglas oder einen Schluck Wein.« Sie schob das Glas zurück. »Es bleibt keine Zeit, um zu trinken. Du musst dich beeilen, Martin.« Er spürte, wie die Verzweiflung in ihm hochstieg.

»Was meinst du damit, dass Clara in Gefahr ist? Wo ist die Kleine?«

Der Blick der alten Frau wirkte immer noch abwesend. Doch ihre Stimme war nach wie vor klar, auch wenn sie jetzt in ein Flüstern überging. »Ich weiß es nicht, Martin, ich weiß es nicht.« Ulla Heilmayer rückte ganz nahe an die Großmutter heran und legte ihr behutsam den Arm um die Schulter. »Was sehen Sie, Frau Merana? Sagen Sie uns einfach, welches Bild Sie wahrnehmen.« Die alte Frau versuchte, ihr Zittern zu kontrollieren. Die Gruppeninspektorin half ihr, erhöhte den sanften Druck des Arms an der

Schulter. Merana versuchte, ruhig zu bleiben, sich von der Angst, die er um die Großmutter hatte, nicht niederdrücken zu lassen. Das Gesicht der Großmutter wechselte den Ausdruck. Aufkommende Verzweiflung war darin zu lesen.

»Sie ist in großer Gefahr. Ich kann nichts erkennen. Außer …« Sie wartete. Die beiden anderen Menschen im Raum warteten auch. »Außer …. es schaut aus wie der Kopf einer Schnabelpercht.« Die Verwunderung in den Augen der Gruppeninspektorin war mindestens so groß wie Meranas eigene Verblüffung. *Schnabelpercht*? Was sollte das bedeuten? Er kannte diese Fabelwesen aus den Weihnachtsbräuchen in seiner Kindheit, die hatten eine besondere Kopfform. Im selben Moment, als das Konterfei einer Schnabelpercht aus seiner Erinnerung hochschoss, durchzuckte ihn ein Gedanke. Ihm wurde schlagartig heiß. Er tastete nach seiner Jacke. Mit den Fingern fischte er die zusammengefaltete Zeichnung der kleinen Clara aus der Tasche. Er legte sie auf den Tisch. Das Mädchen, der Kasperl, der Drache, das Krokodil …. Nein, das war kein Krokodil. Und plötzlich hatte er eine Ahnung, wo Clara sein konnte. Der Gedanke war so absurd, so abenteuerlich, dass es ihm fast den Atem nahm. Die Bilder zuckten durch seinen Kopf: Zigarettenstummel, Feuerzeug, Pfefferspray, die rote Himbeere … Alles passte zusammen.

»Bitte kümmern Sie sich um die Großmutter!« Die Gruppeninspektorin nickte. »Ich hole meine Nachbarin, die war Krankenschwester.« Merana sprang auf. »Was ist denn los?« Ulla Heilmayers Blick war immer noch verwundert. Er brauchte nur einen Satz, um es ihr zu erklären.

»Du musst dich beeilen, Martin!« Große Angst blickte ihn aus den Augen der alten Frau an. Er stürmte hinaus zum Wagen. Sein Herz wurde von Beißzangen eingezwängt, aus Sorge um die Großmutter und um die kleine Clara.

3

Clara hatte Angst. Große Angst. Aber sie bemühte sich, dass es niemand merkte. Wegen dem Kasperl. Damit der nicht auch noch Angst bekam. Und ein klein wenig ärgerte sie sich auch. Sie hatte nicht aufgepasst. Auch der Kasperl nicht. Aber der war genauso erstaunt gewesen über die schönen Sachen in der Schatzkiste. Es war gar nicht schwergefallen, den Schlüssel aus dem Versteck zu holen. Der Kasperl hatte noch gemeint, ob es nicht besser wäre, wenn Kosibold vielleicht Wache hielt. Aber dann waren sie doch alle drei so neugierig gewesen, und niemand stand Schmiere. Am meisten überrascht waren sie darüber, was ganz oben in der Schatzkiste lag. Lenas Kette. Die mit dem Drachenanhänger. Die würden sie mitnehmen. Lena hatte sie bestimmt schon vermisst. Da würde sich ihre große Schwester freuen, wenn sie ihr Lieblingsschmuckstück zurück bekam. Sie hatte sich die Kette um den Hals gelegt. Der Kasperl hatte noch gesagt, dass ihr die Kette auch gut passte. Dann war die Tür aufgegangen. Und der Krokodilmann war im Raum gestanden. Sie hatten nicht aufgepasst. Der Krokodilmann wollte die Kette zurück. Aber die wollte Clara nicht hergeben. Die gehörte doch Lena.

Er erreichte das Anwesen. Er hoffte, dass Ulla Heilmayer inzwischen Verstärkung angefordert hatte. Sicher hatte sie auch eine Streife zum Thalerhof geschickt.

Er griff ins Handschuhfach und holte seine Dienstwaffe heraus. Er hoffte, dass er sie nicht einsetzen musste. Seine Angst war riesengroß. Aber die Koordination der Bewegungen seines Körpers funktionierte präzise wie bei einer

Maschine. Als er auf das Gebäude zu lief, hörte er eine hohe Stimme. Die vor Angst bebende Stimme eines Kindes. »Lass sie los!« Ein zweites Kind schrie. Das kam vom Haus her. Das war nicht seine Richtung. Er lief auf das Nebengebäude zu. Die Tür stand sperrangelweit offen. Vorsichtig näherte er sich dem Eingang. Er trat leise ein, versuchte mit einem schnellen Blick, die Lage zu sondieren. Er sah im Hintergrund einen Jungen. Der hatte einen gespannten Bogen in der zitternden Hand und zielte auf einen Mann. Dieser Mann hielt ein kleines Mädchen am Hals fest, das eine Kasperlpuppe im Arm hatte. In der anderen Hand hatte der Mann ein Messer. »Lass meine Schwester los!« Merana hatte Angst um alle hier im Raum. Wenn Raphael den Pfeil von der Sehne schnellen ließ, konnte er auch seine Schwester treffen. Jetzt nur keinen Fehler machen, Martin. Dem Mädchen war bisher noch nichts passiert, das war das Wichtigste. Er musste zuerst den Jungen beruhigen.

»Keine Angst, Raphael, ich bin da.« Der Junge wirbelte herum. Vor Schreck ließ er die gespannte Sehne aus. Der Pfeil zog wie ein Strich durch den Raum, verfehlte Merana um Handbreite. Der Mann starrte den Kommissar mit entsetzten Augen an.

Er presste das Mädchen fester an sich. Das Messer wanderte langsam nach oben.

Merana würde schießen. Daran bestand kein Zweifel. Wenn die Hand mit dem Messer sich nur noch fünf Zentimeter weiter nach oben bewegte, dann würde er abdrücken. Und er würde hoch treffen, damit er Claras Leben nicht gefährdete. Er hoffte, dass es nicht sein musste. Aus den Augenwinkeln bemerkte er, dass Raphael erneut einen Pfeil aus dem Köcher zog. »Nein, Raphael!« Merana versuchte, seiner Stimme einen ruhigen Klang zu geben. »Du könntest Clara verletzen. Und das wollen wir doch alle nicht, oder?«

Zum ersten Mal wandte er sich direkt an den Mann, den er seit seinem Eintreten keine Sekunde aus den Augen gelassen hatte.

»Im Grunde wollen Sie das doch auch nicht, Kollege Ankerl. Habe ich recht?«

Der Mann sagte nichts. Auf der Stirn des Revierinspektors glänzte der Schweiß.

»Sie wollten sicher auch Lena nichts antun, davon bin ich überzeugt.«

Zum ersten Mal zeigte der Mann Reaktion. »Gehen Sie weg, Herr Kommissar. Sonst passiert der Kleinen etwas. Legen Sie die Waffe auf den Boden oder schießen Sie!« Von draußen waren Motorengeräusche zu hören. Mehrere Wagen kamen an. Merana sah das Flackern in Ankerls Augen. Ein verzweifelter, in die Enge getriebener Mann war zu allem fähig. Merana würde nicht die Pistole aus der Hand geben. Und er hoffte inständig, dass er auch nicht schießen musste.

»Nein, Kollege Ankerl, ich werde Ihrer Aufforderung nicht nachkommen. Ich bitte Sie ganz einfach, Clara loszulassen. Sie wollen der Kleinen bestimmt nichts tun. Sie haben doch selber ein Kind.«

»Peter!« Der Schrei kam von der Tür her. Eine Frau stand in der Öffnung. Gleich dahinter tauchte Ulla Heilmayer auf.

»Peter, dein Sohn wartet auf dich, drüben im Haus. Deine Frau ist hier. Wir gehen jetzt alle miteinander hinaus ins Sonnenlicht. Und keinem wird etwas passieren.«

Hinter der Stirn des Revierinspektors arbeitete es. Der Schweiß rann ihm über die Nase. Das Flackern in den Augen verstärkte sich. Die Hand mit dem Messer ging langsam nach oben. Merana hob die Waffe.

»Peter!!!« Der Schrei von Ankerls Ehefrau an der Tür gellte voller Verzweiflung durch den großen Schuppen, brach sich an den alten Balken, klirrte gegen die Fensterscheiben. Das Flackern im Gesicht des Mannes erlosch. Er gab das Mädchen frei. Das Messer glitt aus seiner Hand. Clara drückte den Kasperl an ihre Brust und lief auf Raffi zu. Der legte den Bogen aus der Hand, mit dem er tapfer das Leben seiner Schwester verteidigt hatte, und umarmte sie.

Die Streifenpolizisten hatten ihren Kollegen Peter Ankerl abgeführt. Merana würde später mit der Gruppeninspektorin nachkommen, um ihn zu verhören. Der Großmutter gehe es gut, sie sei in der Obhut der Nachbarin. Diese beruhigende Nachricht der Gruppeninspektorin trieb Merana kurz das Wasser in die Augen. Alma war zusammen mit Arthur Thaler und dem Raben ebenfalls von einer Polizeistreife gebracht worden. Bevor Alma zurückfuhr, war sie noch zum Kommissar herüber gekommen. Sie hatte ihren Kopf für einen Moment an Meranas Brust gelegt, dann war sie in den Wagen gestiegen, um ihre Kinder heimzubringen. Gesagt hatte sie nichts. Ulla Heilmayer hatte die Szene beobachtet. Auch sie sagte nichts.

Merana stand vor der geöffneten Truhe im großen Schuppen und betrachtete den Inhalt. Nun war er am Ende dieses Falls doch noch auf einen Jäger gestoßen, so wie am Ende der Geschichte von der Drachenjungfrau. Auch Polizisten sind Jäger. Das Wild, das sie verfolgen, bewegt sich meist weit außerhalb der Gesetze. Der Jäger aus der alten Sage war ein kühner Schütze, ein mutiger Mann. Doch im Fall von Peter Ankerl handelte es sich zudem um einen heimtückischen Herumschleicher, einen Möchtegern-Casanova in der Provinz, der hinter dem Rücken seiner Frau sich an andere Frauen heranmachte. Und der Andenken an seine weiblichen Beutestücke aufbewahrte. In der Kiste lagen an die zehn durchsichtige Höschen, mehrere BHs, Bikinislips, sogar ein Strumpfgürtel, einige Ohrringe und zwei Plüschteddybären. Ulla Heilmayer trat heran, schüttelte den Kopf. »Das ist ja kaum zu glauben. Wenn er von allen Frauen, mit denen er geschlafen hatte, ein Andenken aufbewahrt hat, dann hatte er in den letzten Jahren ganz schön viele Aufrisse.« Merana nickte. Er hoffte, dass es den Frauen, deren Dessous und Schmuckstücke hier in der Kiste lagen, allen gut ging. Sie würden Ankerl danach befragen und seine Angaben überprüfen. Die Gruppeninspektorin schloss die große Truhe und setzte sich auf den Deckel. Das Gefühl von Fassungslosigkeit war noch immer da.

»Er hat uns alle an der Nase herumgeführt.«

»Ja, das hat er.«

»Mein Kollege Peter Ankerl, mit dem ich seit acht Jahren zusammenarbeite, ist der Mörder von Lena Striegler. Ich meine, sein schmieriges Machogehabe und seine billigen Skilehrerschmähs, mit denen er versuchte, bei Frauen Eindruck zu schinden, sind mir immer schon auf die Nerven gegangen.«

»Und er dürfte durchaus damit Erfolg gehabt haben, wie der Inhalt der Kiste beweist, auf der Sie gerade hocken.«

Sie überlegte kurz, ob sie sich von der zweifelhaften Beutetruhe erheben sollte, blieb aber sitzen.

»Ja, da haben Sie schon recht, Herr Kommissar. Manche Frauen stehen offenbar auf so etwas. Und er hat sich ja auch immer für unwiderstehlich gehalten. Aber ich packe es einfach nicht, dass Peter Ankerl zum Mörder wurde.«

Sie stützte ihre Ellbogen auf die Oberschenkel und nahm den Kopf in die Hände. Ihre Finger wühlten in den blonden Haarsträhnen. Sie trug immer noch die weit geschnittene Bluse und die elegante Hose, mit der sie Merana und die Großmutter empfangen hatte. Ihre Füße mit den lackierten Zehennägeln steckten in silberfarbenen Sandalen.

»Der Mord war sicher nicht geplant. Die Begegnung mit Lena ist wohl fatalerweise aus dem Ruder gelaufen.«

Sie hob den Kopf. »Hat er Ihnen das erzählt?«

»Nein. Danach werden wir beide ihn noch befragen. Aber ich kann mir auch so vorstellen, wie es abgelaufen ist.«

Sie rutschte auf die linke Seite der großen Truhe, klopfte mit der Hand auf das Holz.

»Setzen Sie sich zu mir und erzählen Sie. Ich will es auch wissen.« Er folgte ihrer Einladung und nahm neben der groß gewachsenen Frau Platz. »Übrigens, ich bin der Martin.« Er hielt ihr die Hand hin. »Ich bin die Ulla.« Sie küsste ihn auf den Mundwinkel. »Mit Wein angestoßen haben wir ja heute schon. Du kannst mich später noch einmal küssen.« Er musste lachen über ihre unkonventionelle Art. Diese kleine Blödelei tat ihm gut. Sie half mit, dass endlich die Anspannung der letzten dramatischen Stunden nachließ.

»Ich habe keine Ahnung, wie lange dieser Dorfcasanova schon hinter Lena her war. Vielleicht wird er es uns noch erzählen. Vielleicht ist sie ihm auch erst aufgefallen, als sie diese blöde Vorausscheidung gewann und plötzlich im Rampenlicht stand. Dass Lena gerne nachts am Wasserfall saß, war ja kein Geheimnis, also hatte er Freitag Nacht wohl einfach sein Glück versucht.«

»Du meinst, Lena hatte in der Nacht gleich zweimal Herrenbesuch am Wasserfall: Jock und Ankerl?«

Er zuckte mit den Schultern. »Ich bin nicht mehr sicher, ob die Aufnahme von Lena auf Jocks Handy tatsächlich vom Wasserfall stammt. Durch die schlechte Qualität lässt sich das auch schwer überprüfen. Egal. Fest steht in jedem Fall, dass Ankerl am Wasserfall war. Ich stelle mir vor, wie er das Mädchen aufsucht, eine harmlose Plauderei anfängt, ihr eine Zigarette anbietet. Erinnere dich an Feuerzeug und

Zigarettenpackung in Lenas Handtasche. Sie war Raucherin.«

»Aber Peter hatte doch einige Tage davor das Rauchen aufgehört. Er hatte die Zigarette von Thomas Brunner abgelehnt.«

»Ich halte das für eine Schutzbehauptung. Warum hätte er sonst die Zigarettenkippen vom Tatort verschwinden lassen?«

Es klatschte. Die Gruppeninspektorin hatte sich mit der flachen Hand gegen die Stirn geschlagen. »Natürlich, das war Peter! Und du hast auch noch den Bock zum Gärtner gemacht und ausgerechnet ihn mit der Anwesenheitsliste im Gemeindeamt beauftragt.« Sie schaute ihn amüsiert an. »Schweres Eigentor, Herr Kommissar.«

Er lachte. Es tat beiden gut. Er spürte, wie die Spannung wieder eine Nuance nachließ.

»Ja, das muss ich mir ohne Zweifel nachsagen lassen.«

»Also, Ermittlungsleiter Merana: Lena und Peter am Wasserfall, zigarettenrauchend. Was geschah dann?« Ihr Gesicht wurde wieder ernst. Die Tatsache, dass am Ende dieser Begegnung ein Mädchen mit eingeschlagenem Kopf auf den Steinen zurückgeblieben war, ließ sich nicht einfach wegwischen.

»Dann hat der saubere Herr Revierinspektor wohl versucht, Lena etwas näher zu kommen. Er muss ziemlich zudringlich geworden sein, sonst hätte Lena nicht den Pfefferspray aus der Tasche gezogen und Ankerl eine Ladung ins Gesicht gespritzt.

Dann ist die Auseinandersetzung eskaliert. Vermutlich hat er sich gewehrt, hat Lena gestoßen. Die fiel nach hinten auf den steinigen Boden und verletzte sich dabei schwer. Und jetzt kam der entscheidende Moment, der auch das Gericht am meisten interessieren wird. Jetzt dämmerte Ankerl, was als Konsequenz dieses Stoßes unweigerlich auf ihn zukommen würde: Anzeige wegen sexuellen Übergriffs und Körperverletzung, ein öffentlicher Skandal, Rauswurf aus dem Polizeidienst, Haftstrafe, Scheidung, Karriereende.«

Merana sprach nicht weiter. Beide konnten sich vorstellen, wie Ankerl nach einem Stein gegriffen und damit auf die Schläfe des verletzten Mädchens eingedroschen hatte.

Minutenlang sagten beide nichts. Dann setzte der Kommissar seine Überlegungen fort: »Es war finster, er war in Panik und er war halbblind vom Pfefferspray. Den konnte er gerade noch einstecken, aber die Zigarettenkippen würde er in diesem Zustand niemals finden.«

»Die ließ er die Tatortleute einsammeln und entsorgte dann zur Sicherheit gleich alle.« Ulla Heilmayers Stimme war in ein Flüstern übergegangen. Nun stützte auch Merana den Kopf in seine Hände wie vorhin die Gruppeninspektorin. Er atmete tief durch.

»Wenn ich schlauer gewesen wäre, hätten wir vielleicht Clara diese schlimme Situation ersparen können. Ich hätte draufkommen können. Spätestens bei der Himbeere.«

Sie verstand nicht, was er meinte. »Welche Himbeere?« Nun musste Merana doch wieder kurz schmunzeln. »Du solltest im Gemeindeamt einmal das Männerklo aufsuchen.« Sie verstand immer noch nicht.

»Da klebt eine rote Himbeere auf dem Spiegel über dem Waschbecken. Ich dachte mir, die Farbe passt zu meinen geröteten Augen, als ich mir Wasser ins Gesicht spritzte.«

Die Gruppeninspektorin fragte nicht nach, warum Merana gerötete Augen gehabt hatte. Und der Zusammenhang war ihr immer noch nicht klar. Der Kommissar erhob sich mit einem Ruck von der Kiste. »Erinnerst du dich noch an Samstag und Sonntag bis zu unserer Besprechung? Der gute Revierinspektor ist nicht deswegen mit dunkler Sonnenbrille herumgelaufen, damit wir ihn dauernd mit seinem Miami Vice-Faible aufziehen. Nein, er wollte mit der Brille die Schwellung seiner Lider kaschieren, die verräterischen Spuren, die der Pfefferspray an den Augen hinterlassen hatte.« Ulla Heilmayer nickte wie zur Bestätigung langsam mit dem Kopf.

Dann erhob sie sich ebenfalls von der Truhe. »Warum nahm er Lenas Kette mit? Als Souvenir für eine Eroberung so wie diese hier?« Sie klopfte auf die Truhe. »Makabre Vorstellung.« Merana zuckte mit den Achseln. »Ich weiß es nicht. Er schleifte den Körper des Mädchens ins Wasser, um möglichst viele DNA-Spuren zu verwischen. Vielleicht wurde die Kette dabei abgestreift, und er hat sie eingesteckt.« Auch wenn Merana eine ziemlich klare Vorstellung von den Vorgängen hatte, mehr Aufschlüsse würden sie erst bei der Befragung erhalten.

Sie blickten sich im Raum um. Es war knapp gewesen. Bei einem anderen Ablauf des Vorfalls hätten sie vielleicht jetzt auch eine zweite Leiche. Die kleine Schwester tot neben der großen. »Ich hatte noch gar keine Zeit, dich zu fragen, wie du draufgekommen bist, dass Clara ausgerechnet hier ist.«

Das war der größte Zufall in dieser Geschichte gewesen oder die glücklichste Fügung oder was auch immer. Er sah das Gesicht der Großmutter vor sich, wie sie zitternd, aber entschlossen am Tisch saß und sagte: *Martin, du musst dich beeilen.*

Er zog Claras Zeichnung aus der Tasche. »Wofür würdest du das halten?« Er tippte mit dem Finger auf die vierte Figur neben Mädchen, Kasperl und Drache.

»Weiß nicht, vielleicht für ein Krokodil.« Ja, hatte er auch gedacht. »Komm mit, ich zeige es dir.« Er ging voraus. Sie folgte ihm nach. Dann standen sie vor dem Schuppen. Er zeigte nach oben. Sie lachte hell auf, trotz der schrecklichen Situation, die sie erlebt hatten. »Ja, mit etwas kindlicher Fantasie könnte man das für ein Krokodil halten.« Sie schauten beide auf die Maske, die über der Tür hing. Das war eine Habergeiß, eine Gestalt aus den Perchtenbräuchen der Weihnachtszeit. Die Masken dieses Fabelwesens, das oft auch als Kinderschreck missbraucht wurde, waren nicht immer alle gleich. Andeutungen von Ziegenböcken waren fast immer dabei und auch langgezogene Mundpartien mit großen Zähnen, die so wie bei der Maske über der Tür an Krokodilschnauzen erinnerten oder an den Kopf von Vogelperchten.

EPILOG

weiße wogen tanzen talwärts über felsen,
zauberlilien ruhn beschützt am silberhang.
über allen gründen liegt ein tiefes schlafen.
drachenjungfrau singt. in wem erwacht ihr klang?

(›Die Drachenjungfrau von Krimml‹, nach einer alten Handschrift.
Schlusslied der Erzählerin)

Applaus brandete auf in der vollbesetzten Turnhalle der Hauptschule. Der Jubel der Zuschauer war berechtigt. Sie hatten eine beeindruckende Vorstellung des Spiels von der *Drachenjungfrau von Krimml* erlebt. Amelie Steiner hatte mit ihrer engagierten jungen Truppe eine berührende Theaterdarbietung auf die Bühne gezaubert. Raphael war ein ebenso kühner wie charmanter junger Jägersmann gewesen. Alle im Saal hatten gewünscht, dass es diesem tapferen Schützen endlich gelang, die Drachenjungfrau von ihrem Schicksal zu erlösen. Aber das Textbuch schrieb eben anderes vor. Dafür war Raphaels Sturz von der Kulissenklippe auf die blaue Matte mit den aufgeklebten Wellen wirklich hollywoodreif. Selbst da hatte der Junge seinen geliebten Bogen nicht aus der Hand gelassen. Merana war während des Spiels aufgefallen, dass die Geschichte in manchen Passagen immer wieder von der Vorlage abwich. Er hatte verstanden, was die junge Lehrerin und Regisseurin gemeint hatte, als sie sagte, sie würde die *weibliche Note der Geschichte* besser herausarbeiten. Dafür hatte sie mit der rothaarigen Darstellerin der Hauptfigur auch eine Idealbesetzung. Samira glänzte in dieser Rolle. Aus ihrer Heliantha, die schlussendlich zur Drachenjungfrau wurde, erwachte schlicht und einfach eine einfühlsame, moderne, starke junge Frau.

»Das Spiel dieses Mädchens hat mich bis im Innersten berührt.« Diese Worte hatte die Großmutter gesagt, die Merana zusammen mit Ulla Heilmayer zur Premiere begleitet hatte. Nun standen sie vor dem Schulhaus und warteten darauf, sich von den Beteiligten verabschieden zu können. Aber das würde noch dauern, denn der Fotograf wollte mit den jungen Bühnenkünstlern unbedingt eine eigene Serie von Fotos im Freien machen vor dem Schulgebäude. Auch die Lehrer und Familien der Schüler mussten mit aufs Bild.

Es waren genau zwei Wochen vergangen, seit sie Peter Ankerl im großen Schuppen seines Hauses verhaftet hatten. Er hatte ein volles Geständnis abgelegt, was den Vorfall am Wasserfall betraf. Allerdings klang seine Version mehr nach tragischem Unfall als nach Tötungsabsicht durch gezielten Schlag. Das zu hinterfragen, war nicht mehr Meranas Angelegenheit. Die Verantwortung, die angemessene Strafe für dieses Verbrechen zu finden, lag beim Gericht. Jock Erlinger befand sich immer noch in der Klinik. Er sah einer langen Reha und anschließend einer nicht minder langen Gefängnisstrafe entgegen. Vroni Lohnstätter hatte sich von der ums Gemeinwohl sorgenden Informationschefin des Ortes überreden lassen, ihr Haus doch nicht zu verkaufen. Cilli Krumpner hatte zugesagt, die Nachbarin auf einer langen Reise zu begleiten, um neues Talisman-Material aus fernen Ländern herbeizuschaffen. Camilla Raffler lehnte jegliche Mitverantwortung an Jock Erlingers erpresserischen Umtrieben ab und hatte einen Staranwalt aus Hamburg einfliegen lassen. Max Stangler wurde an diesem Wochenende aus der Spezialklinik entlassen, wie Merana erfahren hatte. Seine Schwester Vanessa war auf dem Weg nach Graz, um ihn abzuholen, begleitet von Kapellmeister Christoph Hornklang. Bürgermeister Gottfried Erlinger drohte eine baldige Amtsenthebung. Der Fall der minderjährigen Praktikantin wurde neu aufgerollt. Die ehemalige Gemeindebedienstete erinnerte sich plötzlich deutlich an bestimmte Vorfälle, nachdem man ihr schriftlich versichert hatte, diese Gedächtnisleistung hätte keinerlei Auswirkung auf die bereits ausbezahlte Abfindung. Das Finale des *Austrias Marketenderinnen Award* fand ohne Beteiligung des Krimmler Bürgermeisters statt und wurde ein Quotenerfolg. Den Sieg samt 100.000 Euro und Modelvertrag streifte eine völlig unscheinbare Kandidatin aus Vorarlberg ein, die ihrem schnapsfasstragenden Hund beigebracht hatte, den Radetzkymarsch zu winseln. Auf dem zweiten Platz landete, knapp abgeschlagen, Messalina Poppaea Fiala, Namensschwester zahlreicher römischer Kaiserinnen und Marketenderin aus Goldegg.

Allmählich lösten sich die zu Fotomotiven zusammengestellten Ensembles auf den Stufen vor dem Schulgebäude auf. Merana stand immer noch mit der Großmutter und der Gruppeninspektorin in einiger Entfernung und beobachtete das Geschehen. Der Fotograf probierte einige Porträtaufnahmen. Eine Flut aus roten Haaren ergoss sich aus einer der Personengruppen neben dem Eingang. Die Drachenjungfrau schwebte leichtfüßig mit glöckchenhellem Lachen vorüber. Sie zog an der Hand ihren Jäger hinter sich her, dem die Röte aus beiden Ohrmuscheln leuchtete.

Merana schaute um sich. Der Schatten, den das Schulhaus warf, war lang geworden. Die Sonne hatte sich schon vor einer Stunde hinter die zackigen Bergkuppen verkrochen. In geraumer Entfernung hinter dem Ort glänzte das breite weiße Band, in dem die Gischtwogen zwischen den dunklen Bäumen nach unten fielen. Nur ganz schwach drang das Rauschen des Wasserfalls an das Ohr des Kommissars. Wie viele hundert Jahre würde die Drachenjungfrau noch warten müssen, bis sie endlich erlöst wurde? Aber vielleicht wollte sie sich ja gar nicht erlösen lassen. Vielleicht wirkte sie seit eh und jeh als besondere Kraft dieses Ortes. Der Kommissar schaute Samira und Raphael nach, die, immer noch Hand in Hand, kichernd hinter der Ecke des Schulhauses verschwanden. Auch die Großmutter hatte die beiden bemerkt. Sie schmunzelte. »Wäre ich ein Jäger, hätte ich wohl auch meinen Bogen liegen lassen, um mich von dieser rothaarigen Schönheit an der Hand leiten zu lassen, wohin auch immer.« Das war ihm noch gar nicht aufgefallen. Tatsächlich, Raphael hatte seinen Bogen weggegeben, um die Finger frei zu haben für Samiras Hand. Die Großmutter hatte es sofort bemerkt. Er drückte ihr einen Kuss aufs weiße Haar. Die kleine alte Frau an seiner Seite war immer schon der bessere Ermittler gewesen. Er war froh, dass die Großmutter die Aufregung am Mittagstisch in Ulla Heilmayers Haus gut überstanden hatte. Irgendwann würden sie über dieses Ereignis reden, da war er ganz sicher. Auch wenn die Großmutter nicht gerne über Begebenheiten dieser Art sprach. Er spürte eine tiefe innere Ruhe. Die war nach und nach eingezogen und hatte die Leere der vergangenen Wochen verdrängt. Er hatte in der Früh das Grab seiner Mutter besucht, danach war er in Krimml die Wasserfälle hoch gestiegen. Er hatte mit dem Wirt des Alpengasthofs den vereinbarten Schnaps getrunken. Der Apfelbrand hatte gehalten, was sein Erzeuger versprochen hatte. Morgen würde er zurück in Salzburg sein und dann irgendwohin fahren, vielleicht nach Südtirol. Ihm standen noch zehn Tage Urlaub zu.

Die Fotoaufnahmen waren endgültig zu Ende. Amelie Steiner verabschiedete sich von Eltern und Schülern. Das Kamerateam des Regionalfernsehens verstaute seine Geräte im Auto. Merana, die Großmutter und die Gruppeninspektorin gingen hinüber zu den Leuten. Sie gratulierten der Lehrerin und einigen Schülerinnen zur gelungenen Aufführung. Ulla Heilmayer drückte der Großmutter einen Kuss aufs Haar und dem Kommissar einen auf die Wange. Dann bewegte sie sich in der gewohnten Geschmeidigkeit auf den Dienstwagen zu. Wenige Augenblicke später waren auch Merana und die Großmutter bei ihrem Auto angelangt. Alma hatte er im Verabschiedungstrubel nicht mehr entdecken können, vielleicht war sie mit ihrer Familie auch schon gegangen. Er öffnete der Großmutter die Tür und half ihr beim Einsteigen. Dann ging er um das Auto herum. Ein letztes Mal blickte er zu den Wasserfällen hinüber. Er freute sich schon auf den Friedensmarsch über die Berge. Als er die Hand an die Fahrertür legte, hörte er seinen Namen rufen. Er drehte sich um und sah die kleine Gestalt auf sich zu laufen. Auf der untersten Stufe des Schuleingangs entdeckte er Alma und den alten Mann mit dem Raben. Sie blickten zu ihnen herüber. Vielleicht wollte sich die Kleine wieder vor die Großmutter stellen, dachte er. Aber Clara steuerte direkt auf ihn zu. Sie streckte die Hände hoch, um seinen Kopf herunter zu ziehen. Er ging in die Hocke. Sie legte ihre kleinen Arme um seinen Nacken und flüsterte ihm ins Ohr:

»Lena und ich haben dich ganz fest lieb, Martin.« Dann drückte sie ihre schmalen Lippen an seinen Hals. Er würgte den Was-wäre-wenn-Drachen hinunter, der sich in seinem Innersten regte, und schaute lieber auf einen anderen Drachen. Der war bernsteinfarben und baumelte an Lenas Kette vor der Brust der Kleinen. Sie ließ ihn los und lief zurück.

Er schaute ihr lange nach, bis das Mädchen mit der Drachenkette aus seinem Blickfeld verschwand.

ENDE

DANKE

an Gerlinde Allmayer
für den Abdruck ihres Gedichtes »roas«
aus dem Buch »Aus dem Tal«
(edition prowinzling, 2009)

und an meinen Kabarettpartner Fritz Messner
für das Zitat aus dessen Lied »eiwändig«
(CD »hoamat|welt«, Querschläger, 2007).

Weitere Krimis finden Sie auf den folgenden Seiten und im Internet:
www.gmeiner-verlag.de